小说编

暗杀3322

王　蒙

热烈也会冷却,记忆终将蒸发,留下一部小说,永远像刚出炉的烧饼,可口而又烫手。

第 一 章

一九八七年十一月二十二日,李门戒烟的第七天。连着七天不吸烟,未免丧魂落魄,恓恓惶惶,现代与后现代的说法叫做充满了失落感。晚饭前片刻,年已四十八岁,"烟龄"已有三十九年的李研究员,忽然萌发了一阵强烈的吸烟冲动。他是采用"气功戒烟法"戒烟的,自一周前开始,每逢想吸烟的时候便静坐、调息、眼观鼻、鼻问心、气守丹田、吸吸呼、呼呼吸、吸呼吸、呼吸呼、入定、得气,一心敬你,万念俱寂,前额沁汗,后臀花莲……于是不仅不再想吸烟,连宇宙万物的存在也化为缥缈,连大患此身也神游太虚了。

"无方是有,有即是无。唯无是有,有终是无。万有皆空,万空皆无。除无无有,似有实无。方有便无,方无永无。无无无无,无无无无……"他默念着,烟乃得戒。

但是十一月二十二日这天傍晚,气功法骤然失灵。那种内在的要吸烟的冲动直如魔鬼附了体。也许是饿了?饿了什么功都不好练。香烟本身并无可取,但不吸却是疯狂的失落,寂寞的钻心与难熬的动心。是的,人间最苦是动心!一块肉摆在你的面前,一块肉你完全有可能吃,吃了并不犯法,并无受惩治之虞,你就是不吃……愈不吃愈想吃,愈想吃愈不吃,别说是好吃的肉,就是并不好吃的土坷垃,你一旦表示不吃宣布不吃自以为承担着不吃的义务以后便会发疯一样地想吃起来。你定会想违反天条造一次反吃它(或她)一口了。这就像是皮肤病人,医生一说不要搔他不痒也痒起来了。愈痒愈不搔,愈不搔愈想搔,想搔愈不搔,想搔不搔就愈痒,三倍四倍五倍地狂痒,然后是第二轮第三轮的痒而不搔……呜呼,这可就是活活的苦海魔界,活活的人间炼狱了!

　　我为什么不能吸烟?谁规定了的我不能吸烟?我为什么不能去拿起一包红塔山香烟,撕下封标,打开锡纸,拿出一支烟,嗅一嗅,捻一捻,蹾一蹾,咂咂嘴,嚼嚼牙花,划一根火柴,转脸躲开火柴头初燃的硫黄气味,去点着香烟,吸第一口……其实未必有多么迷恋烟气本身,却迷恋这一切程序:人生,不就是一种程序么?宴请、做爱、就职、升迁、贸易、战争、和平……直到抢救和永久的安息,这不都是一套程序么?离了程序,哪里还有人生?而愈是宣传吸烟的害处——即为这程序树立障碍,就愈是令人迷恋这有害的程序,任何被宣布为有害的程序,不是都比有益的程序令人着迷得多么?

　　人活一辈子究竟是为谁为啥活着?为医生而活着?为科学而活着?为说话算话而活着?为自己能跟自己犯别扭自己能整治自己而活着?如果活着是自己与自己作对,还活个什么劲?凭什么我要听医生的话?凭什么我要说了就算?凭什么我痒了不能搔上瘾了不能抽?如果生活就是自己跟自己较劲,那么即使能多活个十天半个月的又有什么活头?二十七年前我是二十一岁,那时候我还有点勇气争取幸福争取人生呢,可我现在……

　　于是他悲壮地拿起了香烟盒,他的脸上充溢着悲愤和决绝,他选择了自尊自爱自由自己解放自己自己给自己松绑……

　　为什么我就一定要吸这一口烟呢?忽然他陷入了惶惑。这又是谁给我的命令呢?难道是美国人鼓吹人权与个人自由对我进行和平演变的结果?毒我之心,戒我之志,其心又何其毒也!美国人是真的关心我们的人权吗?如果真的关心,为什么不填平补齐让我们的国人也人均年收入达到一万三千美元呢?兜里揣着一万三千美元的人说是关心兜里只有三百五十美元的人,说是要让我们自由自由自由,是让我们自由地喝西北风么?我们一年才趁三百五十美元,我们怎么自由?我们能自由地喝几瓶可口可乐?你的国会通过十八个决议让我们自由地喝可口可乐又有什么用呢?忠不忠看行动嘛!你一点血不出光他妈的说空话谁能信你的呢?

对了,现在还不到尊重个人的时候,还不到任性而为的时候,还不到自行其是的时候,还不到满足自我的时候;一句话,还不到自由做爱的时候。如果吸了这一支烟,一周的禁戒之功付诸东流,几十年的爱科学用科学普及科学从善如流的好传统付诸东流,言必信行必果的好作风付诸东流,自己做自己的主人的刚刚觉醒的主人意识或主人无意识付诸东流,那又为什么非吸不可呢?

且慢,什么叫自己做自己的主人呢?自己与自己就是那么和谐一致的吗?世上那么多烦人的事,与其说是自己与别人不和谐闹出来的,还不如说是自己与自己不和谐闹出来的呢!以自己做自己的主人这种说法为例,如果强调的是后头的宾语的自己,那就是说自己有权管住自己,自己说了不吸烟就有权要求自己真的不吸;如果强调的是前边主语那个自己呢,那就是说,自己就是主人谁也管不着,连后头那个自己也管不着——那就是说想抽什么就抽什么,想吸毒就吸毒,想吃屎就吃屎;试想如果中国人民堕落到又吸毒又吃屎的程度,那不就陷入美帝国主义为我们设计的和平演变圈套中去了么?这一支烟是断断吸不得也!

就在这个符合新发现的人类一般规律的两难处境当儿,电话响了。

电话声特别地刺耳。新更换的多功能电话机,能储存记忆十个常用电话号码,能自动重拨,能不让对方听到自己说的话,能打开小喇叭让一屋子的人听到对方的话等等。还以为有多现代化了呢;还以为如机上所标的真的能够调节铃声的大小直至可以关掉铃声呢!唉,全是瞎掰,音量旋钮倒是有,开关扳手也有,写着英文字 on 和 off,都像真的似的。只是不论把旋钮往顺时针或者逆时针方向拧,也不论把扳手往 on 上扳还是往 off 上扳,铃声都是一样的大小,一样的刺耳,一样的惊心动魄、无救无援。

从前家里没有电话的时候,我们的生活是多么平静和优雅呀!然而现在电话来了,排山倒海,势不可挡!

"喂!"

"李门呀,你可好长时间没有来看我了!"

她从来不说自己是谁,从来不招呼一声"喂",从来不问候一句"你怎么样""你还好吧"之类的最简单的话。

这就是她。

她一说话就像唱歌,要不就像呻吟,要不就像喘息——他想起她的喘息来了;要不就像咒语……反正不像说话。

"你好吧?"李门问。他不会不问。他问得还怪揪心的。

"我能好什么?同志加兄弟,都盼着我们扫地出门呢。"

听着这横空出世的话,李门觉得怃然,又觉得似乎有愧于心。他李门是不是曾经盼望过冯满满一家扫地出门呢?如果不是他,她这又是在说谁呢?如果他并无此种恶意,他又为什么闻之而心惊肉跳呢?他干笑着说:"唉唉,嘿嘿,不会的,不会的呀!"

"我又便血了。我病成这个样子你也不来看我呀!"

和任何一次一样,一张口就是嗔怨,如果不说是谴责的话。

好像她的便血也是他造成的呢。

"不,不……"李门结巴起来了,他想说怎么能反过来怨他呢,不管什么时候,他都是"随传随到",不传,他又怎么"到"呢。就在不久以前,那天是中秋节,他忽然想起去看看冯满满,他至少应该去祝贺一下冯满满的丈夫侯志谨去掉了"代"字担任了正所长。他叫了电话,电话是她接的,她哼哼哈哈,就像不知道他是谁一般。他说了话,他这几乎是唯一的一次主动提出来要去看看她。她半天也不回答,以至于他怀疑电话机是否出了故障。过了好久,她才像蚊子哼哼一样地挤出了一点声音——与她平时来电话的时候那种自由随意痛快方便完全不同。她说:"呵,这个好哇,你来呀,你想什么时候来就什么时候来嘛。约好了？什么？什么？不好约呀,最近就是有那么一点点忙呀！你来嘛,我们不在家也没有关系嘛,反正家里还有别人嘛,家里没有人也可以留个字条嘛,约可是约不了,唉,每天来的人人山人海,预约的客人已经排到下个月二十五号了哟……"

几句话不咸也不淡。当然,这样李门也就没有去冯满满与候志谨家。

而现在冯满满又来埋怨他了。

他又说什么呢？

"我,最近这个……"他想说,最近他也很忙。

"我知道呀,你现在是个大忙人呀,你是个大红人呀,说是你要当人大常委的主任了呢？什么,不是不是？副主任也是一样的级别嘛！嘿嘿嘿嘿,祝贺祝贺,有什么可客气的,依我说,应该！当主任也应该！何况只是个小小的副主任！什么什么？别着急嘛,现在还不是副主任以后就是了么！你现在可真是青云直上,直上重霄九了呀！哈哈哈哈,也不过是我穷极无聊,没有话找话罢了,我怎么能和你比呢,您现在已经是鸟枪换炮,今非昔比喽,您已经是大不列颠的皇家通讯院士了……什么？没有那回事？别急嘛,反正无风不起浪,总是沾点边,快啦,快啦,听说你都快当英国公民了呢？什么什么？要不就是美国,说是美国请你去讲学了,听说美国人一个月要给你五千美元呢！不那个？说得好！我也是说不那个！外国的钱也不是容易挣的,他们给你钱那是有目的的。世上哪里有天上掉馅饼的好事！我就不信！不要觉得外国这好那好的,外国不是咱们自己的国,好又有什么用？老妈子抱孩子,人家的！他们才不愿意中国富强呢。他们还琢磨着八国联军瓜分我们中国呢。唉唉,说得太对啦,还是得靠咱们伟大祖国,靠共产党呀！"

听着满满的话,李门如陷泥沼:是正经？反讽？取笑？犯酸？诉苦？冒傻气？还是激动地为他祝福？他答什么不答什么都不对呀！

就在这个时候李门的妻子简红云进门来了。她一进门就相当敏感地看了李门与他手中的电话听筒一眼,李门的脸上立刻显出了霜冻和打蔫的表情。一看这种表情,简红云也就明白了。她把买回来的蔬菜、水果、猪肉往地上一摔,回头就走了。

为了最快地结束这个电话,也是因为反正他不愿意也不可能违背冯满满的意旨,"好的好的,我明天晚上就去……"他答应了冯满满,不等冯满满再说别的话,就把电话挂断了。

他赶紧去追简红云。"红云红云!"他叫道。

简红云只顾在前边走,她推开房门,走向楼道。楼道弯弯曲曲,窄窄狭狭,人们搬家的时候可费了劲了。

红云走在楼道里,走得飞快——她的手脚怎么又这么利落了?她最近不是说不太舒服么?身材倒是真苗条呀,从身后看,她实在像是一个年轻的舞蹈演员。然而,她也常常是病病痛痛的了。李门在后面跟,跟得也飞快。但是李门虽快而不喘,红云却有点呼吸急促了。终于,在电梯门口,他追到了红云。

"刚回来这又去哪儿?"他问。

红云不回答,连看他也不看。

"下午我去买了一批鸡翅膀,我已经腌上了,咱们放到烤箱里烤着吃。"

简红云的嘴动了一下,那口型好像是说——不、吃。

电梯不来,红云又去按铃。这样连续按铃对于电梯工来说是不够礼貌的。于是李门伸手去阻止她,同时满脸赔笑地说:"今天已经够晚的了,你要到什么地方去,起码等吃过饭。我陪你去,好吗?"

红云的脸上显出了冷笑的表情。她从牙齿缝里挤出了一句话:"我可担当不起。"好像是这样说。

来了电梯,门打开了,红云闪身走了进去。李门也要进,红云示意他不要进,并且用手推了他一下。他还是坚持着硬进去了。

在这种情况下他应该怎么办呢?又是一个两难的问题。紧紧跟随,未免纠缠不休撮火可厌。任何人都有不快的时候也都有不快的权利,不快是一种心理现象,又是一种生理现象。任何人,包括夫妻之间都没有权利要求对方从不快立即转忧为喜,转怒为乐,笑脸迎客,对"顾客"像春天一样温暖。不仅没有这种权利,也没有这种可能。也许这种不快是有道理的,也许这种不快是没有道理的。然而,积数十年之经验,这与道理又有什么关系呢?没有道理的不快,不是更蚀骨,更无端无解,更令人不快么?难道纠缠着一个人特别是一个女人,喋喋不休地去说服教育她,让她知道她的不快是没有道理的,让她知道她没有权利不快,让她知道她应该立即收起长脸灿然放光现出甜蜜如花的笑脸——否则她就是一个神经质的、任性的、折磨人的、讨人厌的女人……难道这样做会有助于消除她的不快么?难道这种纠缠不是只能成为更加不快的根源么?难道聪明得多的办法不是静静地等待一下,等待这不快的自然消解至少是衰减,然后有话再说不迟吗?

但是从另一个角度来说,你如果坐视你的妻子不快而若无其事,如果你不表现出对你的妻子的不快极其关心极其重视对你妻子的一切都心连着心肉连着肉,妻子一不高兴你就昏天黑地痛不欲生而妻子一高兴你就欢欣雀跃手舞足蹈……你怎么能表现出你是爱你的妻子的呢?而妻子最最在乎的不就是一个"爱"字么?即使处处表现出爱来她不是还是常常觉得你爱她爱得不够或者你对她的爱不无可疑吗?你怎么能在这样的危机时刻冷淡处之,怎么能在妻子不快的时候冷静旁观呢?

总之,他李门是善良的。善良就是软弱的同义语。而对于一个软弱的男人来说,宁肯失之啰嗦绝不可失之冷淡,宁可失之腻烦绝不失之寡淡。他紧紧摽住了红云。

电梯工是一位新来的黑脸蛋姑娘,她坐在电梯里摆着的一把大破木椅子上,椅子占据了电梯间里的最佳位置和几乎三分之一的面积,使你一进电梯间就有一种无处容身并且打搅了电梯工的感觉。姑娘手里拿着一个十五的月亮一样圆满的发光的小镜子,不管有什么人来搭乘电梯或者没有什么人来搭乘电梯,她心无旁骛地一心照镜子与整容。顺顺眉毛,按按嘴唇,摩挲摩挲脸蛋,又把牙花努过来嘬过去,把嘴唇往左撇一撇再往右撇一撇,忽然还吐露出美丽的舌尖飞快地把红唇湿润一遍。青春真是无价的宝!她们这一代可真幸福!她乐此不疲,那样子是准备以这种无价与幸福的姿态来度过她半生乃至一生的上班时光。

　　红云与李门进入电梯间她是一点反应也没有的。过了几十秒钟,她忽然不耐烦起来,"说话呀!"她一面揉着眉尖自我按摩一面催促说。说话说话说话,我对谁说话呢?

　　说话说话说话呀,这又是谁在催促我呢?

　　许多年以后,当李门想起电梯黑姑娘的关于说话的催促,他还是觉得紧张而且尴尬。在"说话呀"的后边似乎还隐藏了什么更深刻的意蕴。

　　李门便意识到自己与自己的妻子进入了电梯间而一言不发是一个错误,是很失礼的了。

　　他用目光催促妻子。因为他自己也不知道他进电梯间是要做什么——例如是要到哪一层楼去。

　　而妻子也极不高兴。她索性紧锁双唇,一言不发。

　　据说中老年女人是很容易与无价青春女孩子产生心理对抗的,这里边有弗洛伊德学派的心理依据。

　　他们的气势似乎是震慑了电梯工姑娘。黑姑娘只好——她还是败了——抬头飞快地扫了他们一眼。然后自行决定,用手里拿的一根木棒捅了一下电梯运行按键,把电梯开向最底层的一楼。由于懒得抬屁股,她是靠这根木棍来工作的——世界上竟有这样连屁股也不用动一下的工作,李门不能不为之惊叹——叹为观止:在社会主义的中国,在中国的社会主义条件下工作是多么舒服呀!

　　简红云脸上没有表情。不论是丈夫的关心还是黑脸电梯工的冷淡都对她毫无所谓。

女人真是情绪的化身呀！女人的情绪是最单打一的呀！你究竟是为了什么呢？怎么一不高兴就什么都不顾了呢？然而这一切不都是他李门造成的么？真是缺了大德了噢！难道他就不能用另一种行事的方式对待——那个前世的冤孽，那个讨厌的不讲道理的又是没完没了地纠缠的永远无法摆脱的冯满满吗？

"这个这个……"李门要说话，简红云转过身去，用后背对着他。李门不由得全身冒火，却又无法发作。

电梯运行到了最下面那一层——这幢居民楼没有地下室。电梯间的门打开了，简红云毅然走了出去。

李门似乎略略迟疑了一下，也跟了出去。

简红云快步走进他们的楼旁的一家茶叶门市部，他们从来都是在这里买茶的。李门也跟了过去。简红云匆匆地看看这个茶又看看另一种茶。站到了一种福建茉莉花茶玻璃罐前。售货员小姐走了过来，红云嘴边嗫嚅了几声，售货员小姐脸上现出了诧异的神色。忽然，红云又快步离去了。小姐脸上出现了困惑乃至烦厌的表情。

任何一个小小的不快都会引起一连串不快来。从这个意义上说，任何人的不快其实都是一种过滤性流行感冒病毒。那么，做一些让别人减少不快活的傻事，也就是理应的了。

但是为什么这样的事会使自己最心疼的人不快呢？莫非一个人的快乐是需要另一个人的不快为代价的么？

李门继续跟随着简红云走，心里充满了惶恐。

简红云走在街上似乎有点不知所往，不知所措。

"回去吧。"李门温柔地说。

红云没有理他。犹豫了一会儿，她回头走向步行楼梯口。

她不"坐"电梯，开始一步一步爬楼梯。李门一惊。他们住的是十三层楼，红云最近又一直说自己的膝关节不好，脚疼，还有腰椎的骨质增生——二十年前他们背石头背得太多了。她为什么不爱惜自己呢？她这是要干什么呢？她爬上了十三楼，不是又要腰疼腿疼了吗？这是何等不理智的行为呀！但她终于是往家走了，这又说明她的盛怒已经开始消退，她的激动已经开始平息——这么快，当然又是使他大喜过望的了。

楼梯爬了一层半，简红云开始大口地喘息起来。她扶着扶手休息了一会儿，不看也不理睬李门对她的关照，继续艰难困苦地向上爬行。

爬过三层楼以后，李门也愈来愈气喘吁吁起来。曾几何时，他一口气爬到十三层楼上。那是在一九八三年四月他被评定为研究员（相当于教授）和当选为省人民代表之后。他一口气爬了十三层楼，放着电梯不"坐"。他多么想考验一下自己的精力和体力呀，他想知道自己的好运是不是来得还不能算是太晚。研究员和人民代表，这意味着对他的成绩的承认和可能是会更好一些的工作条件。他果然一口气爬上了十三层，他几乎是脸不变色心不跳呀！而现在呢？现在，一切的一切都是太晚了啊！

四年过去，楼道楼梯也脏得一塌糊涂了。他们俩的爬行蹚起了许多尘土。他相信这四年就没有人打扫过楼梯。改革了提高了，然而还是猪狗一样的生活呀。他又能去说谁呢？他不也是这里的居民么？他什么时候想起来过去打扫一下楼梯呢？他想不起来他没有做的事他怎么可能去要求别人去做呢？

他喘息，吸进的都是灰尘，他呛得咳嗽起来。他觉得自己的肺部辣辣的。他的咳嗽引起了红云的更加剧烈得多的咳嗽——红云是要瘫倒在楼梯上了。

李门跃上一步搀住了红云，这次红云没有拒绝。

在爬到十一层楼的时候他们做最后一次休息。李门觉得机会到了，他也不能再憋下去了。他说："你进来的时候我正在接电话。是冯满满的。她实在是有一点讨厌。现在不光是你讨厌她，其实我也讨厌她……"

"跟我说这个干什么？"简红云冷笑着说，她的冷笑的声音使一切话剧上与电影上的冷笑为之逊色。这使李门打了一个寒噤。

"一切的一切我都与你说过,一切的一切我给你讲了不知几百遍,讲了不知道多少年。我后来讲的与我第一次讲的,并没有任何区别。我第一次是怎么讲,那么第二百八十六次还是怎么讲。就是'文化革命'中最最整人的专案组也会满意——就是说也得算审查清楚了,不会再把它当做一个悬而未决的问题了吧?"

红云推开了他,眼泪从她的眼眶里涌了出来。

"可是自从我们认识以来,我没有做过什么对不起你的事,也没有任何事是瞒着你的……"李门实在是看不得红云的眼泪,他不知道说什么好,"你不是不知道,过去的事……"

红云的腿脚忽然利索起来,她一溜烟似的跑上了十三楼,回家去了。方才她负气出来,李门连忙跟出的时候,由于走得急,房门也没有锁。

是的,这全怪我。也许确实没有哪个女人会容忍我的行事方式。我究竟是怎么了呢?

也许这是一个至今还没有醒的梦。毕竟这是我的第一次融化,是永远不能忘怀的连结。一九五九年,在那样的日子里,她给了我。也许没有这一次就没有我以后在艰难的日子里的生存,也就没有与红云的结合。这个说法是红云所无法接受的,然而这又是不易的事实。对于我来说红云就是冯满满的继续,冯满满就是红云的前身。当他第一次把他与满满的故事告诉红云的时候,红云甚至感动得哭了。红云说:"这真是一个奇女子,这真是世界上最好的女人。我真希望有一天我能见到她,我要感谢她,我只觉得我会比你更感谢她。只有我才会知道她给你的有多么多,有多么重要,有多么不容易。她太伟大了。她已经把一切都做了,我所要做的只是把她已经做的事继续做下去罢了。"她说得是何等好啊!她想得是何等好啊!家贫出孝子,国乱显忠臣!为什么只有在艰难困苦甚至于残酷无望的情况下人们才会显出几分崇高与善良呢?为什么生活愈好,人就愈庸俗愈卑劣呢？他们结婚的时候，红云还建议为冯满满的健康与幸福而干杯呢！人本来是可以活得很像样子的啊！

为了红云的眼泪，李门一连三天都决心不去满满那里。十一月二十五日下午五点，他告诉了刚下班的红云："她又来找我，我没有时间。"红云的反应是一半冷笑一半疑问："你受得了吗？"红云问。这样的问题和这样的措词特别是这样的表情使李门哭都哭不出来。他只觉得丑陋，甚至于是下流；自己和别人，都丑得不像样子。

人是并不善良的。

这很不愉快，然而你不能回避。

过了半个小时，显然红云的心情渐渐变好了。晚饭时她甚至主动问他要不要炸一点花生米——也就是要不要喝一点酒。红云的情绪的好转更使李门觉得透心冰凉。人，包括最好的人，包括自己最爱和最爱自己的人却原来是这样的不那么善良！

这三天之中他害怕电话铃声像是害怕毒蛇。电话铃只要一响，他就觉得是冯满满打来的，而且，在铃声的震响中，他已经预见——不，应该说是预"听"到了冯满满的怨言与嘲讽：您是大忙人了嘛。鸟枪换炮，您是今非昔比了呀！我吗，我倒是还没有死，给您添乱了呀。我还能怎么着，找您说几句话也就是了。现在的人也是势利眼呀，这不是，老侯还没有下呢，这行市就不灵了呀！为党工作，真正为党工作的人谁能有好下场？过去，现在提过去还有什么用？过去的事谁还能记得？用完了你还不就完事啦？当面说得好听，一转脸还有谁记起你……

在近几年的会面中，李门已经听惯了满满的这些牢骚埋怨。满满说起这些话来抑扬顿挫，努嘴挤眼，含威含嗔，似哆似悲，非常富有表现力与煽动力。李门听了，从耳朵里注进去，钻到脑子里，刻到骨头上，余音绞心，三十日不绝。冯满满的话语与声调使李门难过。而且不知道为什么，所有的这些冯小姐冯大姐的批评，李门都认为是针对着自己的。只要冯满满一骂，他就心虚心跳，脸红耳热，惭愧得无地自容。冯满满老了,冯满满丑了,冯满满孤独,冯满满不快活。他怎么能坐视着冯满满的不快而无动于衷呢?面对着他第一个疯狂地爱过、满足过、为之可以说是死过又活过、从她身上可以说是得到了人生的最初的也可以说是最幸福最残酷最悲哀最崇高最真实的体验的女人,面对着这样的女人却不能帮助她,不能使她更加快乐,他还算什么男人呢?他还算什么人呢?

"记住,有了这一天,我一辈子都倾听着你的召唤,我一辈子都服从你,你什么时候需要我做什么我就做什么,如果你需要我的生命,我只请求你说一声……"

当他的当时还有点瘦弱的身体还处在她的温暖与柔软的拥抱之中的时候,他喃喃地说。这声音始终在他的心里震响。这声音是他自己的声音,这声音更像是上帝的声音,是造物主在假他的声带而宣布一个宿命,一个天条,一个神圣的意旨。上帝创造了男人和女人,上帝让男人从女人身上得到了天本身得不到,地本身也得不到,男人和女人自身也得不到的温存、接纳、融洽、快乐、满足、激扬与和平、润泽;上帝让男人从女人身上消解掉野蛮、狂暴、浮躁、僵硬、强直、硬结与火气,直至消失在永恒与无限之中,连结于伊甸园的神果禁果亚当夏娃青草与狡猾的智慧之蛇,连结于月亮水星银河和无底的神秘黑洞。上帝这样的安排就是为了让男人做女人的主人、保护者与最最忠实最驯服的奴仆。这才是人,才是男人的使命。

这一辈子他爱过两个女人,先是冯满满,后是简红云。一旦爱过,终身奴仆。这是他的信条,这是他的诺言,这也是他的责任。他可以为了第一个而更加爱第二个,他甚至也可以为了后者而更加爱前者——当然是用有别于过去的方式。让他痛苦的是,让他撕裂成两半的是,他不能为了其中的任何一个而去伤害另一个冷淡另一个,而且,这里边他没有发现任何不适宜的地方。不,他没有同时爱两个女人,他只是先后爱两个女人。这里的一个爱是过去,另一个爱才是现在进行时。麻烦出在汉语语法的不严格上,过去爱现在爱居然都是同一个"爱"字——这怎么得了？他有权利维护和继续自己的记忆。继续是现在时，然而记忆当然指的是过去。这便又有了新的麻烦。记忆的继续，是不是在把记忆变成现实呢？然而，现实，又是什么样的现实呢？

现实是，冯满满已经是——早已经是有夫之妇，他李门已经是，虽然晚一点，也早已经是有妇之夫。她与他都珍惜自己的家庭，都忠于自己的配偶，都无意无力无兴趣在过了耳顺之年以后演出什么鸳鸯蝴蝶三角纯情悲喜罗曼斯。他所珍重的无非是人类的善良，是真诚的友谊，是然诺的沉重，是青春的尽可能的滞留——不要那么快就消失得无影无迹。他所追求的更是他内心的平安。积数十年之经验，他已经不再天真，他并非五十年代那个乳臭未干的毛孩子。他知道这一切可能都是徒然的，他知道这一切可能只是自欺欺人，甚至于是自害害人——至少是害了红云——然而这是他的一种自己的需要，强烈的内心需要，就像当年他需要满满一样。他现在仍然需要满满作为他的朋友，也许满满根本不是他的红粉知己，也许他已经意识到了满满与他已经是两路人——《红灯记》上叫做两股道上跑的车，然而他仍然愿意承认满满是他的情感与服务、他的尽忠尽责为奴为仆的对象与债权人。如果连这一点傻气和执迷都消失殆尽，如果一个人聪明到这一步——什么疯狂，什么上当，什么死守，都没有了，人又何必辛辛苦苦地活这么一辈子？

所以，或者干脆也没有什么所以，反正他在又三天之后的一个晚上，出现在满满的破客厅里。

第 二 章

　　一九五八年八月二十八日，在从小小的 S 市通往大大的 K 市的火车上，几个前去报到就学的 K 市大学新生很快就相识了。他们互通姓名，热烈交谈起来。最为健谈的男生名叫李门。他身材适中，戴一副褐纹黄赛璐珞框近视眼镜；眼睛虽小，但眼珠清亮，黑白分明，鼻梁挺拔，酒靥动人，口齿特别清晰，说什么令人过耳难忘。他自我介绍说自己是 S 市第一中学的毕业生，是这个中学的学生会主席、共青团团委的副书记，这次考中了 K 市大学最为热门的机电物理系。于是人们闻之而钦佩不已。

　　健谈的女生名叫冯满满，发育充分，人如其名，浓眉大眼，目光流动，齿宽唇厚，黑发锃亮。她说起话来豪放中时有娇媚弄姿之态，带南方人的官话口音，抑扬顿挫，略显夸张，给人以朗诵乃至话剧台词之感。果然，她自我介绍说原是 W 专区文工团的报幕员兼助理创作员，写过一点歌词还编过活报剧。此次赶上"大跃进"，高等学校扩大招生，她被保送上了 K 市大学政治教育系。人们闻之也啧啧称赞。冯满满向李门问了一句话："你是不是当过广播员？"李门笑了。冯满满则通过这样的问话表达了她对李门的兴趣和对李门的口齿的称赞。

　　另一位年龄大得多，显然与学生娃不同的男子名叫侯志谨，他这个"调干"生（身为干部奉"调动"上大学深造，仍保持干部待遇者）也很引人注目。他眉窝紧锁，剑眉上扬，姿势端正，英武俊逸。他的一身灰色干部服已经洗得发白,但仍然熨得齐齐整整。说话带一点冀南鲁北老解放区口音,笑的时候就显出很高兴的笑容,但刚一笑完立即把笑容收敛,一副严肃冷静、提高警惕的模样儿。他说他参加革命工作已有十余年的历史,一直跟随着高级首长。他一面工作一面学习,十余年来文化程度从高小五年级提到了中学毕业程度,受到了首长与上级组织的表扬。这次奉调前往 K 市大学,同样是去机电物理系学习,他每月仍然可以领到七十余元的薪金。"七十余元"!大家一听,都惊呆了,要知道,那时候大学的一等一级的全额奖学金才是每月十六块人民币呀!侯志谨的形象怎么能不顿时高大辉煌起来呢?

　　侯志谨上车以后就与李门聊起来了,然后向李门提出了一大堆问题:老家在哪里呀,家里几口人呀,什么时候上的学呀,在 S 市住在哪里呀等等。李门老老实实有问必答:M 省 S 专区 P 县牛头乡人士,解放后不久,P 县改为 S 市,而且"大跃进"中修起了邮政大楼与 S 山招待所。他的父母双双务农,土改时成分定为贫农。有一个弟弟,高小毕业后还乡生产,才十八岁,就根据父母的意愿娶了媳妇……他自己?他自己可没有结婚。因为他已经上到了高中,家里对他不免有些另眼看待,他有他自己的章程了。对于去 K 市,他是十分兴奋的,他有生以来看到的最大城市是 S 市,看到的最高楼房是三层——就是 S 市的邮政大楼与火车站对过的 S 山招待所。这是 S 市唯二的三层大楼;他不能想象一幢楼例如超过了四层会是什么样子。"如果是在五层楼上办公或者住家,会不会头晕呢?"他问。他的问题使大家笑了起来。

　　侯志谨接着向冯满满提出同样的问题,冯满满一笑,说:"哟,你原来是人事科长吧?车上问这个干什么?人事档案应该保密!到 K 市大学以后,你可以去学生科查我们的登记表去。"说完,她自己先笑了起来。

　　另外一位身穿真丝绸衬衫,嘴里叼着烟斗——给人的印象像是一个地主小少爷——的白白胖胖的大小子,一报姓名就使全车厢炸了锅。无怪乎穿着这样不凡,道具(烟斗等)这样不凡,神态这样不凡!连吐出来的烟也是又香又臭,十分了得!他原来是大名鼎鼎的神童发明家邹晓腾!就在几个月以前,青年报刊上还在整版整版地发表他的事迹他的照片他的得奖始末。他正规学校只上到高小,但是据说十年来已经胜利完成了大小十七项发明。其中一项是独轮车上增装一个小轮,这样就可以推车上山推车上梯田了。还有一项是给施农药用的高压喷雾器增装了三个"嘴子",使药液可粗可细。另外,邹晓腾是速算能手,他参加了华东速算大赛,得了第一名。不仅如此,他不但是数理方面的神童,而且是文学方面的神童,他写过一首长诗,二百多首"大跃进"民歌。《SS 文学》月刊上摘要发表了他的长诗,其中最有气魄的段落是:

  我的生命,
  一千次,一万次,一亿次,
  我就献给祖国,
  一千次,一万次,一亿次!
  我的死亡,
  一千次,一万次,一亿次,
  我就高呼万岁,
  一千次,一万次,一亿次!
  我的发明,
  一千次,一万次,一亿次,
  我就造福人民,
  一千次,一万次,一亿次!

  这首诗发表以后,受到了广泛的好评。李门说他和他的同学们就把这首诗抄录到了自己的笔记本上。李门还说他们班只有一个女生——叫做什么简红云的,说这首诗写得不好,后来简红云受到了批判,这回她也没有考上大学。总之,除了思想反动的人,都佩服邹晓腾极了。

邹晓腾听了这话哈哈大笑起来。他的肉皮白嫩,年纪很轻,但是笑起来老气横秋,粗钝沉闷,直如一把钝斧头砍伐木头一般。他是被保送到了K市大学数学物理系。上火车以前,S市市委第四副书记为他饯行,请他吃了香酥鸡,还喝了古泉名酒。他的叙述使闻者连连点首,五体投地,啧啧咂咂,几乎流出了口涎。

只是坐在邹晓腾旁边的一位上宽下尖脸盘,黑眉毛短粗上翘,眼珠子显得外凸,身材倒还匀称清爽的男生,对邹晓腾的吹嘘性自述摆出了一副不屑一听的架势。遇到邹晓腾讲得得意,旁人听得入神,而且点头称是称奇的时候,这位男生便从鼻子里发出一种类似两只公猫相遇时发出的咻咻声,其轻蔑与敌意溢于脸表。

"现在我碰到的最大的问题是嫉妒。"邹晓腾说。他的说话也与他的笑声一样,粗钝含糊,给人一种嚼自己的舌头的感觉。"人就是这样,你没有本事他欺负你,你有本事他瞧着不忿。他不忿吧他自己又没有本事,愈没有本事愈不忿,愈不忿愈没有本事。你说,这也是无可奈何的事!"

"噗……噗……噗……不不不!"

眼珠外凸身材匀称的男生恰好放了一个漫长而又宛转的屁,使大家几乎笑了起来。

"也就是这点本事!"邹晓腾不屑地眼望着车厢顶子说。

谁也没有注意,就在邹晓腾大放厥词的时候身材好的男生已经与冯满满搭讪上了。不知说到了什么有趣的事,冯满满与他畅怀大笑起来。他们的会心的大笑使邹晓腾等嗒然若失。

就在这时,由列车员们组成的宣传队来到了这节车厢,开始了宣传鼓动。一九五八年,正值"大跃进",列车员们本着军事化的要求,排着纵队,喊着"一、二、三、四!努、力、奋、斗!"进入这一节车厢。一声"立正!"再加"向右转!"列车员向大家行军礼。所有的列车员都戴上了写有"江汉铁路局三八包乘组"字样的大红袖标,各梳两条小辫,英姿飒爽,斗志昂扬。一声"同志们,你们好!"热气腾腾的宣传就开始了。先是对口词,两个小姑娘你喊我叫,你说我应:

甲:我们,
乙:英雄的中国人民。
甲:顶天立地,
乙:改天换地,
甲:战天斗地,
乙:欢天喜地!
甲:高举三面红旗,
乙:大干社会主义!
甲:让高山低头,
乙:让河水让路,
甲:让荒山献宝,
乙:让沙漠变绿!
甲:春风杨柳万千条,
乙:六亿神州尽舜尧!
甲:一个原子冲破亿万颗原子,
乙:六亿人民的力量如同烈火狂涛!
甲:谁敢阻挡我们的脚步,
乙:就让他粉身碎骨!
甲:谁敢阻挡我们的胜利,
乙:就让他向隅而泣!
甲:谁敢阻挡我们的进军,
乙:就让他化为齑粉!
甲:火车在前进!
乙:前进前进前进!
甲:火车在飞奔!

乙：飞奔飞奔飞奔！
　　甲：奔腾万里！
　　乙：万里奔腾！
　　甲：胜利属于我们！
　　乙：光荣属于我们！
　　合：我们我们我们！
　　甲：世界属于我们，
　　乙：未来属于我们！
　　合：我们我们我们……

　　两个小姑娘又喊又叫，脸也红了，汗珠也落下来了，声音也愈来愈尖厉高亢了，带动了全车厢的人又喊又叫又鼓掌又笑，掌声对口词声笑声叫声混成一片，已经听不清谁在表演什么谁在说什么了，这时候任何语言已经是多余的了，只有一片热浪，只有一片烈火！学生们慨叹道："中国真是热气腾腾干劲冲天呀！我们伟大的祖国总算是振奋起来喽！"

　　另一个个子稍高一点的列车长姑娘开始给大家唱歌。显然她已经唱了许多次许多次了。她的嘴唇哆嗦，嗓子已经沙哑得很了，但是她仍然坚持为大家唱着：

　　　　麦苗儿青来菜花儿黄，
　　　　毛主席来到咱们农庄。
　　　　千家万户齐欢笑呀，
　　　　好像那春雷响四方……

　　她的完全没有训练的哑嗓子呈现出一种苦苦的真诚，一种衷心的甚至是带有悲音的挚爱，像笑也像哭，有一种特殊的感染力，听了让全车厢乘客泪下。人们似乎想到，我们是多么忠诚，我们爱得是多么苦！我们的情感是多么深不见底！这么大的中国，这么老的中国，这么穷的中国，什么时候像现在这样万众一心过！谁能不感动呢？

她唱了几段以后指挥大家一齐唱,于是感人肺腑的独唱又变成了气势磅礴的混声大合唱,唱得大家热泪盈眶,更加兴奋起来。

独唱与合唱以后,列车长号召乘客也主动表演节目歌唱"大跃进",歌唱社会主义,歌唱人民的伟大胜利。"要把我们的列车变成广大人民自己掌握的文艺阵地!人民是文艺的主人,文艺属于人民!"列车长叫道。

"好!"众人连连喝彩,掌声雷动。

多数乘客还在犹豫,冯满满已经来到了列车员表演节目所在的车厢的前端。她刚刚往那儿一站,就引起了哄堂的雷鸣一般的掌声。在众人面前,冯满满是那样自如,得意,目光流动,左顾右盼,笑容满面,桃花春风。就是不一样呀,不服行吗:人家前头一站,就是如鱼得水,如花耀日。李门、侯志谨、邹晓腾也都呆了。他们本来已经被满满的眉呀眼呀笑呀颦呀所吸引了,他们一接触已经感到了满满身上那股与一般的世事未谙的中学女生不同的应该说是相当成熟的女性的魅力了。但是,他们没有想到,走到大家面前的冯满满似乎又换了一个人——那已经不是凡人,而是一个展览,是一个充满自信与自我陶醉的青春与女性的展示,是年华的展示,更是生逢盛世的伟大自豪与充溢生命力的女性美的展示。

"同志们,我给你们朗诵一段诗好不好?"冯满满说。她说话的腔调有点像是给儿童讲故事,亲切,略嫌过分的天真,兴味盎然而又居高临下。她闪烁着眼珠说话,那眼珠鬼灵鬼灵的,比说出来的话还有话,这眼神和腔调又引起了一阵掌声。

她朗诵的是根据电影《护士日记》里的插曲《小燕子》的歌词改编的诗:

　　一只长着黑羽毛、白胸脯的小燕子,

她朗诵到"胸脯"两个字的时候拍了拍自己的胸脯,她的动作与丰满的胸脯令人沉醉。手执烟斗吞吐白烟的邹晓腾不由得停止了喷云吐雾,大嘴一张,咽了一口吐沫,闭不上嘴了。

> 阳春三月,它回到了自己的家乡,
> 喔,这里一切都已经变了样!
> 天啊,这是什么地方?我怎么不认识了呢?

喔的一声,冯满满忽然变成了幼儿园的孩子,天真烂漫,机巧玲珑,欢蹦乱跳,稚态可掬。一开始,人们觉得这个眉大眼大嘴大胸大手大脚大臀大的女子忽然发出了小儿喃喃之声似乎有点不贴切,有点好笑,乃至有点别扭。但是这种不谐调感只存在了一瞬间,立即,人们被冯满满的自信与沉浸所折服,人们被冯满满的天真与活泼所感动。是啊,我怎么不认识了呢?我怎么不认识了呢?大家都觉察到了这个问题:我们的伟大的日新月异的祖国,已经面貌一新,难以辨认了哟!我们都已经是,我们干脆是一群不识自家的小燕子哟!于是,在海浪一般的掌声中又鼓了一次雷鸣般的掌。在无可阻挡的表演面前,在一个二十岁左右的美丽女性的大方的,敞露出自己的心怀的热烈纯真的抒发面前,平凡的人们除了傻笑与鼓掌以外,又能做什么呢?

> 从前,这里是这样的贫困,
> 饥饿的魔影重压在穷人的心头。
> 地主老财抢走了我们的最后一口馍馍,
> 我们叫天不应叫地不灵……

冯满满的感情刹那间转变了一百八十度,她眉头紧锁,手心朝天,伸臂向前,声音抖颤,全身觳觫,声音喑哑。而且,而且最惊人动人的是她的滚热的——一定是火烫的而不是温吞的或者冷寂的——眼泪刷地流了下来。李门见状,感动得轻摇着头,长叹一声,然后自己也不由得哭了起来。可不是么,在旧社会我们是何等的贫穷而又痛苦!他一边啜泣着一边结结巴巴地自言自语:"真是阶级的感情阶级的仇恨阶级的热浪呀!"

朗诵完了之后,在全车厢热烈的掌声中,冯满满又加唱了同名歌曲《小燕子》。

……她唱得最高兴,全场最兴奋的时候,邹晓腾用他那破锣一样的嗓子突然大喝一声:"我看比王丹凤强多了!"王丹凤是电影《护士日记》的主角,这部电影和王的表演本来是深受好评的。

全场哄笑,有人吹口哨嘘他。

服了服了,全场为之哭为之笑为之倾倒,为之痴为之思为之沉醉。她走回座位的时候目光炯炯,步履飘摇,神采飞扬,笑容荡漾。认识的不认识的,都一律夸奖赞美:"好!你朗诵得太好了!太棒了!"还有的乘客问:"您是演员吧?您是文工团的吗?您演过电影吗?"对于这一类问题,冯满满莞尔一笑,在开朗洒脱之中又添了几分妩媚,于是更加动人得紧了。

过了好一阵,李门才说:"谢谢你。你让我知道了什么叫激情,什么叫朗诵,什么叫诗,什么叫歌。"他说着的时候甚至半闭上了眼睛。

冯满满嫣然一笑,轻拍了一下李门的手背。李门只觉得幸福得喘不过气来了。

"好同志呀!你真是好同志呀!"侯志谨说,"你要是去部队文工团,至少能立三等功!首长一定会接见你的!"他又补充说。

"那好哇!"冯满满竟然伸出手与侯志谨握了一下,使李门一惊。

"你为什么不念我的诗?其实我的诗是很适合朗诵的。"邹晓腾以批评的口气说,说完了咳嗽了两下,以示威严和与众不同。

"我看你选择的这一首诗与歌很好,很适合你。你的成功是无法否认的。"身材不错而眼珠外凸的男生用一种显得做作的南腔北调说。他继续以一种轻蔑的语气说:"诗不是口号,诗不是标语。用小燕子的口吻讲述我们祖国的伟大变化,我看这很好,这比标语口号要好得多!"说完了他扬起了脖子,一副挑战的架势。

邹晓腾的脸一下子就红了,他嗯嗯了一阵,一时找不着有力的反击言语,又不能甘拜下风,"燕雀安知鸿鹄之志!"他磨磨唧唧地说,又加了一句:"不屑一顾!不屑一顾!眼睛根本不夹你!"

眼看双方就要掐起来了,冯满满陡地站起:"同志们,朋友们!"她面向全车厢说道,"在我们车厢里,有一位著名的神童发明家、神童速算家、神童诗人,他就是邹晓腾!现在我们欢迎他表演一个节目好不好?"

"好!"全车厢像小学生一样整整齐齐地回答。

"快!快!快!"满满拍着手说。

"快!快!快!"全车厢拍着手说。

邹晓腾感激地看了冯满满一眼,摇摇摆摆地迈着大外八字脚向车厢前端走去,一副大获全胜的样子。

身材好的凸眼男生蔫蔫地低下了头。

"我就是邹晓腾,我这个其实这个也就是这个……"邹晓腾开始劈劈拉拉啰啰嗦嗦地说话。他说起话来含含糊糊。冯满满趁机坐到了凸眼男子旁边,她说:"我叫冯满满。我原来是W专区文工团的报幕员和助理创作员。领导上保送我去K市大学去学政治教育……"她自我介绍说。

凸眼男子受宠若惊,一下子转悲为喜,舔着嘴唇哑着舌头说:"我叫甘为敬。我本来是V市的,到S市是为了看望我的表妹,从这边去K市上学。我,你知道我去过莫斯科和柏林……"

他的一句话使举座皆惊。在那个年月,出过国的人差不多是被看做活神仙的,与出国相比,甚至于神童也不在话下了。

"那一年是一九五二年,我十四岁,刚上初中一年级,V市选拔了我去参加在民主德国举办的国际少年夏令营,在柏林。回国的时候我们还在莫斯科停留了三天。你们不知道,外国人身上都洒满了香水,全身都香极了。"他忽然想起了什么,转身面向李门。说:"你刚才问什么四层楼五层楼,四层楼五层楼算什么,在柏林和莫斯科都是二十多层的大楼!"

"二十多层!"人们惊叹说。李门不住地点头。

"莫斯科有一个广场,名叫普希金广场,普希金广场上有一个诗人普希金的铜像,披着斗篷,挺着胸昂着头,那样子帅极了!"

众人点头不已。

"在柏林有一条大街,名叫菩提树大街。菩提树大街一半在民主德国,一半在西柏林,你如果一不小心就会走到西柏林去,一到西柏林就会落到国民党特务手里,他们在你身上刺上反动标语,他们还让你吃一种药,吃了那种药,人就会糊里糊涂地当了叛徒……"

众人嗟叹不已。也都为甘为敬深感庆幸,他没有误入西柏林,没有落入国民党的魔掌,他现在平安愉快地坐在"大跃进"时代的列车上,准备着上大学,他是多么幸福!

"那你表妹在哪里呢?"冯满满关切地问。

"她……死了。"甘为敬哽咽地说,"癌症……"他再加解释。

冯满满立即掏出了手绢,她哭了。

邹晓腾还在那里滔滔不绝,介绍他自己的事迹,他说话的声音如同钝锯锯木。全车厢已经乱成一团,几乎不再有一个人听他的话,但是他毫无察觉地照讲不误,愈讲愈得趣。

甘为敬眼睛往邹晓腾那边撩了撩,打趣说:"他还真顽强!"一句话说得大家笑成一团,尤其是冯满满笑得把腰弯到了地上。

笑声却使邹晓腾受到了鼓舞,他以为是自己的幽默获得了成功。他说:"你们不要笑呀,更可乐的还在后头呢!"

于是这边,人们笑得更厉害了。

读者想必已经看了出来,就在这一节一九五八年的车厢上,在"大跃进"奋勇直前的气氛中,我们的小说的主人公们与读者见面了。在这个时代这个年龄这节一天等于二十年的列车上,他们很快地建立了友谊。也许机灵的读者也已经猜出,这里不仅是友谊。李门,侯志谨,邹晓腾,甘为敬都已经对冯满满一见钟情。在那个年月,他们从没有见过像冯满满那样动人的女子。那个时候的中学同学女孩子大多都很拘谨，很严肃，绝不卖弄风情。她们爱皱眉头，朴素到了戕害自己的美容美貌程度，穿一件花衣服也要用蓝布罩衣严严地遮蔽起来，身体呈现了曲线也要努力把自己束缚成直上直下的棒槌。那个时候人们无师自通地信奉并且严守着无产阶级的禁欲主义、苦行主义，尤其把女性的性特征视为资产阶级的妖魔异端，视为革命队伍的腐蚀剂。性感的女人在新中国的电影里也出现过一次，那就是电影《钢铁战士》里的那个为反动派"美人计"效劳的女特务。那样的女特务本身当然就是糖衣炮弹、糖衣毒药丸，是白骨精和毒蛇。在这种风气下，他们见到了冯满满这样的丰满开放毫不吝惜自己的女性魅力的女子，看到冯满满这样地十分自信地散发着女性的热能，甚至可以说是十分自信地、老练地和积极地讨好着每一个男生的女性，他们怎么能不神魂颠倒，如醉如痴呢？

对于李门来说，冯满满是一个新的世界。冯满满和 K 市、高等院校、四层以上的高楼以及调干生、神童、莫斯科和柏林一道，标志了今后的世界对于他来说会是多么辉煌和阔大。而他，虽然是他那个小农村小城市小中学的佼佼者，他过去的天下是太渺小了。他接触过的女子，有哪一个能赶上冯满满于万一！与冯满满相比，她们是那样的一段段的呆木头！

有一个例外，那就是他的思想反动的女同学简红云。简红云是一个非常秀美的女子，清雅得如同玉兰花。只是简红云太喜欢思考。喜欢思考并不总是可爱的，何况一个女学生。由于思考，简红云的眼睛常常显出一种茫然的深邃。这种目光使李门有一种望而却步的感觉。终于，在对待邹晓腾的诗作的问题上，她暴露出了自己的反动思想。说实话，李门为她感到惋惜和难受。她就不能思想好一点么？这也是没有办法的事。

而冯满满就不同了。冯满满的思想一定是好的，这从她朗诵的诗作上就可以证明。冯满满是一盆火！冯满满的目光如星似月！冯满满的笑容既娇且憨！冯满满的声音婉转盘旋！冯满满的话语热烈风趣！冯满满的待人春风雨露！冯满满的步态勇敢从容！冯满满的身体健康强劲！见了冯满满他才知道了做一个人一个年轻人是多么自豪多么快乐！在冯满满面前,他当然应该自豪而且快乐！见了冯满满他就再也不能不去想冯满满。想想冯满满,只一想他已经感觉到了一种光明、一种骄傲、一种充实、一种奔头啦！想想冯满满他就好比是上天飞翔啦！我要好好的好好的,我要赢得冯满满的爱情,如果不是冯满满本人,也是冯满满这种类型的女子！我们要比翼齐飞,并肩前进！胜利属于我们！

侯志谨也是一眼就盯住了冯满满。他在上大学前完成了一件人生大事,就是说他离了婚。其实他结婚也没有几年,全国革命胜利了,他才被父母叫了回去结婚。他当时觉得结个婚闹个媳妇也还不错,但是他后来才发现妻子是斗鸡眼！于是他强调自己是被父母强迫糊里糊涂地完了婚。后来他的首长与家乡的原来的妻子离异了,娶了一位年轻得多的知识分子,皮白肉嫩的,说话也好听。新夫人对首长照顾得好,每天早晨给首长冲麦乳精,还要炸鸡蛋。这使他十分满意。他十四岁参军,十六岁给首长当警卫员,他忠心耿耿地一心把首长保护好。谁对首长好他就喜欢谁,谁对首长不好他就不喜欢谁。首长的新妻子对首长很好,他也就愈来愈觉得首长离婚再娶实在是做得对。

随之他受到了启发,他为什么不也讨个白白嫩嫩的媳妇呢？他太傻了,他的前程远大,首长对他很好,他参加夜校学习成绩十分优异。人往高处走,人分三六九等,事分三六九级,他当然不能做一辈子警卫员,他也不可能一辈子陪着一个长着一对斗鸡眼没时没晌老是吸溜鼻涕的乡下娘们儿。那样一个娘们儿,他可怎么带她去参加舞会呢？他已经跟首长去过舞会了,他看到一男一女搂在一起跳舞觉得实在是美。那么多年轻貌美的姑娘被首长搂住了腰,他羡慕得眼珠子都直了。

他被保送了上大学又离了婚。他笑嘻嘻。他的元配媳妇是离婚不离家，照旧住在他的父母家中，他的父母很中意这个他不中意的妻子。随她的便吧，反正各方面的远大前程就此开始。他自知这一批大学生里没有一个人有他的革命资历长，没有一个人有他的工资待遇高。他将要与一帮学生娃娃混在一起。他觉得又自卑又自傲。

上车以后他冷静地观察着冯满满，他认定这正是他寻找的女性。一路上，他的眼睛和头脑对冯满满进行了生理的与文化的解剖。他奇怪，怎么人与人生来竟是这样的不平等。他原来的那个媳妇，那也算是个女人，挨得她近了他老是觉得有一股子酸馊咸臭的气味，像泡菜，也像咸鱼。而挨着冯满满坐，他闻到的是一股这一辈子还没有闻见过的芳香，像是首长喝过的一种玫瑰酒，又像是洗脸用的"紫黄柔"牌香皂，还像一种叫做"至味酥"的甜点。这些好东西都是首长的新妻子给首长买的。他甚至相信如果能舔上冯满满一口会是很惬意的事情。他原来的那个女人说起话来前言不搭后语，而冯满满说话就像唱歌，听她说话就像是坐着小船在波浪上飘飘摇摇，就像是坐上飞机上了天。他已经跟随首长坐过一次飞机了，他还没有告诉这些毛孩子同学呢。他特别喜欢冯满满那个鼓鼓囊囊的身体，她并不很胖，但是不知道为什么看起来那么充实劲道，他看到了她就好比是看到了山东馒首，高桩的，用杠子压出来的面剂子；而他原来的那个女人，实在就好比是掰下来的一块按得歪歪扭扭又烤夹生了的贴饼子。

"你喜欢跳舞吗？"他瞅冷子问了冯满满一句。他一见冯满满就想起了首长的跳舞。陪首长跳了两次舞以后，他自己就练开了舞了。四步三步，他抱着椅子练。一次被首长发现了，他受到了鼓励，我们是为人民服务的，我们之间只有分工的差别而没有高低贵贱的区分。首长是这样说的也是这样做的。第三次陪首长去参加舞会的时候侯志谨就在首长的亲切关怀和安排下下了场。他也尝到了搂着一个如花似玉的闺女翩翩起舞的滋味。那天晚上他兴奋得一宿也没有睡得着觉。用他自己的话说："就跟上了天似的。"

冯满满对他的问题报以一个甜蜜的微笑。"这个娘们儿……"侯志谨只觉得被这微笑托了起来,又被这微笑化成了一摊稀泥。悠悠荡荡,迷迷糊糊,够味儿!我要她要定了!我要实实在在地给她几下。他窃笑起来。

很快他就分了心。是李门的形象吸引了他。他听到了李门的声音。李门也被"啦啦"到车厢前端去表演起节目来了。李门正在唱家乡戏,旧腔新词内容也是歌唱"大跃进"。这戏,这口音,还有李门一用力一皱眉一笑的神态,他记忆犹新,他气愤犹新。简直是乱弹琴。首长是四川人,他从首长那里学会了骂乱弹琴。再联想一下他们一见面时,李门对他的提问的回答,侯志谨恍然大悟,是他!原来是他!瞧把你美的!他几乎大叫起来。

于是在李门唱完了家乡戏回到自己的座位上以后,侯志谨就向李门重新发出了一连串审问:"你是哪一年生人?""你原籍是——哪个专区哪个县哪个乡哪个村哪个镇离公路多少公里离十字路口多少公里离运河多少公里?""你从多大到多大生活在哪里?你小时候没有迁居过吗?""你家里有几口人?你父亲今年多大岁数了?十二年以前是多大岁数呢?母亲呢弟弟呢?妹妹呢?""你在哪里上的小学,你们村就这一个小学吗?小学三年级的时候,一个星期有几节课呢?都做什么游戏呢?那时候看过电影吗?""你们村的支部书记是谁?村长是谁?贫农团长是谁?儿童团长是谁?小学校长是谁?"

"怎么像是查户口?"甘为敬问。大家笑了起来,尤其是李门笑得欢。他早已经被问得不耐烦了,他感激地看了甘为敬一眼,感谢甘为敬救了他。

侯志谨瞪了甘为敬一眼。

"我要为你写一首诗。"邹晓腾大着舌头对冯满满说,"你今天在车厢里为'大跃进'而大唱赞歌,这使我非常感动。这本身就很有诗意。你想一想,大家素不相识,相聚在飞速前奔的列车上,这是时代的旋律,火车头的旋律。报上不是登了吗,马克思说过的,革命是历史的火车头。马克思还说,革命时期,一天等于二十年。那么,一个晚上就等于十年!中国的古话是一日不见如三秋兮,一天等于三年。我们的生活呢,一天等于——不,一晚上等于十年!哈哈,你的朗诵就是在这样一个时代背景下面进行的。写文章关键在于时代背景,你抓住了时代背景,你已经成功了一半或者三分之二!工具改革也是一样,你得抓住牛鼻子!抓住牛尾巴牛奶头是没有用的,哈哈哈哈哈……"说完奶头两个字,邹晓腾不知道联想起了什么,饶有趣味地大笑起来。

冯满满不但没有多心,而且高兴地重复着邹晓腾的话大笑:"抓牛奶头,牛奶头……"她也觉得好笑得要命。

女人是人间的尤物……尤其是有几分姿色的女人。女人有了姿色,也就是成了精,褒姒、妲己之属是也。自古以来讲的是郎才女貌,可是仅仅是郎才还压不住女貌,所以必须有三从四德,给尤物戴上笼头,戴上口嚼。像冯满满这样的尤物恐怕没有什么男人可以制服,除了我以外。邹晓腾者,出类拔萃之神人也。市委第四书记是给我饯了行的,我们一起喝了古泉大曲!这些小子们……

邹晓腾还想起来他家乡唯一的一个酒馆的胖女老板。那个时候他还是一个孩子。不知怎么的他忽然迷上了那个胖老板的身体上的圆乎乎肉乎乎的部分,他在一次梦里甚至梦见抱住了女老板的圆乎乎的肉,女老板就在他的拥抱之中膨胀着充实着顶撞着,自己也就随之而伸展发育强硬起来。他与她行了那见不得人之事……好荒唐呀!妙哉妙哉妙噢噢哟!他胡思乱想着,觉得有点意思,有点过瘾。

甘为敬不知道为什么那么讨厌邹晓腾。他也很喜欢冯满满,他一下子就觉察出了邹晓腾那股子"癞蛤蟆要吃天鹅肉"的脏心,不由得怒火中烧。他也不是等闲人物,他出过国!他从小学五年级就整天价与女生传纸条,他初中一年级就读了《红楼梦》,他决心做一个贾宝玉式的人物,让姐姐妹妹一大堆的女孩子围着他转,想要谁就拽过来……他父亲是省委宣传部长,母亲是教育厅长,两个人都是"一二九"时期参加革命的干部,都是大学生。他从上小学,走到哪里不是被羡慕着被照料着被奉承着,尤其是被女生讨好着。他不懂得这是由于人们对于他的父母的尊敬,还以为是由于自己的高人一等呢。从初中三年级他就与本班最出色的女生外号叫小燕子的要好了,两个人已经接过好几次吻了,互相也胡乱摸索了一程子,也应许下了天长地久的海誓山盟。没想到与那只小燕子告别还没有多少天,就在列车上被朗诵和歌唱另一只《小燕子》的冯满满搞得神魂颠倒了。其实冯满满这样的女子有的是,小燕子还不是满天飞。为了维护自己的尊严他安慰着自己。只是看了邹晓腾那副不知天高地厚又土又傻又浑又傲的样子叫他觉得生气。他就是要让邹晓腾们知道知道,冯满满只可能对他甘为敬这样的出类拔萃者倾心,而不可能对邹晓腾这样的癞蛤蟆青睐。瞧邹晓腾那副没有见过世面的小土财主样儿,自己也不撒泡尿照照镜子!邹晓腾是神童吗?就从今天的待人接物、言谈举止来看,他可以断定:邹晓腾纯粹是白痴一个!

第 三 章

　　侯志谨的客厅常常引起李门的困惑。破旧的沙发,灰尘,一种霉潮与樟脑的混合气味,褪色了的窗帘,洗得不干净也许是已经无法洗干净的玻璃杯子以及墙上悬挂着的一端高一端低的照片镜框,这一切都给人以一种家道凄凉、年久失修、生机寥落的感觉。然而,与此同时,这里有不断鸣响的电话铃声,有堆在一角的未及打开的大大小小、花花绿绿的礼品盒与礼品包,沙发桌上则放置着一叠卡片、公用信笺信封、圆珠笔和红蓝铅笔、订书机和胶水等文具——这些东西本来是不应该放在客厅里的。这里还使用着很占空间的进口负氧离子发生与空气净化器和式样十分摩登的壁灯,称得上是该着的不着,令人起疑,却又让你觉得他们过得正红红火火,他们把一个客厅搞得既像是接待室又像是前线指挥部。

　　进这样的客厅常常使李门觉得心有疑虑。来这里干什么呢？来这里会不会落入什么陷阱呢？

　　而且,他常常一进冯满满的会客室就发作鼻子的过敏性炎症。一在冯满满的客室坐下来,他立即就会感到鼻孔奇痒,上颚干硬,眼皮紧张,人中拉长,十分不好过,紧接着他的两行清涕便不住地流淌了出来。

　　他为什么有点怵这个客厅呢？

　　接到第二次电话,比原定时间拖延了六天以后,李门进入了冯满满家的客厅,由于没有按时到来,李门更觉得窝窝囊囊,畏畏缩缩。

我这到底是想来还是不想来呢?如果不想来,又有谁强迫我来呢?如果想来,为什么一进这个客厅就这样情绪低落,心神不定呢?

冯满满说:"真得谢谢您啦。我还以为您不来了呢。"她仍然大大方方,中看,然而一天比一天显老,而且带着病容。

李门唯有苦笑。然后掏出手绢擦鼻涕。

"茶还是可口可乐?"

然后不等李门回答,冯满满说:"你说缺德不缺德,前几天党委书记陈一贤来了,一来就说他是代表党组织来的。我正给他沏茶呢,一听这个,我赶紧停止了泡茶。我说,那我就不给你茶喝了。我可以给朋友倒茶,可怎么能给党组织喝茶呢……把我气的!现在这干部的水平你有什么法子!"

于是李门反省开了,自己有没有类似陈一贤的表现呢?不会是说给我听的吧?

冯满满给李门拿来了易拉罐装可乐,哧的一声拉开了罐儿,把可乐倒到放在李门面前的一个玻璃杯子里。李门本来是不喜欢喝可乐的。他听人说过,可乐对人的牙齿很有害。偏偏拿来的是可乐。有什么办法呢?可乐倒到杯子里,立即泡沫翻滚,特别是杯子中间,冒起一线喷泉,直冲杯口,还发出一种叮叮淙淙的细小而又悦耳的声音。

倒也有趣。他想起他前不久接触过的一位 B 国学者来了,那位学者自称原来是激进的左派,是受了毛泽东的"文化大革命"的影响才走上了革命的道路的。由于他参加了该国六十年代的左派学潮中的某些过激行为,被通缉了二十年,二十年不得回国。他说,他八十年代第七次来北京,晚上到的旅馆,第二天一清早,他在旅馆的房间里一拉开窗帘,看到了对面大街上的一块可口可乐广告牌……把他吓坏了,还以为是被绑架到了西方国家。

没有人比中国人更灵活,更能出其不意地改变自己。

李门拿起杯子,放到嘴边,门响,侯志谨进来了。他面色晦暗,两腮浮肿,目光阴沉,气喘吁吁地走了进来。他看见了李门,脸上略略放松,似笑终于非笑,马上移开了目光。

"你发现没有发现,侯志谨的眼睛里常常含着杀机。你再仔细看看,有时候我觉得那太像是狼的眼睛……"这是简红云对李门说过的话。他不由得想起来了。多半红云是对的,她吃过的苦头是太多了。

"怎么啦,又像个斗败了的公鸡似的?"冯满满斜着眼问。

侯志谨一声不吭,径直进了他们的卧室——里间屋。

冯满满似乎觉察到了什么,她哼了一声,从沙发上站了起来,顾不上招呼李门,追着丈夫进了里屋。

李门觉得退也不是进也不是,只好端起杯子喝可口可乐。他们夫妇之间的神态与对话使李门想起一种什么阴谋。他自己则是非常害怕阴谋的。比起参与阴谋,他宁愿选择被阴谋所暗算。

这时他听到了内室传出来的闷闷的既像咆哮又像哀哭的声音。他一惊。他对这个家庭并不陌生,他也看惯了侯志谨的气呼呼的面孔听惯了冯满满的恶声恶气的言语。但是,他从来没有听到过他们发出这样的闷声。这像是夕阳西下时分动物园里发自狮山虎山的哀吼。他想起了一句古话:"叱咤则风云变色,喑呜而山岳崩颓。"究竟是出了什么风云变色山岳崩颓的大灾大难呢?他觉得更不自在了。

他小心翼翼地喝着可口可乐,他觉得,在这种不明不白的紧张气氛中随便喝可口可乐也是不一定得体的。他实在不愿意卷入到他们家的什么事情里。他悄悄地喝着,放慢了速度,尽量让这种啜饮不出声。他最后喝完了可乐,但是仍然没有人出来,就像他们忘记了他的存在一般。同时他仍然能够听得见他们夫妇二人的怒骂。非礼勿闻,非礼勿知,他警告自己,不要偷听人家的秘密,他恨不得捂上自己的耳朵。他的努力很有效果,本来可能听得见的话他基本上没有听到。但是虽然躲了又躲,他还是听到了一个熟悉的名字:甘、为、敬。他一惊。

为了避免听到更多非礼的东西,他毅然站了起来,他叫道:"志谨,满满,你们有事,我下次再来吧!"

他的声音很大,但是没有人听见,倒是他又听到了里屋的声音。是一个名字,好像是一个外国人——David,他不能确定,因为他们俩的英语发音怪怪的,难以分辨。

哪个大卫——戴维德呢?难道是他?

"志谨,满满,我走了!"他喊的声音更大了,但是他其实并不想走,他实际上是催他们快快出来。

"别走呀!"是满满的声音。她边喊边走了出来。"好容易来一趟,怎么刚来就要溜呢……"

李门不喜欢"溜"这个字。他低下了头。

"这个混蛋!"冯满满骂道,骂得李门一激灵。"也用不着回避你,李门。我说的是甘为敬!这小子过河拆桥,卸磨杀驴,吃谁的饭就砸谁的锅!这个流氓!这个坏分子!一九八三年公、检、法已经确定了要逮捕他了!至少要传他上堂了……什么,你不知道?V市一个中学女生她爸爸把呈子已经送到法院了!告他流氓罪!他就是流氓呀!他猥亵妇女!他诱奸幼女呀!他自己都承认了呀!他是找死呀!根据严厉打击刑事犯罪的精神他是可以枪毙的呀!没有我们帮他,他早吃了枪子儿啦!"

"慢慢说,别生气,别生气,慢慢说!"李门对盛怒中的冯满满不知道说什么好,冯满满说起吃枪子儿来就像是说吃一顿家常便饭吃茶叶蛋,他听不大惯,便勉勉强强地劝慰着,并且示意要她坐下谈——倒像他是这一家的主人似的。

"李门,你想想,他甘为敬又是流氓坏分子,又是'文化革命'当中的三种人,他还想造反呢!他是'云水怒'劳改农场造反团的一号勤务员呢!这个造反团后来正式定成了反革命组织了。他抄过地委书记要不就是县委书记的家!他是大胆包天!他两头冒尖,坏事都占全了!地富反坏右,他全占着,劳改队里他还钻到女厕所里偷看女人撒尿呢！他那个右槽牙就是因为这事被女劳改犯打下来的。他自己告诉我的。连看见什么了他也告诉我了，他说这是'报告文学'。就这么不要脸！真是，人不要脸了，鬼都害怕！他讲的笑话：有一个鬼把自己的狰狞面目显示给人，这个人说不怕。鬼说，那你的脸是什么样子的呢？这个人便转过身去，脱掉了自己的裤子，往上一撅，吓得小鬼一跑跑了四十公里！这正是他的自我写照。这样的人还有什么可说的！"

说的人痛痛快快，听的人如坐针毡。李门很怕她再说出更不雅的话来，不由得面红耳赤。

冯满满说得来了情绪，她继续说："他这样的人还有什么希望？他能在劳改农场就业也就不错了！他还有什么业务？大学二年他都没有学完！再说了，他的那个原单位早撤销了！就算够了平反的条件……"

"甘为敬的原单位撤销了？"李门狐疑地插嘴。

"撤销了就是撤销了，我说了嘛，他的原单位已经撤销了。"冯满满怒气冲冲地说，"没有原单位谁给他平反？是老侯通过咱们研究院破例为他平了反！是老侯发调令把他接回到G市！又给了他级别又给了他房子！他回来的时候四十多了连个媳妇都没有！偷鸡摸狗偷鸡摸狗，靠偷鸡摸狗能活一辈子吗？他四十三岁才结上了婚！他五十岁的人了孩子还没有上小学呢！他成亲那时候，连洞房里的尿盆都是我们赏给他的！他狗改不了吃屎，你也不是不知道……这个这个……一九八三年'严打'期间就应该抓起狗日的来！又是老侯我们保了他呀！不是我们保他能有今天吗？好哇，现在翅膀硬了呀！要挟我们来了呀！"

李门对谈甘为敬没有兴趣。一团糊涂账，谁也理不清。一九八三，一九八三，谁知道那一年是怎么回事呢？那一年的事他还没有忘记呢——

那一年各单位都忙着搞选拔年轻干部，培养接班人，搞那个"第三梯队",还堂而皇之地在各单位搞什么民意测验乃至民主选举。上级组织部门正式找李门谈了话,说是民意测验的结果他李门得票最多,大家赞成由李门来组阁——担任他们的研究所所长。李门的心情十分矛盾,二十多年的时间荒废过去了,他好不容易现在能够做自己的业务研究,而且是正在出成果,他实在是没有去"管事"的心。另一方面,他二十多年背着一个吓人的大黑锅,如今终于成了呼声最高的所长人选——这才叫彻底恢复了名誉,出了一口鸟气!黑锅背起来容易卸下来难!就是领导给你平了反照样有人欺负你,拿你当做"有问题"的人。甭管你多大本事多大贡献多好的人品,一叽咕你有问题,你就剩了挨整的份儿了。那些没有能力没有知识的可怜的人呀,他们一无所长一无可取,一辈子除了跟着哄哄闹闹欺负欺负某个时候不能还手的人以外,他们究竟会干什么呢?如果没有一两个"有问题"的人陪着他衬着他让他们出气,他们还有什么价值?他们还怎么活下去呢?如果阿 Q 没有一个小尼姑的头皮可以摸一摸,阿 Q 不是灰灰得只能自寻短见了吗?

而他糊里糊涂地"有问题"了二十年,让众阿 Q 摸了二十年,该转转运啦。

何况还有一大堆实际问题,安装电话啦,出门要车啦,出差能不能乘飞机或者坐软席啦,看病是用一般的没完没了地排大队的"红卡"——红色公费医疗证还是用相对条件比较优越的"蓝卡"——蓝色领导干部用公费医疗证啦,尤其是住房标准啦……如果没有一定的职务头衔,光靠什么研究人员呀教授呀有过发明创造什么的,解决起这些问题来就难于上青天了。而一旦有了个什么狗屁官职,一切的一切迎刃而解。这么一想,他又不忍心拒绝上级的抬举了。

就在他犹豫之中,冯满满找了他,说是侯志谨革命那么多年,学也上了那么多年,磕磕绊绊摔摔打打混到今天可不容易。现在,侯志谨已经五十大几了,他面临的是最后的机会——叫做末班车了……一句话,她要求李门把所长的职位让给她老公。

他甚至有点感激满满,是冯满满帮助他摆脱了世俗的——应该说其实是非常庸俗的蝇头小利的诱惑,与满满谈完了他非常轻松。他找了组织部,对所长的职位他是坚辞不受。

就在这个时候报纸上刊登出甘为敬描写侯志谨的又抓科研又抓政治思想工作的事迹的报告文学《辛劳服务四十年》,副题是"科研战线上的一头老黄牛",来得正是时候!极尽夸张之能事的所谓报告文学李门未忍卒读,但是这篇东西的出现还是使李门一惊。因为就在不久以前传出了某种丑闻:拈花惹草臭气熏天的甘为敬据说搞到了侯志谨的千金小姐身上,据说由于侯志谨与冯满满的坚决要求,保卫处已经整理上报了材料,即将把甘为敬逮捕。甘为敬那几天天天跑到侯志谨的办公室检讨说明解释,他的脸色也变了,见到谁都鞠躬哈腰,哆哆嗦嗦。为了证明自己只有"嘴上功夫"并没有动真格的,不惜见人就说自己不行。李门就是在街上骑着自行车被迎面骑车而来的甘为敬叫住的,本来李门与他话并不多,偏偏这一天他抓住李门说个没完:"你知道陈一贤和他老婆离婚了吗?"甘为敬问。我哪里知道?李门想,便不予置答。甘为敬丝毫不在意,他揪着李门的袖子告诉李门,"你知道吗?他那个不行。"李门唯唯。接着甘为敬放低了声音告诉李门:"你知道吗?我也不行。这个病很难治。你认识会治这种病的中医吗?"

那天李门甚至怀疑甘为敬是得了神经病,怎么大街上见了人就坦白自己不行呢?他不是自命风流贵族,花花公子吗?怎么转眼成了阳痿病人了呢?他不怕影响自己的形象吗?即使真有此困难,也不必大街上见着谁告诉谁呀!我又不是男性科大夫!

后来才知道当时他是真吓傻了,当时的风声是真紧呀,除了冯小红的事确实也还有什么 V 市的学生家长控告他之类的事……他一个星期吓瘦了十三斤半。最后,总还是没有逮捕他,冯满满又亲自出马辟谣,大骂是谁吃饱了撑的造谣生事。又过了不久,《辛劳服务四十年》的报告文学出笼了,闲言碎语更加多了。李门实在是不想听更不想问这方面的事了。

这样,所谓民意测验最得人心的李门就没有当上所长,而是由整党中备受责难的、几乎被定为"文革"中"三种人"之一的侯志谨当了代所长。

李门觉得高兴。他满足了满满,自己又毫无损失,叫做利人利己,两全其美。然而不久,那些起初不断地给他通风报信,不断地向他祝贺乃至表示效忠,对他热得如火如荼与他亲得如胶似漆的伙伴们——在李门要当所长的那一阵子里,他们已经自称是李门的亲信了——在他没当上所长之后,又都窃窃私语起来,闲话一直议论到他的老"历史问题"。他的八岁时的"问题"竟然至今阴魂不散,这使李门颇觉得沮丧。

那么,时隔四年之后,到了一九八七年十一月与十二月之交,冯满满他们又是为了什么对甘为敬这样咬牙切齿的呢?

在冯满满大骂甘为敬的时候,一缕忧伤的丝线,像网一样地织裹在李门的身上。美丽的冯满满骂起人来就愈来愈不美丽了。她的头顶已经显露了秃兆,她的下巴已经出现了重叠,她的身体已经不能说不臃肿了,她的眼角已经布满了皱纹……她说话的时候不断发出了喘息的声音,这可不是当年那青春和幸福的喘息呀!她仍然那么喜欢做手势,一做手势就露出了半截小臂,那浮肿和青白没有血色的胳臂呀!光阴,光阴就是这样无情地摧毁着青春和美丽吗?过往的一切就是这样一去不复返了吗?在他的面前失态地咒骂着埋怨着的恶毒的女人,就是当年唱《小燕子》的冯满满吗?这是多么令人失望呀!

"别生气,你别生气么!何必跟甘为敬那么当真呢?谁不知道他一会儿一变,一会儿气壮如牛,一会儿胆小如鼠,一会儿脏话连篇,一会儿装腔作势……他的一切都是不作数的!"李门对冯满满恳切地说。

"他讹诈我们!"满满认真地说。

满满说着说着又进了屋,李门听到了她叫喊侯志谨的声音。他知道,他们的里屋还有一道后门,侯志谨已经从后门走掉了。也许这才真应该说是"溜"掉了。

满满出来了。她抱着一大叠书信材料,她把这些材料放到沙发桌上。她先拿出了几封信,指着信骂道:"你看,这就是群众揭发甘为敬的流氓行为的检举信。不是我们给他包着,他早就进了监狱了!"

足以使甘为敬坐监狱的材料就放在冯满满与侯志谨的卧室里,顺便一抱就抱了出来,这间卧室另有一道不知通向何方的后门。这使李门觉得有些心惊肉跳。

"你再看这个!"冯满满递给李门一个落着"G省科学院电子研究所"几个红色大号铅字的公用大信封。打开大信封,往下一倒又落下了形状、大小与字体规格完全一样的十几个公文信封。冯满满说:"你看你看,这些都是上级政法部门和纪律检查部门转来的甘为敬的材料。冲这些材料,你说说他该不该坐班房!"

冯满满安静了下来。她打量着李门,突然想起了什么。她轻声好听地呻吟着从沙发上站了起来,她抱歉地说:"真对不起,瞧,我这脑子,纯粹成了猪脑子!我早晚要给你做一道下酒菜,就叫炸猪脑!把我气得呀,把我气得呀!知道你来,我还给你做了好吃的呢,唉唉唉唉唉,喝喝喝喝喝,哎哟哟哟哎哟……"她感叹着,走向厨房去了。

她继续感叹着,像是唱一首儿歌,一首摇篮曲,好像是很吃力地,又是很高兴地拿来了一个小钢精锅和两个小花瓷碗。她把一个碗放在李门面前,另一个碗留给自己。她倒出了小锅里的食品,是冰镇的银耳、枸杞、莲子和已经去了核的小枣。她仍然呻吟着从酒柜里找出来两把茶匙,把一把茶匙递给了李门。

几声呻吟,几个小动作,一碗甜甜的凉凉的小吃,李门的心又软起来了。

"唉!"冯满满深深地叹息,"我们都老啦!"

我们都老啦。这是世界上最最动情的话了。一句话里,充满了亲密,充满了共同的对于生命的短促与艰难的体验。一句话里,有多少忧伤,多少回忆,多少珍重,多少无奈呀。人活一世,又有几多人与你分享这份"诚知此恨人人有"的情意呢。

李门听到这话,眼泪便在眼眶里打起转来了。

"听说你一直身体不好。"李门赶紧利用机会关切地说,"毛主席说健康第一,是健康第一呀!毛主席说的是青年,其实,对于年长的人更是如此。许多的事我们都经历过了,我们这一辈子也算没有白活。我常想,凡是活下来的都是有福气的,那么多人还不是死了也就死了,一死全休!再平反呀恢复名誉呀追认呀追悼呀也就都只是那么回事喽!社会的变迁,革命的胜利,这一切都是要付出代价的呀!代价就代价吧,对于个人来说,这是太严重了,对于历史来说,其实只是小波折,不算什么的。我们总算赶上了好时候!赶不上您又找谁发牢骚去呢?所以说来归齐,我们还是必须健康,就是说,健康真是第一!我们必须活下来,要不,不是什么也看不见了吗?你看近一些年,一切的变化该有多快呀!我们都觉得很有希望呀!能做一点有用的事情,也还是叫人高兴的嘛!夫复何求?当然还会有不愉快的事,也有令人不愉快的人。每个人都不能以自己为标准去要求别人。有这样的偏有不这样的,有好人有坏人这才是世界。从前我们在一起的时候我们其实是大富翁呀!我们的最大财富就是我们的年龄我们的时间呀!我们有的是时间!有时间就有希望,没有时间再好的事又能怎么样呢?我们现在已经不同了,转眼之间,时不我待喽!说实在的,你们这一生就算够顺利的了,不用和别人比,就是和我比你们也够舒服的了!想想这些,还有什么不高兴的呢?还有什么气可生呢?冬天来了,要注意身体,该进补也得进一点补了。过去我才不信这个呢。现在呀,也不妨一试,什么蜂王浆啦花旗参啦也可以试一试嘛……"

"真对不起,我这里只有枸杞银耳,没有给您预备花旗参和蜂乳！"冯满满冷笑道。

李门想不到自己的话被误会了,便嗫嗫嚅嚅地不知道说什么好。

冯满满的冷笑却不肯停止,最后,冷笑渐渐变成了咆哮。她杏眼圆睁,蚕眉倒竖,她说:"不！我就是要斗！我就是要斗争到底！我才不怕呢！有向着灯的有向着火的,谁怕谁呀？活着干,死了算,宁可吊死在电线杆子上,决不跪倒在电线杆子下！小车不倒尽管推,舍得一身剐,敢把皇帝拉下马,拼一个够本拼俩赚一个,人生自古谁无死,留取丹心照汗青,要消灭毒蛇猛兽,鲜红的太阳照遍全球！对不正之风,对那些害人虫,对那些忘恩负义恩将仇报的家伙,我就是要让他们出出洋相！我就是要看着他们一个一个倒在地上！想对我劝降,想软化我,想让我出卖原则,拿原则做交易呀,恐怕没有那么容易！"

李门垂下了头。他只能小声说:"我不是那个意思……"

"我也是气糊涂啦……"冯满满也降低了调门。

"不说这些了！"冯满满挥一挥手,"咱们还是说正事吧。"她又从一叠材料中找出了一个公用信封。信封上印着"H 区人民法院"的字样。

看到李门的迷迷惑惑的眼神,冯满满一笑,她平静地说:"那个洋鬼子戴维德把我们老侯给告了。"

"什么？"

"这可是你的事情呀！是你把我们老侯给坑的啦……"

"我？"

"什么？你还糊涂着哪！去年八月,你老先生发了慈悲把去 H 国 H 市的机会让给了老侯,我们是谢了你的呀,我给你做的炒腰花呀……"

"别提了,说这个干什么？"

"我倒是不想提了,可人家杀到门上来了！出来这么一个美国鬼子,非说是老侯剽窃了他的研究成果。说什么他的论文是发表在一九八六年六月一个什么洋文杂志上的,而老侯在 H 国 H 市宣读论文是一九八六年八月,他在前,老侯在后。你这是怎么搞的嘛!你究竟是帮我们么还是坑我们？当然,这不是,我知道,这不可能是你故意的。可是你的责任是逃不掉的呀!这还不打紧,无耻之尤的甘为敬不知道怎么打听到了这个消息,他来讹我们来了,他非要求老侯提拔他当省政协委员不可,说是别的无所谓,政协委员是非当不可,他竟然赤裸裸地说什么他在省里有几个情妇,每年都要利用开政协会的机会去看情妇。这不是开玩笑吗？连老侯自己也不是省政协委员呀!甘为敬这小子还说要不然他就要就这个题材写揭露性的报告文学。他说他知道,论文其实不是老侯写的,他说他知道论文是你李门的。李子,你这样做就不对了嘛!"说到这里,冯满满掏出了手绢,抹开了眼泪。

"我,我发誓,我绝对没有和甘为敬说过这个事。这又有什么可说的,我自己愿意做的,我做这一切只是为了……"李门的脸色变得灰白,他一面看着法院来的材料,一面向冯满满表白,"没有什么可说的,我不会去害别人更害自己。我知道我做得对不对。我不知道怎么才能为你做一些事情。我们是几十年的朋友了,我什么也没有忘记,什么也没有。我不喜欢甘为敬这种人,他对女人只知道玩弄。一个玩弄女人的人实际上也在出卖自己。侮辱别人其实就是侮辱自己,不把别人当人的人必然也不把自己当人。这是我一辈子观察体验的结论。当然他受的苦太多了,这几年他只想着把失去的一切捞回来。他跟那种饿极了的疯狗一样,张着大嘴见什么都要吃下去,得捞就捞,能吞就吞,贪呀贪呀怎么吃也吃不饱怎么喂也喂不熟,吃得撑出胃穿孔来他也还是那一副饿急了眼的样儿。对不起,我说得太挖苦了。也许我们对于他的饥饿心理体会得太不足了。反正我其实不愿意与他打交道,更不会与他说这些……"

"我料定也不是你,咱们谁不了解谁呢？甘为敬这个混蛋其实是来诈我们!好小子!他说老侯要是不给他安排政协委员他就要写文章把这一切捅出来。那么,好!我知道,甘为敬的事与你没有关系,那么,戴维德这边又是怎么回事呢?"

"这个戴维德我是有一点印象的。他是美国 PL 电脑公司的技术人员。一九八五年他应邀来访问我们研究所,我与他见过面。我知道他与我研究的课题很接近,我与他交谈的时候也谈到了我的一些思路……"

"你怎么可以这样!你这是泄露国家机密!"冯满满手指着李门的鼻子对他怒斥道。

"并不机密呀,当时我已经写好了论文,已经通过了学术委员会的审定,院刊已经决定发表了嘛。再说,带有实用性的技术方面的创造,我已经写好了专利申请了嘛。"

"这不是痴人说梦吗?哪儿呢?院刊上的论文在哪儿呢?专利登记在哪儿呢?你的或者说研究所的专利登记是多少号?你说呀,说呀,怎么不说啦?你不是又有论文又有专利吗?这一切都哪儿去了呢?"

咄咄逼人,永远是咄咄逼人呀!噢,我的老朋友冯满满呀,你怎么永远是这样理直气壮、真理在手、正义在胸、气壮山河、十万个有理呀!你垄断了真理了吗?真理已经明确是姓冯的了吗?哪儿去了,哪儿去了,别人不知道,你还不知道吗?是老侯把它们拖下来的呀!先是说集体的研究成果署李某人的名不合适,后来见说不通又说是领着国家发的工资,利用八小时以内的上班时间搞出来的东西不能算是个人的发明创造。然后是研究这研究那,找各种借口……你们以为李门是个白痴吗?我只是没有时间罢了。几十年的时间都付诸东流了,好容易现在有了时间做自己的科学研究,难道还要花费宝贵的时间和精力去扯那些人事关系,去奋斗那些关系网吗?世上没有比琢磨旁人算计旁人更乏味的了。当然他也曾琢磨过旁人,比如侯志谨,侯志谨到底是个什么人?他的心术到底如何?他对自己的态度到底如何?他几乎得出了并不难得出的结论,但是他最后还是没有去做结论,没有结论也许比怀抱着一个不愉快的结论更好。结论即判断远远没有宿命重要。因为侯志谨的妻子是冯满满,这不就是命吗?这比他对侯志谨的看法重要得多。医生治得了病治不了命。他可以聪明、清醒、老练、庖丁解牛、如鱼得水、天马行空、游刃有余、海阔天空、如入无人之境……然而最终他还是得听命于宿命,他不可能如入无命之境。那二十多年他的头脑再高超也不起作用。不,在那样的年代最好的艺术就是没有艺术,最大的聪明就是干脆糊涂、彻底糊涂、糊里糊涂。

但是他还是说了一句话,一句话不说也不可能,人之要说一点话从本质上说与人之要吃饭拉屎做爱是一样的。他说:

"……发表了,论文是发表了。就是老侯在 H 国 H 市的研讨会上宣读的论文,就是他获得了女王褒奖的论文,会一开完就在院刊上发表了,当然,是用老侯的名义,结果落在戴维德后边了。"李门平静地说。

"是啊是啊!"听了这话冯满满反而兴奋起来,"这就对了么,论文是老侯的论文么,论文早在一九八五年五月就完成了的,你与学术委员会的成员都能证明这一点,也就是说根本不存在侯志谨剽窃戴维德的科研成果的问题。恰恰相反,是戴维德从与你的交谈中获得了启发,而你又是从老侯的研究成果中获取了信息。这样,归根结蒂,戴维德剽窃了侯志谨而不是侯志谨剽窃了戴维德,是不是?美国人剽窃了我们中国人,而不是我们中国人剽窃了美国人。为什么戴维德剽窃了侯志谨反而反过来状告老侯呢?那就是你的不是了,你太年轻了,你缺少经验,你只注意了交流却忘记了保密,是你的天真与善良被美国人利用了。这样,事情就解决了——不必担心,学术委员会那边我们去做工作,一切为了大局,起码要有利于咱们自己的国家,这毕竟是一个基本的立场。你明白了么?"

"我……"

"小燕子,穿花衣,年年春天来这里……"冯满满哼起歌来了。

沉默了片刻，冯满满说："我太难了。我其实比老侯小十来岁呀，你瞧，我现在真是怕照镜子！我不能承认，我不承认我老了，然而事情就是这样，愈是不承认自己老的人愈是老得快呀！我已经老得不是个人了。李子，你见过的当年那个冯满满已经死得无影无踪喽！"

李门一声也不响，他摇摇头。

"也有高兴的事，当然。"冯满满换了一副比较轻松的调子，"五十多的人了，我总算是有了爸爸啦！"

李门仍然不言语，他的脑门子一跳一跳的，他的太阳穴一跳一跳的。

李门难道能忘记她交心的时候讲的那个故事么？多么残酷，多么可怕！

"你忘了么？一九五八年在双塔园我一五一十地对你说过的呀！怎么你忘记了？现在他居然找到我头上来了。你知道，现在 B 国正在与我们积极发展关系，我老爹是很积极的呢。开始时我真不愿意认他呀。是统战部找了我多少次，是外交部为这事给我们省外办发了文呀！说是他对发展中 B 友谊很有贡献，而且，他还是我的干爹的老相识呢。这就叫无巧不成书啊。他正在申办到我们国家来旅游，也就是说以游客的身份入境，现在再来当然就不是阶下囚而是座上客了，听说省长要亲自请他吃饭呢。真像是一场梦呀！我也已经收到了他的来信啦，我也不用把信交给领导，赶紧声明与他划清界限了。看起来，过几年我去 B 国探亲也提到日程上来了。死敌也可以变成朋友，朋友也可以变成死敌呀！唉，天下大势合久必分，分久必合嘛！李子，我一定要给你活动活动，你也去 B 国访问去嘛！我叫我爸爸邀请你！什么？你去过？去过了也可以再去！现任的 B 国总统是我亲爹的老朋友呀。唉，当年如果枪毙了，不也就是枪毙了吗？你说得对，只要不枪毙，就什么都来得及。你放心吧！老侯顶多还有三年的干头。将来，这个所还不就是你的啦！掌握了这个所，以你的聪明和资历,整个科学院还不也就是你的啦!李子……你倒是说话呀!李门你怎么了?啊?啊!李门!李门!李门同志!你……我的天!"

李门的头慢慢地垂下来了。冯满满吓得大叫起来。

第 四 章

在八十年代末期,这里已经整葺一新:安大门筑栅栏修围墙,挂灯笼铺甬路设游人长椅,架八角路灯装高音广播喇叭放送克莱德曼的钢琴曲,栽草坪砌花坛花圃,添园亭加假山石栽窄叶翠竹,又增辟了一个小动物园搞来了几十只绿鸟两只红猴儿一匹斑马,修湖岸设码头做老龙头足蹬桨轮游船……最后在大门外竖两个布告牌子,一面写上游览说明,一面写上游览须知——也好比是一个唱红脸,一个唱白脸,门口再修一个售票亭,进口处摆一个票箱,齐了!这里便成了一个吸引中外游客、海内外同胞的旅游景点:熙熙攘攘,吵吵闹闹;包子热狗,圣母观音;欧开哈依,洋泾浜协和语;你买我卖,日元美金;中体西用,枯木逢春;车辆云集,人头攒动;快门嚓嚓,香汗淋淋——煞是盛世景象了也。

那一年的秋天,李门旧地重游,来到了双塔园。喧嚣的情景使李门难以置信这就是他的和她的,他们的青年时代的神秘和荒芜的伊甸园。他想在那里回忆一下往事,竟无法相信往事竟是当真有过。毛泽东的诗有句云:"萧瑟秋风今又是,换了人间。"诚然,人间常换而人事常非!包括他老人家,谁能不换与被换呢?只是换得如此频数,往事蒸发得如此不留痕迹,令人惆怅莫名,更令人觉得自己——大半个自己或者最宝贵的自己已经随着逝去的时光而变成了过去,变成了隔年已久的褪了色的枯叶,就连这片枯叶也差不多被我遗失了呀!

"呵呜嗷嗷嗷……"李门仰天长啸,他问:"你到哪里去了?哪儿哪儿哪儿?"

往事如梦,如烟,如幻象,已经杳无痕迹,已经变得愈来愈不可相信,不可思议。但也正因为它是梦一般的无影,烟一般的无踪,幻象一般的根本无法证明,遐思一样的根本无须实现;反过来说它也就不必也无法摆脱,不能也不用否认,你无法将它消除,无影无踪也就无止无终,不能证明也就不能证伪,不能实现也就无所谓失落,不可信也就没有什么怀疑,不可思也就没有什么推翻了。

往事终成空无,而空无不怕空无,空无无法再次空无一次——再空无多少次,空无仍是空无,往事仍是往事。

往事就是永远的往事。你死了它也还是往事,因为它毕竟只是往事。

你永远不必温习往事。因为你从来无法忘记往事。愈是想忘记就愈说明忘记不了。你也永远无法抓住往事,发生之后便是消失,每一年每一天每一刻都在消失。

你永远不必追寻往事,因为往事始终与你同行,往事始终在离你而去,渐行渐远,弥远弥新,渐远渐弱,弥弱弥深。

你,和我和她、他,无非就是一堆往事,同时又是往事的无止无休的消失,直到最后。日失其半,万世不绝。

面对往事,你不觉得怆然凛然而终于寂然么?

五十年代的双塔园可与现在大不一样,叫做江山永驻而风物常移,昨夜秋风凋碧树,今朝万木花迎春,人间怎换得及?昨夜这里是一片荒芜。那时候这里高低不平,乱坟枯草,两个塔一个业已坍塌,半成瓦砾,半成危楼。一个正在歪斜,心理失衡,找不到自家在全新的社会里的感觉和位置。双塔陈迹,看来已经过时,只待消失——腾出地面再建最新最美的图画。湖里虽有些水,湖畔也有两排垂柳,并有十几条手摇木桨的瓜皮小艇,但是从来很少游人租船。可能是因为那时从 K 市市区到这里二十多公里,一天只有四次绝对不会正点又常常中途抛锚的班车,交通不便;可能是因为这里土坡土路,一有风就尘土飞扬;也可能是因为租这个瓜皮小艇每小时要交人民币三毛五分的租金,那时人们收入偏低又崇尚节俭,没有什么人舍得这样破费。

这个地方的正式名称叫做双塔园,K 市大学外国语言文学系的学生曾经给它起了个名字叫做"茵梦湖",名字来自德国作家史托姆的名著,似乎意味着这里培育过不成功的爱情。名字虽然好听,它的洋气和小资产阶级气在一九五七年的"反右"运动中受到了批判,一九五八年李门等一批同学入学后不再有哪个学生敢于这样"不健康"地称呼它了。中国语言文学系的学生早就给它命名为"沧桑亭",这个名字好不好,"反右"运动中也引起过争论;后来一派学生找出毛主席的诗《七律·人民解放军占领南京》最后一句"人间正道是沧桑"为例,证明讲什么沧桑也是言出有据,毛主席的诗一拿出来,反对派的理论就销声匿迹了。数学系的学生给它起了个名字叫做"三点圆",那是指两座塔是两个点,一个破败了的石碑与草亭是第三个点,三个点恰恰决定一个圆。历史系的学生则称之为"未来岛",这里为什么叫做未来,未来后面为什么出来一个岛字,从一开始就无可考。从这众说纷纭的名字看来,也可以多少品味出这个地点的歧义性了。

至于当地老乡,管这里叫做"鬼窝",都说这里闹过鬼。抗日战争与解放战争期间,各方都在这里处决过敌方人员;从土改到"镇反",我人民政府也不止一次把这里作为行使专政镇压职能的刑场。毛主席有言:阶级斗争,一些阶级胜利了,一些阶级消灭了,这就是历史,这就是几千年的文明史。信然。

一九五四年,一个青年农民夜晚在这里碰到了"鬼打墙",就是说他怎么走也走不出来了,往哪里走都撞"墙",直碰得鼻青脸肿,头破血流。天亮后他给自己的父母讲了这段可怖的经历。一个月后,碰到了鬼打墙而又把自己的经历到处乱说的青年人浇地时落入粪池淹死了,村人说这是因为他泄露了天机。而天机不可泄露,从老老年间人们已经互相告诫了哇。

一九五五年有两只壳郎猪冲出猪圈跑入鬼窝,大白天吃着吃着食无疾而终。村人们说这是上天警告,因为人们大胆妄为,愈来愈不信神了。村党支部闻听此言,大怒,乃批封建,打迷信,查谣言,斗歪风。本来已经是大长了无产阶级的正气,大灭了封建迷信的歪风,谁知一九五六年党支部书记患肝疾去世,又引起了关于六丁六甲、狐妖蛇仙、冤魂索命、鬼蜮附体的流言蜚语。一九五七年社会主义教育大辩论当中追出了一个散布此等谣言的富农分子,左一辩论右一辩论,狗富农顽抗到底,自绝于人民——弄了一把切菜刀跑到双塔园抹脖子,死于非命。死后干脆改划成分为地主,狗地主的臭肉也埋在鬼窝了,狗地主给鬼窝增加了晦气。别看没有人敢说鬼窝长鬼窝短了,大伙儿心里却更害怕了,连鸡儿狗儿也通了人性受了人的惊恐的影响,到处找食唯独不去鬼窝了。

毛主席说,人民大众开心之日,就是反革命分子难受之时。在鬼窝里做鬼的人再多也挡不住大学生偶尔来游玩时的说说笑笑。沧桑就沧桑,反正是前人沧,咱们桑,咱们不但拥有桑,而且拥有桃、李、梨、杏、龙眼荔枝香蕉,牡丹芍药玉兰山茶,万树繁花,千枝瑞果,端的是人间的乐园属于咱们。世界是我们的不是你们的。

青年人谈论起双塔园的名称,"三点圆"的诨名使青年人发笑,一说到"三点圆"男女同学就哈哈大笑起来,笑声外加欧几里得几何学把鬼窝的鬼气一扫而光。至于未来岛,他们很喜欢这个名称,宽广的海洋,美丽的岛屿,自由的航行,干干净净、美不胜收的透明世界。他们本来就相信这一切。他们曾经信口开河地一边游览一边述说自己的蓝图:"将来这里要盖起一个机械制造厂,一切生产都是自动化进行的。我们要在这里生产——工作母机!""不,要生产火腿罐头!也是自动化的,从一头把猪赶进去,屠宰、清洗、切割、腌制、加热、包装、处理下脚料,全部自动进行!人家苏联就是这样,所以苏联人吃火腿特别多。""你光知道吃!将来,这里要改造成一个大会堂,各族各界人士要在这里学习研究马克思列宁主义毛泽东思想!"……

少年意气,青春豪情,虽然已经是几度风雷滚滚,但是没有经受灾难的人是不会被灾难的沉重所压倒的,也自然是说不出灾难的味道的,他们心情正好。而已经被灾难压倒了的人呢,他们已经没有可能述说自己在灾难重压下的感受了。这就正像是飞机失事,摊上危险的人无言,摊不上危险的人觉得灾难与自己无关。幸运就是侥幸,杞人何必忧天?

所以,一九五八年入学的这一批新大学生,当他们初次来到双塔园的时候,天是青的,地是绿的,湖水是透明的而人们的心绪仍然是欢快的。他们的畅想未来颇有些落套,缺乏新意。这也不足为病,何止他们,何止双塔园,人生不满百,谁能出凡俗?

曾几何时,这一切就成了过去!新中国的历史就是不俗啊!

一九五九年初夏,李门与冯满满第二次悄悄来到这里的时候,他们你挽着我我挽着你,却是好久好久地相伴无言。

"我知道,我们的感情关系已经没有前途了。我知道,你找我来只是为了说再见……"李门似乎是这样说。他们终于找了一个地方坐了下来。"别说这些。"冯满满止住了他。她紧靠着李门坐了下来,李门躲了躲,冯满满干脆搂住了他。冯满满有这样大的力气,使李门吃惊。然后她亲了李门一下,半躺半靠在李门的腿上了。

李门的心跳了起来,身上热了起来。

除了他们俩,这一天双塔园这里没有一个游人。一切只能说是天意。没有风,没有树叶的晃动,也没有鸟飞鸟鸣,经过一九五五年农村高级合作社成立时的"除四害",经过全民为了鸟口夺粮而大打麻雀,这里已经没有什么鸟了。他们坐着靠着躺着,渐渐觉得世界本来是非常安静的,至少在这一刻世界说来归齐是为了他们两个人而存在的。而他们两个人的无法解脱无法理清的苦恼,其实对于这个安静的世界来说是没有意义和莫名其妙的。瘦削失神的李门忽然觉得心里一清,诸种尘屑,霎时沉淀下去,内心变得光明自在。他低下头,闻见了冯满满的头发的紫荑柔香皂气味。他知道,满满总是用紫荑柔香皂洗头发。他忽然意识到,这头发是为他而洗的,这紫荑柔香皂是为他而用的,这淡淡的香气是为他而散发的,在他最痛苦最晦气的时刻。他感动得泪流满面了。

他看看自己又看看满满,他看到了满满的浓密的黑睫毛。那睫毛与眼珠的颤动灵活而又美丽,这种美丽甚至使李门觉得受了惊吓,因为是一个这样饱满洋溢生机盎然的女性依偎在他的怀里,是整个的崭新的世界展开在他的怀里。是暖热、芬芳、柔软、活泼、巨大而又旖旎,婉转而又神秘的一个生命在他这里……她依靠着他,她温暖着他,她等待着他。而他的脑子里只有开会,只有政治,只有鉴定,只有评语,只有那啰里啰嗦枯枯燥燥干干巴巴的几条,只有自己的前途,斤斤计较,患得患失……这不是可恶么?这不是自己找痛苦么?多少痛苦都是自己找来的呀!

"多没意思!"他叹息说。

"什么?"满满听到了他的自言自语。

"我是说……"李门有一点惊慌,他不由得用手去抚摸满满的头发,抚摸满满的额头,一直摸到满满的眼睛。他低下头去吻满满的睫毛。

满满向后伸出了两臂,她翻过了身,她把李门紧紧地抱住了。

"你真傻,你太可怜了。我是多么愿意多带给你一点温暖呀!为什么不,为什么不呢?为什么为什么为什么为什么不是你的呢?我就是就是就是就是……"

然后是满满的笑声。冯满满笑起来了,而且笑得与平时是那样的不同。平时她的笑是开放的,热烈的,豪爽而又讨人喜欢的,那笑声是给众人听的。今天,她的笑是那样由衷,那样——应该说是娇羞,那样没有来由而又窃窃自喜。笑声起起伏伏,婉婉转转,多彩多姿。她只笑给她自己,笑给李门一个人。她一面笑一面摇头摆尾,把身体扭来扭去。她一面笑一面喘气,直笑得喘得李门心乱如麻,七颠八倒。他就近看了满满一眼,一眼看得天旋地转:满满笑得脸一阵红一阵白,那笑声也愈来愈像是在歌唱,像是在乞求,像是在鼓励……

难道是?才一动心李门只觉得五雷轰顶一般。飓风骤起,血液奔腾,牙齿打战,心跳咚咚。不,不,不,不,不!他正在用全身的力气压住那玻璃瓶子里的魔鬼,他不会做那种胡作非为的事,那种只有流氓坏分子才做的事,他已经从政治上垮掉了,难道再在道德上声名狼藉,身败名裂?决不,决不……

然而这时候一阵柔软,一阵潮湿,一阵芳香又一阵温存袭来,红色的玫瑰就在唇边绽放……他想躲避,却终于迎接,他想脱离,却终于连通,一旦连通便只能更热更强更不顾一切不顾死活,刀劈枪崩也休想把他和她分开。高墙崩塌,门栅稀烂,绳索脱落,大石滑跌,绞车停转,烈火燃烧,疯狂开始……

雷声滚滚。热浪滔滔。天塌地陷。天塌地陷之后是从未有过的风急雨骤。是的,为什么为什么……就是就是就是……活也只是一次,死也只是一次,人生只是一次,痛快也只是一次,窝囊也只是一次,只消一次就足够了……这一切都是不可思议的。这是一次疯狂,是一次迷醉,是一次解放,是一次犯罪。然后要杀要剐随你,骑木驴游四街腐宫之刑随你。人生只剩下了现在,烈火从不问明天。我其实什么也不要,除了你。盘古劈开了宇宙,混沌透进了光明。孙悟空的镇海神针,随风而长成如意金箍棒。打开了的闸门春潮汹涌,世界被搅了个天翻地覆。一波未平,一波又起,大江后浪推前浪。光滑,滋润,轻柔,贴切,热烈而又倾心,销魂而又夺魄。有呼有应,亦问亦答,你唱我和,天造地就。维纳斯从黑暗的大洋中沐浴而起,贝壳掀动了洁白的软体,春蚕蠕动着透明的肢节,雏鹰展开了翅膀上的绒毛。琴弦抖颤出幸福和激动的和声,小号划破了平庸的律调,迎风的高歌唤醒了群山的应和,二部的重唱铺平了魂灵的皱褶。壮健的纤夫拖动了逆流而上的巨艇,奔腾的骏马升华如火焰彗星。勇敢的叛逆推掉了重压的石锁,周密的引导细密贴切环山绕水曲径通幽。魔术师打开了秘密的宝匣,画中人从墙上走下变得有血有肉。阀门一经打开,高能电光神火。大地的负荷沉着而又激荡,岩浆的喷薄炙热而又烂漫。鱼儿在龙宫里穿梭,珠儿在荷叶上滚溜,虫儿从这朵花心跳到了那朵花心,蛇儿一道一道地纠缠个绵绵密密。钢铁也在融化,黄土也在凝聚,原子的潜能一旦爆发,地球的自转突然加速。幸福的晕眩毁灭了也创造了生命的园田。于是山与山沟通,河与河对流,天与地携手,日与月叠加。于是爱欲更爱,真情更情,生命与生命更加单纯,人与人更亲,男与女永远不能分手。多么和平,多么舒展,多么熨帖,多么惬意!孔雀开屏,大鹏落地,云开日现,水落石出,潜艇从海底徐徐升起,白鸽在蓝天尽性地盘旋。杨枝净水,普度众生,松柏青山,自得天籁,莲花朵朵长开,彩蝶双双飞舞……

我爱你!
…………
我爱你!
…………
没有应声。

这是什么?一次艳遇?意外?犯罪?幸福?感恩?

"记住,有了这一天,我一辈子都倾听你的召唤……如果你需要我的生命……"李门喃喃地说。然而,在这个时刻这样的话也显得苍白,甚至于是做作。

他没有了信心。

幸福啊,幸福怎么这样可怕?

人啊,人怎么这样可怜!

可怜可怜我……

李门只觉得自己已经获得了一切,尤其是获得了一个空洞。他也失去了许多,似乎事情的发展使他惊讶。尤其是……后来呢?

在一个人强烈地盼望着某件事情的发生的时候,常常误以为这件事情的发生就是人生的极致,世界的终点,永恒的依托,唯一的眷恋……然而错了,极点一旦到达,便知山外有山,天外有天,银河系之外还有银河系,六合之外还有无垠无际的大宇宙。同时,难(去声)外有难,苦外有苦,到此为止以外还有到此刚刚开始的茫茫天涯路。

不过只是在几十分钟以后,冯满满说:"起来,我有话对你说。"

李门仍在沉醉迷乱之中。他听满满说得严肃,便强打起了精神。

"……没有比我更熟悉这个双塔园的了。当年,我的父亲便是从这里落荒逃走的。"冯满满回忆着说。

"而我们是在这里……"李门闭着眼幸福地回味着,一边喃喃,一边向满满身上靠去。

"这真像是噩梦。"满满推开了李门,"我要与你讲讲我父亲的事,这一切都与你有关系。听着!"

李门一怔。他糊涂了。

"我原来的父亲——也就是我的亲爹,是国民党的县保安队长,这一点我是向组织交代过了的……"

一听这种语言和调门,李门的心开始紧缩了起来。

"解放那年他只有三十一岁……"

谁?噢,是冯满满说她的父亲。他好不容易赶上满满的思路。

"这里与S市一样,是一九四六年就解放了的。那年他与我的母亲结婚十年,我那时候已经是八岁了。"冯满满继续说,她一心说着自己要说的事,就像刚才一心要与李门亲热一样。她的坚决性和计划性步骤性,或者换一个通俗的说法叫做她的主意是如此之大,令李门倒吸一口冷气。

"一解放我父亲就向人民政府自首坦白了。"满满专心致志地说,"然后又是学习又是改造思想又是坦白从宽,然后介绍转变过程与旧我彻底划清界限庆祝新生。好像还把他树立了个从宽的典型,让他当了一个信用合作社的会计。谁想到到了全国解放以后,一九五一年,来了一个大张旗鼓地镇压反革命,把他一下子就抓起来了。审了两次,把他押到了K市,经过群众批斗,上级已经决定第二天开大会公审宣判——判处死刑,立即执行——这个双塔园便是会场兼刑场。头一天晚上,把我父亲押到这里,就在这个亭子边的两间破房子里过夜。按照老规矩,头一天晚上给他吃了红烧肉还给了酒——共产党本来是不兴这一套的,没有办法,当地老百姓还是老习惯。一吃肉喝酒,我爸就明白了,当天晚上他就跑了。当时也是大意了,用现在的话说就是胜利冲昏头脑。一九五一年嘛,正是胜利接着胜利,人民如天罗地网,反革命分子插翅难逃的大好年代。你爱信不信,听说对我这位反革命父亲连铐子都没有上,看守人员只有一个民兵,而且呼呼呼呼地睡了个实着。这位反革命,不费吹灰之力地就跑掉了。真是可恶至极反动透顶的大反革命呀!他太可恶了!他一伸腿跑了,他给我妈和我带来了多少麻烦!他一跑就把我们家给包围了,把我们家搜查了个底儿掉。我当真是仇恨他呀。"

"不跑也就是个被镇压了的反革命!组织上会说,你冯满满与共产党是有杀父之仇的,这又能对你有什么好处呢?"李门插嘴说。

"你说得对。"满满马上首肯。她接着说:"可不是么,这个顽固到底的臭反革命分子——我想他早已经嗝儿屁着凉了——一跑,我们虽然麻烦了一段,事情反而好办了。记得连我都被单独传讯过,我那年十四岁,这个印象太深刻了。第二年,我妈就当机立断往前走了。她是最赶得上时代的。女人最倒霉,女人也最容易转运!她嫁了W专区一个农村干部共产党员!你当是嫁这样的人容易?都劝他不可以娶反革命的家属!他只有一只眼,又是娶填房,前窝猪崽狗娃一样的孩子就留下了七个!我妈就算是高中毕业啦,更不要说长相了,你们喜欢我,你们要是看见过我妈……唉!要不也不能让狗反革命看上……"

"你就不要说什么狗反革命臭反革命了,毕竟是你爸爸!"李门实在听不下去,打断了她的话。

"就是臭反革命!就是狗反革命!狗都不如!他是畜生!我恨死他了!"冯满满激动起来,大叫道。她突然泪流满面。

李门呆住了。

"我的后爸爸是贫农出身,土改积极分子,当过贫农团长、村长乡长,一个大字不识,历史干干净净!政治积积极极!一心拥护共产党,赤诚献身革命事业。我妈干脆把我的姓都改了。我亲爹本来姓顾,我后爸爸才姓冯,这不,我现在只姓冯,不姓顾了。也就是说,我不是反革命的后代,我是贫农的后代了……"

满满讲得很对。从政治上讲,她是弃暗投明,她是完全正确的。但是,李门还是觉得有些发毛,他的后脊背直冒凉气。

"我还是希望能找到他的尸体,能找到他已死的证据。当时把他枪毙了就好了……"

"为什么?"李门困惑不解。

"我们该往回走了。"冯满满说。

他们站立起来,李门动情地想再吻冯满满一下,被冯满满推开。难道我们之间没有发生什么事情吗?她怎么说不认识我就不认识我了呢?又是一阵寒战通过了李门全身。

"我还有话要和你说。要不,我们就不坐班车了吧,现在去车站也可能来不及了。"冯满满改变主意说。

这一天所发生的一切带有一种迅雷不及掩耳的特点。在他心灰意懒,情绪低迷,四顾茫然,一头栽进了无底黑洞的日子,冯满满把他约到这里来。新鲜!他料定无非是说几句大面上的话,找个台阶,好离好散,从此分手拉吹无疑,也就过得去了。本来嘛,冯满满那么个浑身都是心眼的人,怎么会与他这样一个面目可疑的人再把恋爱搞下去!如果他自己是一个女性,(她)也必须毅然与李门此人分手;如果冯满满是他的姊妹,他也不会再赞成她把爱情关系继续下去。事情是自己做的,历史是自己写的,说出去的话都是泼出去的水,何况做过的事呢?那更是板上钉钉,一钉钉到了自己的肉里了。钉子钉进去了,拔出来是死,不拔出来也是死。政治无情,历史铁面,娄子是自己捅的,别人爱莫能助。

很好,冯满满不找他,他也应该找冯满满把话说明白了。自从他的"问题"被提出来以来,他们俩已经很少说话了。到了再见撒手的时候了,还等着什么呢?

然而来到双塔园之后事态的发展大出他的预料。他在这里,实实在在地是在冯满满的鼓励、怂恿、指引和具体手把手地教导下边做了他来以前想也不敢想的事。那对于他来说,本来是非常隆重非常庄严非常盛大非常光明正大的事。那对于他来说本来是与上大学,入团入党,担任团总支副书记与学生会主席一样的光荣显赫的大事——结果在这里,在一个荒芜了的、无人光顾的、有许多鬼魂出没的中国伊甸园潦潦草草地就发生了——在发生了这事以后,他想起了"伊甸园"这个名称。他明白了,这里就是他的伊甸园,而冯满满一身而兼扮演了夏娃与蛇两个角色。这事在发生的时候是多么沉醉,发生之后,又是多么不足道呀。

然而他不能说冯满满什么。他觉得又兴奋又懊丧。一切只能问他自己。就在他沉浸在激情里无法自拔的时候,冯满满又以一种惊人的冷静大谈起她的父母来了。李门愈来愈感觉到自己的幼稚、愚拙、浑浑噩噩了。在冯满满的城府、韬略、老练与了无痕迹的进退攻守说变就变面前,他干脆还是个白痴!

谢谢满满,你不但是我的爱情启蒙、性启蒙老师,也是我的智力启蒙、社会启蒙老师呢。

"我改姓冯以后一年,加入了新民主主义青年团,后来改名为共产主义青年团,我就是这样成为共产主义的战士的。我痛恨旧社会,痛恨我的生父,这一点你不用怀疑,我也不必对你说明解释。给我一杆枪吧,我可以当着你的面毙了他小子!现在,我只有一个爸爸,那当然就是一心为革命为党工作的冯乡长。我是贫农的女儿,我是革命的后人!我不能不非常在乎这个,你,你这个一帆风顺的三好学生、团干部学生会干部又红又专的天之骄子哪里知道当一个反革命逃犯的孩子的苦处!"

我差不多已经知道了。李门想,他没有说出声来。

他们缓缓地向市区方向走去。他们需要走差不多四个小时。李门感觉到——虽然是白痴,也还是感觉到了,过了这四个小时,也许再没有这样的机会,能够与冯满满同志同行一分钟了。

"我早就对你说过了。是的,你知道。我母亲就在两个月以前住了精神病院。我认为,这又是我那个反革命亲老子的一笔血债。我知道,我妈妈是吓出来的病。就因为没有我爹的尸首,没有他的死亡证明,她一直不放心。她做梦也怕他找回来。一到夜间,一阵狗叫一阵风声她都会吓得眼珠子往外暴。最后,她得了顽固观念型精神病,她自己老是说她得了眼球癌。她对我——只是对我说过她做的噩梦。她说在梦里她看见的我父亲,浑身是血,右手里拿着杀人的尖刀,左手提着我妈妈和我的人头。我妈妈不敢与反革命爸爸说话,她只能与自己的人头说话。她说她看见了自己的眼球凸出来,凸出来,最后像两颗小炸弹一样爆炸了。怕什么?什么男子!离我远一点,你等我说完就明白了。我妈妈住院前对我说了她最要紧的话,很实在很实在的话。对,你猜猜,你说,她会告诉我什么呢?"

"……"

"你说呀,我要看看你到底了解我多少……"

"让你好好学习……"

"屁!"

"……让你找一个,就是说好好找一个伴侣……"

"沾一点边了。还有呢?"

"我不知道。"

"李子呀!这可真是月儿弯弯照九州,几家欢乐几家愁!截至最近,你们真是幸福呀!团总支副书记,学生会主席,三好学生,然后是光荣入党,你们是平步青云,一帆风顺,芝麻开花节节高呀!等着你们的是享不尽的荣华富贵,唱不完的光明灿烂!你们哪里知道反革命家属,反革命狗崽子的难处!我母亲后来知道自己得了病,临住院前她好像明白过来一点,她念念不忘的是叮嘱我:'满儿,嫁人一定要嫁贫农、共产党员、干部!'这就是一个最伟大最痛苦最爱自己的孩子而且美丽动人、仪表出众的母亲的重于泰山的叮嘱!她说她这一辈子做了十五年的反革命家属,又做了七年的好人家属,她的罪过远远没有赎完。新社会是太好了。别看冯乡长不识字而且只一个眼睛,但是她嫁给了冯乡长以后,她才知道自己是一个人!共产党对她太宽大了,承认她是冯乡长的老婆,不提她给顾保安队长当太太的事儿了,而且,也承认她闺女也就是我是冯乡长的孩子了。但是她是昼夜不安的,她对不起人民对不起党对不起天天明朗的解放区呀!她说她没有生过儿子,如果她有儿子她一定让他参加解放军去为国捐躯为党壮烈和帝国主义国民党反动派斗争到底!她说她只有我这一个女儿,长得也还俊,男人会喜欢我这样的女子——这是她说的话,长大了——其实我早就长大了——一定要嫁贫农出身,政治面目是共产党员,而且是人民的勤务员——党的好干部的人呀!"

"……"

"可是我只愿意嫁给你!"冯满满突然动情地说。她搂住了李门狂吻他个不住。

"我也只愿意娶你呀!"

"屁!"冯满满说得不仅粗野,而且恶狠狠的。

"你你已经……咱们俩已经……"

"没有什么咱们俩,也没有已经!我永远不能嫁给你!我爱过你,不错!全班全校这些个围着我转的傻秃小子我看得中的只有你!可是你欺骗了我!你对不起我!你给我看的只是你的假相!"

"我没有……我没有骗过任何人……"

"骗不骗不能由自己说。自己说了也不算。我一心把心思用在你身上,你呢,你呢,瞧瞧你交心交出来的这些个问题!你为什么要有这样严重的问题！有这些个问题你还要拉着我往狗屎坑里跳吗？你一个人缺德一个人倒血霉一个人报应难道还不够，还非要拉上我这个垫背的吗？"冯满满激动起来了，她恶狠狠地说了这些个话。

李门目瞪口呆。但是他明白，这是——这才是合乎逻辑的，这才是冯满满约他外出要对他说的话。这才是冯满满必然会说出来的话，这才是他早已经料到了的必然的事态发展。他没有什么可以辩白的。他是男子，一切话只有她说的份。他甚至也不能把发生过的事归于冯满满的老练的引诱。责任只能由他来负，就算是他被她玩弄了也罢，就算他现在已经后悔莫及了也罢。他后悔自己怎么能这样稀里糊涂地失去了自己的童贞，世人都知道少女对于自己的身体的珍惜，世人哪里知道一个男子也是同样地爱惜自己的平静单纯轻松干净自由的童男子时代！他怎么能这样随便这样糊涂，尤其令人发指的是这样被动，这样毫无准备被操纵被裹挟被拉下了水！激动之后，是何等的惋惜！他最近，转眼之间变成了一个罪恶沉重的、自顾不暇的可怜虫，如今又拖上了男女之情的一塌糊涂的尾巴……幸亏没有被警察抓住。我的天！除了怨他自己，难道他能把责任推给美丽的满满、给了他那么多绝妙的温暖和幸福的满满吗？就算这一切出自冯满满的阴谋也罢，他仍然只能感谢满满，是她给了他他未曾有过的一切。她是太可爱了，即使她是妖魔鬼怪，他也愿意为这样的妖魔鬼怪而死！狐狸精狐狸精，《聊斋》上写了多少狐狸精呀，殷纣王的妲己也是玉面狐狸精，可见狐狸精有多么可爱！世界是因为有狐狸精而值得男人为之活下去的，一个男人一辈子连个狐狸精也没有遇见过，可不可以说他是白来阳间走了一趟呢？

回学校的路上他们没有再谈这个话题。差不多四个小时，他们默默地走着，这个话题显然已经毋庸置词。他们的爱情已经死了，他们的关系已经没有了。只有大智大勇大仁或者大恶大险的女人才会指挥这样漂亮的——应该说是天才的战役。大踏步地前进，大踏步地后退，战略进攻，战略撤退，神龙见首而不见尾！真是大手笔！令人心悸又令人眼花缭乱!

　　真正想谈的,已经不需要谈了。比话语更重要的事情已经发生,已经结束。来无影,去无踪,使之生,使之死,使之无言。她就是满满。他们只能没话找话地谈几句最不相干的话。快开运动会了。你报名了吗?你小时候喜欢跳绳吗?听说吃枣有利于睡眠,你试过吗?大礼堂第十七排从左边数第九个座位椅子腿活动了,坐在上面非常危险。我们家乡?我们家乡有一条大河,水流得非常急,人是游不到对岸去的,牛、马都洑不过去,只有狗能游渡过去。是的,我爱喝豆浆,也爱喝稀粥。

　　他们仍然亲昵,他闻得见她的香味汗味和更加令他疯狂而又痛心疾首的特殊的气味。他忽然快乐,忽然遍体冰凉,即使遍体冰凉也罢,他不能不叹服人生的奇妙、爱情的奇妙、冯满满的奇妙。有这样奇妙的可能,生是值得的,死也是值得的。他忽然泪如雨下,几近嚎啕了。

　　　　红莓花儿开在野外小河旁,
　　　　有一个少年叫我日夜想……

　　可能是满满没有听到李门的呜咽,也可能是恰恰是她听到了呜咽才想扭转他这种没有出息的情绪。她平静地哼哼起苏联电影歌曲来了。

　　《红莓花儿》使李门恢复了正常。苏联电影的名字叫《库班的哥萨克》,中国放映的时候改名为《幸福的生活》。多好的名字!他不再哭泣。他继续与冯满满东拉西扯地谈天。他感到,他们走着踩着的地面正在裂开,他们正在向着相反的方向移动。每说一句话,他们的距离就加大一步,多说一句话他们俩就更多冷却一些。他好像在火车站送别,笛声响了,每一秒钟他们都在拉开着距离。转眼之间,会合已经成为陈迹。转眼之间,他们互相正在成为往事。冯满满近在咫尺,音声相闻,气息相亲,灵与肉都相连结,然而,正在成为永远的旧事,永远的虚空。满满正在消散,正在遁去,他的少年时代青年时代正在断裂崩颓。感觉仍然生动,关系永远断绝。感情仍然火烫,双方已是陌路。这是少有的远足,这是少有的散步,这是少有的恋爱,这是少有的失恋和告别,这也是少有的对话。这是人生的奇遇。四个小时过去了,精疲力竭的李门与冯满满已经走近了大学。分手的时候到了,李门想说:"我永远不会忘记你,一辈子,我都听你的。"但是他没有说出来。到了这时候了,这样的话应该深深地埋在心里。他唯一能做的是含含糊糊说了一句:

"对不起!"

他原来想说"祝你幸福",但他没有说。这个时候说"幸福",这简直是轻佻,简直不是人,简直是混蛋。

倒是冯满满含泪说了一句:"忘记我吧。我总算对得起你了。"

第 五 章

我——也——算——对——得——起——你。

是温柔,幽怨,倾吐?为什么这样明晰,像是一个断语。

对得起?这是说你已经不欠我什么了么?友谊,情爱,这里有一种债务,有付方和贷方,有预支和结账,有债权和利率利息?

冯满满在五十年代与李门分手时候的这句临别留言,时时萦绕在李门耳边。他感动,他疑惑,他悲喜爱怨愤懑百感交集。他不能接受,也不能辩驳。依他的观点,一个人永远不可能真正对得起爱自己的人。他喜欢中文里的"恩爱"这个词。这确实是一种"恩"呀,一个女人爱上了你,愿意把她的洁白的与羞怯的身体献给你,这难道是能够报答得清爽的么?对于正直的爱就像对于人生,对于宇宙,对于真理,你的责任你的追求你的补偿的愿望是永远不足的与有限的,是永远无法达到那想达到的境地的。

如果说对得起,那么,他和她谁都没有对不起谁。一切都是天意。深情是他们俩的深情,冲动是他们俩的冲动。错误,是他们俩的错误。不再能够转移和摆脱,也不再能够保持和继续。

如果说对不起,那么他和她谁都没有尽过自己的哪怕是最小的心。未尽其心,未尽其情,未尽其意,未尽其时。偶然的巧合,带来的也许是终身的遗憾。分手之后,李门感到的不是谁对得起或对不起谁的比较或者计算,他悲怆至极,他痛不欲生。他觉得,这样的遭遇变故,还不如一死了之。

在双塔园他们发生了一切以后,冯满满形如路人。满满见了他倒是相当自然,微微一笑,轻轻一挥,若无其事,而李门却显出了惭愧而又凄然的窘态。他不懂,爱情也能是召之即来,挥之即去么?爱情难道不是刻骨铭心,比死还要剧烈、比生还要辉煌的么?

　　见到李门的这种态度,冯满满的脸上甚至出现了嘲讽的微笑。是这笑容把李门从迷醉之中唤醒了过来,最终医治好了李门的创伤。加上政治上的麻烦,李门自顾不暇,渐渐地把自己的心思从冯满满那边移开了些。

　　紧接着是班上同学对甘为敬与冯满满"搞上了"的议论。甘为敬自打火车邂逅,对冯满满十分感兴趣,柏林长莫斯科短的围绕着满满吹个不停。但是他很快就退了下来,一是因为满满太招摇,走到哪儿都是一圈崇拜者,而他习惯的是一拨女孩子围绕着他转;二是他很快看出来冯满满意在李门,李门虽然个子比他矮一点也没有去过莫斯科与柏林,但是他的身份头衔才华学习成绩校领导印象与群众关系都比他强得多,他知道李门显得真诚而他显得狡猾——他自愧弗如自知没有办法;三是来校报到后他很快看中了一位小个子圆脸庞,大大的黑眼珠喜欢直视,有时候直勾勾的眼睛里冒出一些傻气的女生。这位女生名叫毕玉,谐音碧玉,未免有趣。她是省公安厅柴厅长的独生女儿,当然比冯满满的出身门第强。柴厅长的女儿为什么姓毕呢?不足为奇,显然柴厅长的柴并非本姓,那是厅长青年时代参加革命后怕连累亲友而改的假姓。等到解放以后,这种假名假姓倒也成了革命佳话了。其四,还有一个原因,甘为敬的中学同学,外号叫小燕子的,不停地给他写信。小燕子没有考上 K 市大学,上了 V 市师范专科。他们俩同班上中学时很有一点黏糊。谁知冯满满一见再加毕玉一缠,甘为敬早已经把小燕子抛在了脑后。他是唯恐抛而不掉,小燕子是唯恐丢了甘为敬,这些事使甘为敬头大如斗。只好暂时放弃对于冯满满的进攻。

　　甘为敬与毕玉的爱情关系发展很快,开学才三个月,也就是说他们二人碰面才三个月,就进入了相当的程度,甘为敬已经动不动在柴厅长家里吃饭住宿,与旁人说起话来不需要指名道姓,只要说一下"他"或者"她"就能令人知会其意了。更近一步,应同学们的起哄要求,他们在一九五八年最后一天晚上也就是一九五八年除夕,请大家吃了糖。不但有牛奶太妃、花生白脱、酒心虾酥而且居然有在那个时候极罕见的果仁巧克力,众学生称道厅长千金与未来的乘龙快婿毕竟出手不凡。请吃糖,在不兴订婚、没有订婚一说的年代,其意义也就等同于订了婚了。祝贺你们,祝贺你们,给你们道喜了!连校长也这样对毕玉说。

谁知道这一年春节,小燕子追杀到了 K 市。这一年寒假,甘为敬为了摆脱小燕子故意不回 V 市,而是住在柴厅长家过年。小燕子直追到了柴厅长家。甘为敬不在,小燕子与毕玉一下子就见了面。毕玉从来没有听甘为敬说过他与小燕子的事,她毫无警觉地接待了小燕子。小燕子一边哭一边拿出了甘为敬过去给她写的信,那些信,用毕玉的话说,"全是死不要脸"。

如此这般,小燕子与甘为敬也吹了,毕玉也把甘为敬从家中赶出来了。有人说小燕子与甘为敬的吹是真吹,毕玉的驱赶则只是对甘为敬的一次教育,也是出一出毕小姐对于甘为敬的"不老实"与"不要脸"的气罢了。

毕小姐是大大失策了。甘为敬两头告吹以后,只有很短一段时期惶惶如丧家之犬。他回了一段 V 市,等到 K 市大学一九五八学年第二学期开学,他若无其事,又见了女生就讲他的柏林与莫斯科之行来了。

开学三个月,就在李门与冯满满"双塔园事件"之后不久,先是在女生中然后是在男生中传出了甘为敬另外开辟了新战线——已经开始与冯满满"腻糊"起来——的风言风语。李门不管从哪个角度都竭力躲避这个话题,他本来已经灰溜溜得够可以了,本来他已经躲着大家躲着人多的地方躲着张长李短的议论了。他虽然幼稚,却完全懂得自己的处境的严重性,事态发展的严重性,完全没有料到的急速崩溃后果的严重性。他知道在这个时刻幻想旁人还会亲密无间地对待自己这本身不但是愚蠢,而且是不道德。他的处境大致如一个肺结核扩散期病人,他应该自觉地自我隔离。他更不敢掺和到别人的是非别人的感情生活中去。何况这件事、这个话题本身就会让他万般不自在!他干脆为这样的谈论而痛苦万分,而羞耻万分!

但是他还是时不时地听到这方面的传言。说是甘为敬开始就对冯满满十分有意思,但是那时候冯满满对他比较冷淡,他转而去与毕玉交朋友,其实是拿毕玉做"替补队员",没有诚意。又说毕玉与他一旦请糖"明确关系",便以为人已经到了手,大小姐的派头就拿出来了。毕玉变得常常对他发脾气,支使他给自己干这干那,引起了甘为敬的不满。而甘为敬呢,更是自以为多么香飘遐迩,以为他与毕玉搞到一起是自己俯就,并且对不止一个人说过这样的话:"毕玉死乞白赖地追我,弄得我也不好不答应。"这话传到了毕玉的耳朵里,当然是一场恶吵,据说甘为敬的脸也被毕小姐抓破了。据说两个人吵到了摊牌斗法的程度,从他们两个人的爸爸究竟是谁资格老级别高实权大,到他们住的房子谁家的比谁家的更讲究,一直到谁更有坐小汽车的经验,谁参加的省市的高级宴会舞会多等等,都比了个不亦乐乎。

甚至于有人说,小燕子的到来其实是甘为敬一手导演的活剧,他正欲摆脱毕玉而不能。小燕子一闹,毕玉再一闹,甘为敬求之不得地解放了自己。毕玉算是有苦说不出了。结果事情变成甘为敬向毕玉要条件了。第二学期开学以后,毕玉要求甘为敬与她恢复旧好,甘为敬翘起尾巴,要毕玉:一,向他赔礼道歉;二,从此不再过问他与各类女性的有过的正在有的与可能有的各类来往;三,从此不得支使他做这做那,反过来,毕玉应该多给他提供生活上的服务……这样的条件,毕小姐岂能答允?这样,甘为敬就顺水推舟地摆脱了毕玉了。

也有人更多地议论满满。说是满满本来是选中了李门的,没有想到李门祸从天降,一败涂地,这样冯满满就出了缺,她紧接着后来居上地揳进了甘为敬与毕玉的纠缠不休的关系当中……

李门自己也看到了,在饭厅,在图书馆,在操场,冯满满常常与甘为敬一起搭档,两个人出出进进,说说笑笑,嘀嘀咕咕。他说不出自己心里的滋味。

有一次,晚饭以后,在图书馆后身的小柏树林里,李门看到了甘为敬、冯满满、毕玉三个人在那里争论什么,他愕然。

"七一"晚会上有一道诗歌联诵的节目,男女声分别由冯满满与甘为敬领诵。要不,本来是应该由李门与满满领诵的。

男:我的生命,
女:一千次,一万次,一亿次,
合:我就献给祖国
男:一千次!
女:一万次!!
合:一亿次!!!

台下掌声雷动,哄笑成一团。

有一天在从自习室到图书馆的甬路上,李门听见了邹晓腾与一群他不认识的男生在肆无忌惮地高谈阔论:"甘为敬这个小子,抓着一个盯着一个,吃着一个饶着一个,先尝后买,流氓成性……你们瞧他那两只眼睛!一见母的眼珠子都红了,骨头也轻了,连说话的声音也贱里贱气的了……冯满满那种人就更别提啦。你们瞧瞧她那两铃铛!瞧她那后身,都撅到南墙上去啦!那能是雏儿吗?这样的女的,白给我我也不要,我可受不了……一对骚狗……俗话说,若要活得久,媳妇长得丑。女人本来就是祸水,再不讲三从四德夫唱妇随,那不反了天?无产阶级专政你也镇不住呀!男人是行星,妇人是卫星,这是不言自明的道理……"

一个人一个脾气,邹晓腾的放肆是全校有了名的。在大家规规矩矩，什么都要问一个正确还是不正确的年代，在一个人人都按照正确的标准来要求自己的言行的年代，有一个天才发明家、神童邹晓腾偏偏信口开河，胡说八道，倒也给人解闷。时间长了，他只要一说话大家就笑，只要一笑他就来情绪，只要一来情绪他就要说些更加胡说八道的话，然后更笑更来情绪更胡说八道。别人这样胡说八道是不可以的，别人这样胡说八道早就挨了批判了。但是邹晓腾可以，因为他已经被全班全校、上下左右公认是一个胡说八道的人，又是神童发明家之类，于是他有了胡说八道的特权……他一胡说八道起来就眉飞色舞，口沫四溅，手舞足蹈，难以自已，愈说愈俗，愈说愈丑，低级下流，无边无沿……

这些议论使李门十分恼火。如果是说别的，他也会与其他同学一样地认为是邹晓腾秉性如此——就这么个德性，难以苛求。但是他现在是这样粗野、卑劣、恶毒地谈论冯满满，谈论一个他自己也在垂涎三尺的有魅力的女子，这实在让他觉得忍无可忍。

邹晓腾正说得满口流涎，一眼看到了李门，他用他那长着长长的黑指甲的右手食指向李门一指。他这种一贯的指着别人说话的姿势过去常常唤起李门用一把菜刀把这根脏手指剁下来的冲动。但是这次不行，他静静地立在那里听邹晓腾的胡说八道：

"怎么样？到了手的热包子又他妈的跑了！这种风骚女人！随着行市转！哪有人家王宝钏靠得住！算了吧。老兄，找个黄脸婆最牢靠！吹了灯按倒了还不是一样地出火！"

如果他不是出了事情，如果他还是团的书记，他不召集一个会把这些反动腐朽的胡说八道批它一个体无完肤才怪。他真想给这个土鳖戴上坏分子的帽子！再不然，照准了他那脸上的白白嫩嫩的肥肉扇上两个大耳光。苏联奥斯特洛夫斯基的著名小说《钢铁是怎样炼成的》里边就描写了主角保尔·柯察金拳打这样玷污美好的爱情的流氓分子的情节，打得真好！为什么他们要把明明是人生中最美好的一个题目说得这样无耻下流恶心，为什么他们要把自己也并非不爱慕的异性说得这样丑陋低级又臭又烂!他们在污辱女性的同时不是也在污辱自己吗?如果女人是那样,他们自己又能是什么样儿呢?他们在污辱女性的时候就没有想到过自己的母亲和姊妹吗?他们在把爱情说成纯粹畜生的勾当的时候不觉得是在糟蹋人类么?世界上竟有这样的神童,这样的发明家,这样的诗人,他居然还在《SS文学》月刊上写"造福人民一千次、一万次、一亿次"的伟大的诗!

他愤怒,他尤其痛苦。他所珍视的青春和爱情被亵渎了,他所喜爱——甚至于是崇拜的美丽动人的女性被污辱了。有了女性人间才变得生动多姿可喜,为什么一个绝不是不喜爱女人不需要女人的男子却要用肮脏的语言去毁损女性呢?他过去曾经非常羡慕的像一颗明星一样的邹晓腾,连同他的诗,他的才智,他的奋斗,都被他自己的言行、举止、品德、教养上的缺陷玷污殆尽了!邹晓腾呀邹晓腾,难道你的使命就是要摧毁包括你自己在内的一切美好的意念么?把本来可以在人们的心目中显现得更美好一些的世界,糟蹋成一个散发着恶臭气味的大粪坑,这究竟对谁有好处呢?动不动就用最庸俗卑劣的语言来谈论世界的人,除了暴露自己的庸俗与卑劣又能说明什么呢?

他面对着邹晓腾的黑手指甲白手掌,听着他的那些下流话,他实在忍不住了,他庄重地说:"你别这么恶心好不好?"

他大胆地对邹晓腾进行了反击,他准备着为这个反击而付出代价。

然而邹晓腾毫不介意,他听了李门的愤怒的话语,反而满意地哈哈大笑起来。就像他本意就是要招人讨厌招人诅咒一样。

后来李门常常想,招人厌恶也是会让人上瘾的。丑恶也可以成为一种癖好。既然人可以吸毒可以犯罪,那么一个人专门做丑恶的和令人讨厌的事情,这又有什么稀奇呢?

到了一九五九年初秋,突然传来了甘为敬大事不好的消息。一时间各种流言蜚语,轰动了全校。一说是冯满满把甘为敬给告发了,由于甘为敬竟然在宿舍里就对她强行无礼。一说是毕玉把甘为敬告了,因为毕玉发现了甘为敬与冯满满的苟且之事而且告甘为敬偷窃了她家的钱物。另一说就更离奇也更刺激,说是甘为敬与冯满满去了双塔园,竟在光天化日之下行那无耻之事,偏偏被邹晓腾凑巧撞上了。(一说是邹晓腾早有预谋,带了几个哥们儿埋伏在那里,一抓一个准。说是邹晓腾别看人不大,是这方面的老手,早在农村,他就以善于抓奸而著称,他自称是不为名不为利不为维持风化,抓来抓去只图个解闷。)一见来人,冯满满又是哭又是闹,照着甘为敬打抓踢咬,直搞得甘为敬鼻青脸肿,凸眼珠与尖下颏滴滴淌血,冯满满哭诉是甘为敬强奸了她。结果,甘为敬当场被扭送到了派出所,据说法院即将开庭审理甘为敬强奸冯满满案。也是在这个时候,人们才得知,原来甘为敬为之得意洋洋的老子、一位省里的宣传部部长,与他的同样光荣体面的母亲、省教育厅厅长,业已在几个月前被"反右"运动的扫尾扫了进去,双双补划为右派分子。甘为敬原来为之得意、因之吹嘘的一切,出国呀,坐小汽车呀什么的,这回一下子全给"折"(读zhē)了。

  所有这些说法特别是后一种说法,令李门痛苦已极。转眼间,光明化为黑暗,希望化为失望绝望,爱情化为谋杀,结合化为犯罪⋯⋯还都这么年轻,还都这么幼稚,还都眼巴巴地等待着幸福的未来,就已经陷入了罪恶的泥坑。他不想再听,他不想知道有关这方面的事情的详情,他不敢接触这个话题就像不敢接触麻风病人的身体,他恨不得把自己的眼睛蒙上,把自己的耳朵堵上。这是活活在杀人的话题呀!听这样的流言蜚语,无异于观看真正的而不是魔术的大劈活人呀!

  抓奸抓奸,他也是来自农村的人,他知道农民对于抓奸的兴趣。生活得贫穷、枯燥、压抑的人们,有机会能抓上一对没穿裤子的男女,那真是妙趣横生,口水涌流,笑在心头,喜在眉头。别说抓人了,就是两条狗在交配,孩子们也要为之欢呼,为之义愤,为之拿一根扁担把两只正在交配的狗抬将起来。污辱、糟蹋与残害哪怕是两只狗的性本能与性要求性活动，并从中得到莫大的乐趣，他真不明白这是一种什么病态心理。他即使只是这样一想也感到痛心已极，恶心已极。这是一种什么样的下流而又与人为敌，与一切生灵为敌，一直到与猫狗为敌的劣根性呀！

然而他还是忍不住前思后想。这是一个巨大的暗影，他处在这个暗影之下，十分迷茫，十分恐惧，十分沉重。他不相信冯满满被甘为敬强奸，但是他的感觉是自己受到了强奸。他同样不相信甘为敬会受到冯满满的诬陷，但是他感觉到了是自己受到了诬陷。他感到的是冯满满加甘为敬再加猫儿狗儿一切一切被污辱被残害被抓住或者被抬架起来的生灵的双料八料的痛苦。双塔园，茵梦湖，沧桑亭，未来岛，伊甸园，在那里发生过许多那样的事么？冯满满对待他和对待甘为敬，是有不同么？他自己所经历的所做的所体验的，与甘为敬所作所为与邹晓腾所抓所"解闷"的，有本质的不同么？还是说到底，他李门善良了半天，高雅了半天，幻想了半天，陶醉了半天，也还是难逃被抓获被抬起来示众的下场呢？

人这点德性呀！没有比人更能毁人的了。

据说法院开了庭。满满与毕玉都被传到了法庭上，至于甘为敬，从出了事人们就没有见过。两个半月后，学校布告牌上出现了一纸通告：

本校××届××系××班学生甘为敬，长期不重视思想改造，追求资产阶级生活方式，屡教不改，腐化堕落……发展到刑事犯罪为国法校规所不容。现该生已因流氓行为被判处有期徒刑三年。经校务委员会研究决定，开除其学籍，以儆效尤。

切切此布。

……反正我也对得起你了。满满的声音仍然在他的耳边回响。没有一个男人可以说他是对得起爱过他的女人的。

如果是李门,他宁愿说:"我——永——远——对——不——起——你!"

他会这样说给冯满满,他尤其要说给简红云。提起简红云,他更是只想说对不起对不起对不起。保持着始终对不起爱过自己和自己爱过的人的心态,他想,这是比觉得自己对得起这个也对得起那个的心态,更让人觉得活得有点味道的呀。

简红云本来是他的中学同学,高材生,身材颀长,一条大辫,头发褐黄,皮肤白皙,两只微微近视的眼睛看起东西来分外认真,眼珠色泽偏淡,加上她的常常绷紧和略略噘起的小嘴唇时而不自主地哆嗦一下,更给人一种真诚得近乎愚傻,愚傻得近乎深刻,深刻得近乎悲哀,悲哀得近乎神经质的分外逗人怜爱的印象。她的功课门门优秀,虽然学校已明令考试后不得在班上排列名次,但是同学们还是互相比来比去。比的结果是,简红云每年与每个学期的各科总分都是全班第一——而李门经常是第二。简红云又多才多艺,她会拉手风琴,她曾经在联欢会上表演手风琴独奏:蒙古民歌变奏《森吉德玛》与俄罗斯民歌变奏《康拜因机能割又能打》。她会唱陕北道情,声如裂帛,情如山洪。她会打乒乓球,侧身抢攻型,那时候她活脱脱一个孙梅英。她又会朗诵,她朗诵普希金和伊萨科夫斯基的诗的中译,通过学校的广播室传到了各个教室。李门一进中学就为她的才华所倾倒,他想,从马克思到加里宁到我们中国的共青团中央所主张所追求的"全面发展的新人"不就是简红云这样的么?

然而不,简红云绝对不是全面发展的新人,而是白专道路,不问政治,走上了邪路的典型。她常常请假不参加政治学习小组讨论,参加了也很少发言,一发言就提一些不应该提的问题。初中时候正赶上粮油统购统销,大家学习的时候都是一百个拥护一千个赞成,唯独简红云问这样做是不是说明咱们国家的粮油生产没有搞好?这是多么反动的思想呀!怎么可能是生产没有搞好呢?正因为搞得太好了规模太大了才要统一起来管理嘛!如果不统购统销,那不就让奸商们得了手,不就让老百姓吃了亏了么?怎么大家都明白就是简红云不明白呢?连这都弄不明白的人,又怎么可能考一百分呢?连这都不明白的人,即使考了一百分又有什么用呢!

等到班上练合唱的时候,她又偏说是这个歌好听,那个歌不好听。她这又是怎么了呢?

李门便找她谈话。李门说:"不要认为自己会比集体或者上级更高明,三个臭皮匠,凑成一个诸葛亮……"

你猜简红云说什么,她说:"我不信,三个臭皮匠,能够凑成一个牛顿、一个爱迪生么?三个臭皮匠一人一句,能写出李白、杜甫的诗篇来么?三个臭皮匠去指挥朝鲜战争,能打得败麦克阿瑟和李承晚么?"

"你怎么不去领会精神实质!你不知道这是毛主席喜欢引用的话么?"李门已经近于气急败坏了。

简红云叹了一口气,不再言语。她没有做任何自我批评,她的不出声只能解释为坚持错误观点。李门只好向校长与支部汇报,简红云思想问题严重,不接受党的挽救与共青团的帮助。同时他恨恨地想:"明明是错误的观点,她为什么就是不能改过来呢?明明他是真诚帮助她,她怎么硬是看不出来呢?他不仅是帮助她,他还有点崇拜她喜欢她呢。她就不明白吗?这样的人居然年年总平均分第一,这是多么荒谬呀!她不聪明,她是傻瓜!她不是高材生,她是畸形儿!她的多才多艺是假相,她的功课优秀是骗局,她简直是不可救药的蠢货!"

接着出现了简红云贬低邹晓腾的"造福人民一千次、一万次、一亿次"的名句的事件。这首诗是区领导要全区的中学生学习的,那么,简红云贬低的就不是、不仅仅是邹晓腾而是区领导;而区领导并不是孤立的,区领导是整个党的领导的一部分。经过了最近的运动,他们对于这种论断逻辑已经耳熟能详。那么,简红云所反对的便不是邹晓腾的几句诗,而是整个的共产主义的人生观与对于青年的共产主义教育,老天!你简红云莫非是活腻了不成?这样的高材生,其实是蠢材,这样的一百分,其实是不及格。

所以,当中学领导做出了决定,要开联班会对简红云的错误思想进行批评帮助的时候,李门确实是抱着恨铁不成钢的心情对简红云进行了义正词严而又苦口婆心的批评。他批评得相当动情。他问:"造福人民一千次一万次一亿次究竟有什么不好?如果可能,十亿次一百亿次又有什么不好?你何必那么反感?你既然功课好唱歌好朗诵好打乒乓球好为什么就是不能做到思想好呢?思想不好就是品德不好,品德不好就会变成坏人,思想品德不好的话,功课愈好危害就愈大,唱歌愈好危害就愈大,球打得愈好实际效果就愈糟。这就是说,方向错了,跑得愈快离目标就愈远。简红云!你是我们班的高材生!我们都对你寄予厚望!我们都期待着你的转变!回过头来吧!我们欢迎你!我们喜欢你!我们要帮助你!转变过来你就是我们的好朋友我们的好同志我们的好同学!四个班的二百多个同学为了帮助你耽误了功课来开会,我们为谁呢?我们难道不愿意多学习一点功课吗?我们是为你呀!只要你能进步你能转变,我们再多耽误一点功课也心甘情愿!"

李门在这次批判会上自己被自己的发言感动得泪流满面。简红云虽然勉勉强强,但是也真诚地做了检讨。同学们因为她终于开始做了检讨而兴奋异常,李门带领着大家为简红云的开始转变而热烈鼓掌。一鼓掌就有女同学去与简红云拥抱,一拥抱,简红云还没有哭,帮助红云的人先哭了,一个人一哭,第二个第三个女生也就哭起来了——十八九岁的女孩子,正是流泪的年纪,何况哭之有名,哭之高尚,愈哭就愈有觉悟愈显现出班集体的温暖强大甜蜜。于是全班女同学一起哭,简红云终于哭了个不亦乐乎,哭出了个真正转变的样子,弄得一批男生也拼命吸鼻子,挤眼睛,咬牙磨齿。欲哭而强忍不哭,更加深情而又悲壮,说明了这次思想斗争思想帮助取得了伟大的胜利。

简红云没有考上大学,大家都明白简红云是哪儿不符合高等学校的录取标准。李门相当不安。不是校领导也充分肯定了他们班对于简红云的帮助与简红云的转变成果了吗?不是说转变了就更可爱更受欢迎么?怎么不是那么回事呢?

李门为此去找了校领导。领导批驳了李门的说法。领导说:"转变了欢迎,谁又不欢迎了呢?转变了很好,但是转变了不等于不曾存在。你偷过一毛钱,现在连一分钱也不偷了,这好不好?当然好。但是现在不偷不等于过去没有偷过,现在不偷很好不等于可以否认过去的偷不好。也不能要求旁人认定你现在不偷比从来没有偷过的人更光荣伟大。大学可以在那么多的考生中进行挑选,当然是要挑好的——叫做择优录取。欢迎转变就一定保证你上大学,我看没这个道理,我看你这样激动也没有道理。我看你这样激动实质是立场问题,无产阶级与资产阶级,究竟是谁批评谁,谁跟着谁走呢?我们要求你批评帮助她是为了让她改正错误,她不改正错误恐怕就不是上不上大学的问题而是去另外的地方的问题。现在,上不上大学的问题提出来了,这已经说明了是我们仁至义尽地帮助她欢迎她了,你不能反过来为她没完没了地说话。你说是不是呢?"

李门受到校领导的批评,他出了一身冷汗,他无话可答。

同时李门也暗自庆幸:幸亏这事没有发生在自己身上,幸亏自己比较懂得怎么样按照正确的方向说话做事,否则,即使被嗷嗷地哭着欢迎了转变了,也还是贻患无穷。

李门还有窃喜之处:这么说,他们学校的大高材生简红云就永无超过他的可能了。这不更说明他李门的"三好"与"全面发展"的可贵了么?他李门虽然常常是总分比简红云低两三分,可是考虑到思想品德,他不就是无可争议的独占鳌头了么?好了,简红云就随她去吧。他是爱莫能助了。

他仍然时而想起简红云来。上大学以后,他给红云去过一封信,没有回复。过了一年,一九五九年八月红云来了一信,告诉他迟了一

年以后她终于考上了一个财经专科学校,学习两年出来就可以当企业会计了。红云在信的最后说:

"我知道你一直在关心我。由于自己不争气,实在没有什么话可以告诉你。现在,总算有个地方学习,将来也有个地方工作,可以向你报一声平安了。忘记我吧。你的前途光辉灿烂,我永远祝福你。"

李门为之叹息。

他为红云终有出路而庆幸,但也更加不安:那是因为自从一九五八年大学生活开始之际,他与邹晓腾在火车上巧遇,两个人上了一个大学,虽然不在一个系,毕竟在一个学校。邹神童又是名人,他的举止言谈常常被人议论传播。从第一眼起邹晓腾的恶俗、耍丑、厚颜、强不知以为知、自吹自擂又笑话百出的表演就常常使李门作呕。为什么名人是这样地经不住就近接触呢?他感到了悲哀。更悲哀的是,这样一个浊物,他写的"一千次一万次一亿次"难道值得当真么?怀疑或者冷淡他的狗屁诗——他也禁不住要说是狗屁诗了——又算哪一家子的思想问题呢?甘为敬与冯满满合作朗诵他的这一首诗,朗诵完了不久,不是就对簿公堂,臭气熏天了么?邹晓腾不是还在里边扮演了一个最最下流的角色么?和邹晓腾的实际相对照,不是简红云更有先见之明,而自己和自己的多数同学们是有点发昏吗?

这种想法使他觉得危险,于是他自己说服自己。邹晓腾的诗是时代的阶级的集体的产物,它代表的是时代的阶级的集体的精神,写出来了,便是社会的财富而不再属于邹晓腾个人。所以,尽管他是渺小的平庸的丑陋的,他的诗仍然可以是伟大的。再说,一个诗人也是人,他把那么多崇高激越的思想感情都写到诗里了,他给自己剩下的怎么能不是只有庸俗与拙劣呢?

所以,简红云仍然是错的,而他在中学时代的最后一年对她的批评帮助是正确的。

及至交心运动中他突然出了事情,他就一下子傻掉了。

及至在冯满满与甘为敬的事情上他听到了邹晓腾的臭气烘烘的议论以后,他回顾"一千次一万次一亿次"的名句,他只剩下了恶心了。

但是他不相信人与人之间是这样丑恶,他不相信爱情是与阴谋联结在一起的,不相信诗是与谎言联结在一起的,他不相信批评与真诚的帮助是与一个人的晦气联结在一起的,他也不相信,他曾经那么珍爱的美丽与崇高的事物只是青春的梦幻而已。

因为有红云,正是在这个令人心灰意懒的时刻,他想起了红云。一些年没有见红云了,红云像是一个影子。他其实没有资格去帮助红云,也许应该是红云来帮助他。他想起了红云的朗诵:

> 在西伯利亚矿井的底层,
> 望你们保持骄傲和忍耐的榜样。
> 你们的悲惨的工作和思想的崇高志向,
> 绝不会就这样徒然消亡……

"祝你好!"他轻轻地说。他相信一切不愉快终究是暂时的,阴云将会散去,皱紧的眉头将会舒展,卑劣的语言将像肥皂泡一样地破灭和消失。而人,人毕竟是向往美丽与善良的,向往美丽与善良的人将会得到美丽与善良,何况是在愈来愈美好的新社会。不论世界上发生什么或者不发生什么事情,他永远保护自己的美好的记忆。这也是他的悲惨的工作与思想的崇高志向,他不容许任何人玷污。

想到这些的时候他几乎是流着泪在宣誓,宁可让天下人负我,我决不负天下人。我无权要求别人,但是我可以要求我自己,我永远不放弃善良,我永远不放弃真诚,我永远爱我的朋友,我永远原谅我的朋友的过失。我永远光明,只有自己光明的人才有权去要求别人光明,才有权幻想世界的光明。我之所以感到难言的痛苦,那恰恰是因为我的思想里充满了光明,光明的心胸才会对于黑暗那样敏感。离我远一点吧,那试图遮蔽一切光明的黑暗!

他那时当然想不到,毕业以后,由于他的特殊"问题",他被分配到边远的"大三线"X自治区Y自治州Z无线电器材厂当技术员,当技术员以前要先下车间做工人两年。而简红云就在这个厂里担任会计。比较起来,简红云的处境要比他还好一点。简红云人家现在就已经是干部了,干的是干部的工作,住的是干部的宿舍。而李门分到了磨工车间,单是巨大的金属与金属磨擦的锐利的声音与机油的气味就令李门发狂。几个月以后,他习惯了这一切。他也没有被允许搬入干部的家属楼,而是与六个青年工人合住一套家属宿舍。工人们不习惯用卫生间的抽水马桶,他们也对六个人的屁股同蹲一个马桶圈非常厌烦,便干脆拆掉马桶盖与马桶圈,在马桶边摞几块砖,拉屎的时候劈着腿练蹲裆骑马式。

由于第一次高考落榜,简红云比李门晚上大学一年。但又由于红云上的是专科,学制两年,而李门不但学的是本科而且又是K市大学这样的名牌学校,学制是五年。结果红云比李门早毕业两年,两年前她已经来到Z无线电器材厂。当李门灰溜溜地来到这里怔怔忡忡分不清东南西北的时候,她红云已经与上下左右关系搞得熟熟的了。红云也变了,随和多了,群众关系好多了。看来人不跌跤是不会有长进的。

李门来这里不久,国庆前夕,省里的主要领导同志前来视察,厂保卫科下令李门随一辆卡车前往七十公里以外的一个废耐火砖厂去码耐火砖,明令他下午四点前不得回厂。李门一听就明白了,是为了领导同志的安全——也真是的,看了他的档案,哪个保卫科能不防备着他?而简红云却大模大样地站在厂部办公楼前与众革命干部一起列队欢迎领导。据说,她还与领导同志握了手。只此一端,就可以看出红云的幸福与李门的晦气,看得出两个人的命运起伏。五年河东,五年河西,风水轮流转。回想李门当团干部学生会干部主持二百人的联班大会批评帮助简红云的情景,已经是一去不复返了。

但是红云并没有嫌弃他,也没有动不动反过来"批评帮助"他。

五年未见,红云多了一点风尘也多了一点静默,她很少说话,然而李门总是感觉得到她内心中从未止息的波澜。在远离家乡的地方,他们两个人有"他乡遇故知"的特别的亲切感。幸亏有红云,李门来到这里才没有感到孤单。

李门把自己的遭遇介绍给红云,李门也问了一下被批判以来红云的心路历程。红云对这个话题似乎不那么感兴趣,她只是说:"那时候,我们是太年轻了啊!"于是无言。

在人生话语当中,没有比以下两句话更深情也更友谊的了。一句是"那时候我们是多么年轻啊",一句是"我们都老了"。当你见到一个许久未见的朋友,当你们共同回忆蹉跎往事,当你听到这两句话中的一句的时候,你能够不下泪么?

这样的时候,这样的地点,两个人的感情很快就发展到了相依为命的程度。这种感情的发展更给两个人一种强烈的宿命感,冥冥之中,真似有一个主宰一切的神祇,他透彻地胸有成竹地做好了各种安排。

一年零一个月以后,红云帮助他取得了在干部楼居住的资格。他与另一个单身汉两个人住在一起,已经比工人那边条件好多了。

由于与冯满满的经验,在与红云的关系中,李门常常既感到内疚又感到饥渴。他从最初的几次接触就感到了红云的寂寞,红云的好心,红云的友谊。他在深深地感谢着红云的同时急切地希望得到她的一切。但是红云是太纯洁了,他们的第一次接吻竟使红云哭了一场。她哭得李门心乱如麻。她太好了,而我是已经太坏太坏了啊。这是李门的一个想法,这使李门产生了一种对于红云的神圣敬意。他知道,红云可不是满满,他是不能够轻易去亵渎她的身体的呵。他吻完了她就努力克制住了自己,小心翼翼地送走了她。

然而红云的表情又完全不像是对他有什么不高兴。走的时候他觉得红云的步履是犹犹豫豫的。于是他一夜无眠。红云的哭泣更使他感到了自己的男性的义务,其实她是太压抑自己了,太需要爱抚了。他怎么能在这种时候把她送走呢？

　　……这完全是另外的经验，这才是人生的丰足，这才是端起了盛满生命甘泉的酒杯。爱抚的最初回应也许不该是大火熊熊，不顾不管。在红云那里他得到的是麋鹿一样的惊慌与躲闪，是清风一样的微波涟漪，是月光的清纯与神秘，是荷叶上滚动着的露珠，是青草丛中召唤伙伴的鸣虫，是花蕾的迟迟不肯开放，是燕子啁啾于新筑的香巢周边，是对于光亮的惧怕和对于肉体的羞耻，是询问和试探，是无声胜于有声的无字咏叹，是对不准焦距的云蒙雾霭，是环山绕石的小溪潺潺，是春雨润泽的新笋萌动，是青虫蜕变成为蝴蝶的艰难困苦与成为了蝴蝶以后的缤纷灿烂，是啄破卵壳的新生的坚定与新奇，是终于见到了世界的幼小者的骄傲，是陌生的手指弹响了陌生的钢琴，是一把小号和一把小提琴先后响起，是从来不敢正视的自己的生命第一次曝光，是"我们活着"的胜利与庄严的宣告，是一首慢慢唱起来的从温存到激越的歌曲，是一本奇书这才拆下了封套，是一个渐渐从回忆里浮现出来看清了的似曾相识的面孔，是回到孩提时代的天真活泼轻信，是对于已知的春夏秋冬的一切风景的回味与咀嚼，是历尽艰难终于找到了你的欢欣，是刚刚长出羽毛的雏鸟的跳跃，是小马第一次跑过了障目的山梁，是地平线上出现了一个亲切的身影，是随风传来的时大时小的钟声，是凌晨东方的一抹霞晖，是从大海里沐浴而出的一轮朝阳：渐红渐暖，终于把一切照亮。

　　再也不会分离。

第 六 章

全是命！

在党恩浩荡,甘为敬提前一年被释放并在劳改农场就业以后,他成了麻将牌迷。从一九六二年起到一九八一年他调回 N 市止,十九年的业余时间他至少有一半是用在打麻将牌上了。

计算起来他自己也曾胆战心惊。他想,他的一生中有那么大一部分是打麻将。

在甘为敬成为一个二等著名小说家之后,他的小说里的一句名言受到读者的激赏,他做深刻状地说道:"打麻将就是参禅,牌理就是哲理。"

他并非信口开河。牌桌上的风云变幻,坐失良机,欲速不达,枉费心机,似误实然,歪打正着,愈瞄愈失手,似拙实巧,聪明反被聪明误,糊涂自有糊涂福,贪多嚼不烂,到手的鸟儿能飞,有意种花花不活,无心插柳柳成荫,以退为进,输赢全在一心,你要进这间屋子,偏偏进了那间,你要破坏,反而成全,三七二十八,四六五十六,赢了还想赢,输了不信输,光了卖裤子,天上掉馅饼,踏破铁鞋无觅处,得来全不费功夫……种种启示教训,还少吗?还不够用吗?岂止本世纪,下一个世纪也用不完啊!

在劳改农场,他的聪明才智是没有地方发挥的,他的记忆力、想象力、判断力与审时度势的直觉是没有地方表现的,他的与生俱来的风头欲、施展阴谋欲、竞争欲、追求刺激欲、冒险欲是没有地方得到宣泄和满足的。何以出火？唯有"雀战""筑城"！

　　他自信他的牌艺已经达到了炉火纯青、出神入化的程度了。但是他仍然没有把握场场胜券在握。他有时候输得一塌糊涂，输得从桌子底下一会儿钻到这边，一会儿钻到那边。农场里对输牌的人还有罚戴高帽子的，罚喝凉水的，罚刮鼻子的，甘为敬遇到屡战屡败的时候也深知被戴高帽子的焦躁，被罚喝凉水的憋胀，被罚刮鼻子的屈辱。但是他自我检讨起来，他的出牌几乎没有一点失误，天亡我也。天亡我也，非战之罪也。

　　这就叫命，就叫牌运，就叫手气。有手气的时候，缺什么牌上什么牌，打错了，该留的"副儿"拆了，没有关系，这头丢了那一头补上来。缺一个幺饼就是"一条龙"了，对门已经碰了幺饼——占了仨幺饼了，这没有戏了吧？不怕，手气好，抓了两遭唯一的一个幺饼就让您给抓回来了！你说呢？

　　而手气不好的时候呢，不要什么来什么，打出什么来什么，明明要吃的牌，您都捡过来了，下家一碰，又成了他的了，明明是和两头比和对倒方便，偏偏你摸来了对倒的牌，不但抓不来自己要的牌，而且专来能点炮的"张儿"。哈哈，这回没有跑了，您缺少的"中心五"出来了，一个十五番的牌已经摞倒了，上家说了，我也和"中心五"！老妈抱孩子，还是人家的，让您眼瞅着干着急！

　　妙的是，手气好了且好一阵子呢，怎么打怎么顺手；手气不好的时候，牌运"背"的时候也且背一阵子呢，怎么打怎么拧着劲。人强不如命强，人好好不过命去，人算计不如命安排，人熊也挡不住命不该绝，命中有贵人相助，时来运转，遇难呈祥！

　　所有这些，由不得你不信。

　　大言不言，玄机无玄，真理最朴素，婴儿最智慧。人生要义，佛理禅心，说到底无非是"认命"二字。认了命，一通百通，一了百了，就另是一种境界了。乐天而后知命，知命方能乐天，绕过一个大圈，其实只是一加一等于二，一加二未必等于三的小儿数学罢了。

一九五九年发生的事情可真让甘为敬傻了。那时候他自以为手气正好。他早就知道双塔园常有野鸳鸯们的风流韵事,冯满满一同意与他一起逛"三点圆"他就乐得合不拢嘴了。一开始,气氛完全理想,冯满满问他:"你为什么不约毕玉来?约毕玉一起来嘛。"这话说得像是讽刺,更像是撒娇。甘为敬的回答是摸了一下她的脸蛋,"还不是为了你!"冯满满问:"为我个什么呀?"甘为敬的回答是把她搂过来亲了一下,冯满满推开了他。他更得意忘形地挑逗说:"为了你这个人呗!有了你我早把毕玉丢到脑袋后边去了。那个毕玉有什么好,没有个……"

"这你就不应该了,"冯满满正色道,"你和毕玉是正式请过了糖的。别忘了,毕玉的爸爸是公安厅长,你要是胡来,他可以要你的命!"

"我才不跟她胡来呢。她——没有劲,要胡来也得找个有劲的,比如说像你这样的。"甘为敬说,一副胸有成竹,胜券在握的样子。然后涎着脸企图动手动脚。

满满躲开了他,皱起了眉头。"你要胡来什么?别找错了对象!"

甘为敬却以为是自己得了手,他和异性打交道,总是有一种出奇的良好的自我感觉。他以为,只要按既定目标走下去,按既定方针办,就可以如入无人之境地要什么得到什么,要怎么样就怎么样;而一切拒绝、躲避、推托乃至抗议哀求,他觉得只是女性的软弱忸怩心口不一又想吃又怕烫的装模作样,甚至于那只是一种进一步吊胃口的花式子,愈这样你还不是愈难熬难挨?到时候只要采取决定性的步骤事儿也就齐了。他不知道,冯满满并不是他心目中的任他摆布的小姑娘,他更不知道,就在他放肆地说什么"跟你胡来"的时候,冯满满忽然觉得不太对头。她大概是想起李门来了,这两个人是多么不同啊!甘为敬根本不懂得把她当做人来看呢。

甘为敬一边动手一边更加无耻地说道:"胡来不胡来,你还不明白？见面第一天我就知道你已经是有经验的了。你看看你那个胸脯！再看看你那个屁股……"

"讨厌！你太放肆了！"满满要站起来,甘为敬把她拉住。甘为敬进一步说:"得了得了,谁不知道你相中的是李门！李门那个土豹子！我早就知道他不会有好下场。这不,现世报了吧。这一辈子,李门就甭想翻过身来了！他哪里比得上我的一根脚指头！"

这时冯满满已经彻底生气了。她倏地立了起来,她用警告的口气对甘为敬说:"你有什么权力这样对我说话？你以为我是你的什么人了？"

甘为敬反而从冯满满的反应中得到了刺激,他一跃而起,紧紧把满满抱住,把满满扳倒,得意洋洋地说:"这就是我的权力！你就是我的人了！"

三下五除二,他只管去制服冯满满的半推半就——反正他认为只是半推半就。他到那个时候为止仍然相信他的强壮与坚持,特别是他的去过柏林与莫斯科以及他的爸爸是厅局级干部一定是足可以令满满心折的。哪个少男不善钟情,哪个少女不会怀春？这是大文豪歌德说的。歌德都说行,他还不能把满满搞到手吗？少女怀春当然就怀他这样的了,本来冯满满不跟他偏要去跟什么李门这就是一个错误嘛！

后来的事态发展似乎证明了他的自信以及他对女性的看法。满满挣扎了一阵也就不特别挣扎了。满满的面红耳赤与气喘吁吁使她如风中的桃花、雨中的玫瑰,更是分外动人。

"我就是要看你这个样儿呢！"甘为敬"胜利"地呻吟道。

他当然没有想到邹晓腾的"抓奸"队伍的出现。但是他尤其没有想到的是冯满满的翻脸不认人。两个嘴巴加踢加咬使他立即魂飞魄散山崩地裂……简直是毒蛇！甘为敬认为自己是完全善良无辜的。

审讯中满满的冷峻与老到更令他寒彻骨髓。一开始,他还抱着一线希望,邹晓腾一抓,冯满满一个女生,当然不好意思,羞愧至极,只好把一切一切推到他身上,以她的打、踢、咬骂来遮羞,倒像她自己是贞节烈女似的。但是无论如何,她与自己无冤无仇,总不会坚持地故意地置自己于死地。谁知道审讯的时候冯满满连与他有感情的联系都不承认,连他们是约好了一起到双塔园玩都不承认,连他们早已就互相调笑都不承认,连他们曾经有过比较亲昵的举动也不承认。她硬是把甘为敬往绝路上逼,真是反目成仇呀!在男女关系上,他始终信奉的是"买卖不成仁义在""一个巴掌拍不响""一个愿'打'一个愿'挨'""谁能不图个舒服"的基本原则;他万万没有想到冯满满会对他下毒手的呀!他认定满满是真正的蛇蝎魔怪。据说雌蝎子交配完了就要把雄蝎子吃掉,这太妙了,很刺激也很引诱。看来生命本身就具备一种残酷,爱情本身就具备一种残酷。他这么聪明这么伟大这么与异性一道永远得手永远无坚不摧无攻不克的一个人,一个高贵的、去过柏林和莫斯科的人,这次竟然栽到了冯满满手里!天亡我也!天亡我也!做了一副大牌,包了一桌输赢是也。

邹晓腾的证词也使他大吃一惊。明明他们出现的时候他已经得手他已经胜利他正在赢得一个美妙的开端已经是你唱我和有来有往了,偏偏邹晓腾说他亲眼看见了冯满满正在甘为敬的强暴下拼死抵抗,搏斗躲闪。邹晓腾还说他看见了甘为敬正在将满满的胳臂扭到身后,用暴力企图制服满满的反抗,强行非礼。

这是吃了什么迷魂药呢?

更想不到的半路上杀出来的一个程咬金是侯志谨,他是作为校领导——校党委唯一的学生委员出庭作证的。他证明,冯满满一贯作风严谨,行事庄重,要求自己严格;而甘为敬一贯吹吹擂擂,很不正派,不注意改造思想,羡慕资产阶级的腐朽生活方式,缺乏共产主义道德。他最后发展到了低级下流直到违法犯罪的地步,这完全不是偶然的,这完全是合乎逻辑的客观必然,这是甘某的阶级本性所决定了的。

这还不算,尤其令甘为敬发指的是,调干生、党委委员侯志谨竟然作证说,冯满满与甘为敬根本没有感情关系,不存在两个人搞恋爱搞失控了的可能性。

更可怕的是,侯志谨还补充说,据了解,甘为敬的父母已经双双补课补成了右派分子了,这证明,甘为敬的堕落绝对是有他的家庭根源阶级根源思想根源的。

甘为敬大呼冤枉,他要求法庭传更多的同学来作证,他要求法庭传邹晓腾带来的"抓奸队"其他成员来作证,他相信他们至少可以证明:第一,他早已经与冯满满要好了,他们俩事实上已经处于恋爱状态。第二,他希望同样目睹他与满满的风流故事的其他人可以证明至少在他们抓到他的"奸情"的那一刻,满满并没有抗拒挣扎,他们最多只能算是野合,叫做生活作风不够严肃,而谈不到犯了强奸罪,成了强奸犯。

法庭很不错,居然接受了他的请求,传了两个班上的同学来。两个同学含含糊糊,对一切问题多答是"不知道""不了解""没有看见""没看清楚",有一个同学从牙缝里挤出来的几个字,说是他曾经以为甘为敬与冯满满是有一些搞恋爱的意思;当法官进一步追问时,他又说也不一定,他不打算为甘为敬与冯满满的感情关系作证,更不准备驳斥侯、邹、冯三个人的一致说法。他的原话是:"如果他们仨都是这么说的,当然应当以他们仨的说法为准。一个人的看法难免片面嘛。"

最后一名证人更是使他魂飞天外。她是毕玉,毕玉的证词实际上是对于甘为敬的控诉,这控诉甚至使他想起《白毛女》歌剧最后一场喜儿在斗争大会上控诉黄世仁——控诉完了就把黄世仁枪毙了。毕玉的控诉当中不但有"一贯玩弄女性""用欺骗加暴力手段满足自己的兽欲""抬出自己的右派父母进行招摇撞骗"等吓人的短语,而且有"对革命女性进行阶级报复""不甘心资产阶级右派分子的失败""实际上是阶级斗争的新动向"之类的凶狠上纲。与别人不同的是,毕玉的证词是事先写好了稿子,由毕玉在法官面前宣读的。甘为敬坚信那稿子是公安厅的同志起草的。听了这样的控诉他自己也觉得自己活该枪毙——叫做"甘为敬不杀不足以平民愤"了。

手气之背,一败涂地以至于斯!着实可叹!

这是命。全是命。过后,他每输一次牌他就回忆一下双塔园案件,他悟到了这个道理。他渐渐心气转平。他再一想,法官还真是够意思,在所有的证词都对他极其不利的情况下,法官才给他判了三年,这简直是奇了。显然法官并没有按强奸罪判,如果真是强奸,又在那种抓阶级斗争的气氛下,判二十年判无期徒刑判枪决也是完全合理的。他不能不感谢人民法院的恩德。

他用力地回忆,他想起了十一岁时候一个瞎子给他算的命来了。那时候解放战争打得正激烈,他们所住的V市已经陷入人民解放军的重重包围,从早到晚可以听得到解放军的大炮轰鸣。一天一个鹤发童颜的瞎子来敲他们的门。瞎子风度翩翩,但是两个眼窝非常可怕,因为他没有黑眼珠却有两块洁净的白,这使人们想到西洋风格的石雕而不是活人。瞎子谈吐不俗,说是兵荒马乱之中他经过这里感觉颇有异兆,他的两只看不见俗物,却看得见前三十年、后五十年、东二百里、西四百里的风景的眼睛,在他们家门口看到了一只遍体生辉的金钱豹样的神物,他特地来奉送几句忠言。他不要钱,言赠于知者,言用于智者,言伤于私心,言毁于疑义,言出于缘,言止于缘。缘分而已,岂有他哉!

几句话说过,甘为敬的伯父,一位军阀时期做过大官、后来退隐商界的人物大喜,便与他谈论起来。那时甘为敬的父母都在解放区革命,甘为敬跟随着伯父在V市上学。通报了为敬的八字以后,瞽叟要求为敬伸出右手,并解释说,俗谓男左女右,实不经之论,右者正也,顺也,先也,岂有舍正逐偏、舍顺求逆、舍先就后之理哉!

边摸手边与小为敬谈话,乃避席大赞曰:"好富贵命也!这样的大命吾不敢妄言也。"他天干地支阴阳五行地讲了一通,又神神秘秘地说了一回元亨利贞,潜龙勿用,有孚惠心,大壮则止的令人听不懂故而更加心悦诚服的道理。只是在接受了甘为敬的伯父的厚礼以后,瞎子在告辞的时候又说了一句:"旅丧其次,焚其僮仆,险矣哉,险矣哉!"说得伯父发毛,说得伯母大惊。伯父记下了这句话,请教易学专家,易学家说原文是"旅焚其次,丧其僮仆",是"旅琐琐志穷灾也",是一种警告,是可能有灾难,因而要谦恭谨慎,而又要不丧其志的意思。那么为什么不说旅焚其次,丧其僮仆而说旅丧其次,焚其僮仆呢?甘为敬的父母又讨论了许久,觉得其中有解不透的天机。

在甘为敬以流氓罪判处了三年徒刑以后,他又想起了这几句话。当时,他虽然年纪小,不知厉害,但是见父母那样认真便也有些紧张,要来了纸笔把这几句话写到纸上,死记硬背了下来。解放后他一帆风顺,这些个陈谷子烂芝麻已经忘得干干净净了,一出事,他的生活又与旧社会接上茬了。

他做出了解释。旅丧也好,旅焚也好,无非是说旅游到了双塔园,他甘为敬马失前蹄,栽啦。僮仆丧也好焚也好,无非是说他甘为敬倒了血霉,身陷囹圄,从一朵鲜花一下子变成了臭大粪。这不是命又是什么呢?

想出了这个命字以后,他甘为敬甚至有绝处逢生的感觉。既然这个倒霉是命,那么瞎子所说的"好富贵命也"就也是命,今天没有富贵的意思,那就等着明天再富贵。元亨利贞,是为上上,他就认命,并且满怀信心地等待时来运转吧。

世界上的事怕就怕想得通,一通百通,无往而不利。一旦通了,甘为敬就不再灰心丧气,怨天尤人,而是一门心思扑到了改造上。甘为敬身上的流里流气,为他找了麻烦,但也使他比较能够接受逆境的试炼:他自吹但也不怕自贱,他享惯了福,但也由于流里流气挨惯了骂,他有一种天生的厚颜、天赋的自我保护和与阿 Q 相颉颃的乐观主义——想当年,老子阔多了!在劳改队,他照样吹牛冒泡。他高高兴兴地劳动,表现不错,又加上劳改农场的书记与甘为敬的老爹有旧,对甘为敬多有照拂之意,他来劳改队劳动了四个月就抽到了场部去办黑板报,由黑板报而油印小报,由小报而变成铅印的报纸了。有一段时间,上级一再要求劳改农场加强政治思想教育,不能是单纯劳动生产与劳动惩罚观点。谈起思想来别的犯人哪里有甘为敬这两下子!甘为敬乘着这股东风变成了戴罪立功、卓有成绩的劳改报人了。他编的供劳改劳教人员阅读学习的《新生报》在各家劳改报纸的评比中跻身先进,为此,甘为敬被奖励了三十块钱,记功一次,在劳改新生积极分子表彰座谈会上吃红烧肉一次喝鸡骨汤放鲜葱花一碗。于是他在自己编辑的《新生报》上发表了这个消息,而且配上了自己撰写的对劳改农场感激涕零歌功颂德以及自己认罪服罪、弃旧图新的诗歌,把自己树成了积极改造的典型。一九六〇年冬,粮食困难时期,许多劳改犯没有挺过去,而他由于出入于场部,多少有些机动的可能,囫囫囵囵地度过了困难。一九六一年五月,他在编务之余去田里起白薯秧,正好看到一个死刑缓期执行的犯人钻铁丝网企图逃跑。甘为敬不顾该犯狗急跳墙什么都干得出来,跑过去把他抓了回来。他立了大功,提前一年释放,作为新生人员留在了农场就业。

　　就业以后,他住在单身职工宿舍,与一个食堂管理员、一个司机、一个电工共住在一间房子里。每晚打牌参禅,他获益良多。熄灯准备入睡的时候,大家谈话的主题从牌理禅机转向了另外一个——那就是性和女人。在此之前,甘为敬觉得自己就够"坏"的了,来到这里与劳动人民一比较,他真是自愧还差着十万八千里。他们谈的,有器官——各种名称代号,谐音谐形,直截了当与旁敲侧击。有动作手势,能传神韵,盖各种戏曲的表演艺术大大丰富了劳动人民的动作与手势也。此外还有拟声口技,有故事,有笑话,有谜语,有成语,有术语,有暗语,有顺口溜;有形容——色泽、气味、形状、比喻、转借,有描绘——感觉、过程、反应、比较分类……血花流烂,打鼻子撞脸,虎狼驴狗,臭鱼烂虾,吃吃淫笑,嗷嗷乱叫,吱吱晃床,啪啪自打自肉……虽说经过两年劳改,甘为敬听到这样的话还是刺激得撺蹦干吊,惊诧莫名,鲤鱼打挺,鹞子翻身,横空出世,垂涎三尺,异峰突起,力顶千斤,饿虎扑食,少林崆峒,蛟龙失水,巨蟒悬亏。可英雄无用武之地,只落得了个向隅而泣,涸辙之鱼,跑马平川,失手跌落,怀才不遇,辗转反侧,枕席狼藉,如泻如注,如呕如吐,如牲如畜,如哭如诉的下场。

农场附近公社生产大队,有一家主要卖过路客的面馆,开面馆的是一位粗声粗气的大寡妇,不是年龄大而是块头大。由于这里地处偏远,社会主义改造搞得没有那么彻底,寡妇开店,也只是名称上加了个大队经营的字样,实际上她是自负盈亏——只消截长补短地招待大队干部吃几次,也就保持了面馆的社会主义性质了。

一九六一年,还处于三年困难时期,肚腹的饥渴并不比那话儿的饥渴好熬,甘为敬新就业,工资又少,仗着百足之虫死而不僵的家里的接济,时而到面馆吃一点肉丝汤面、猪头肉猪耳朵就散白酒之类。三吃两吃,他发现女老板——块头颇占空间的胡姓寡妇对他很好。一开始是别人先交钱后吃饭,而他是先吃饭后算账;后来改为优惠打折扣,一般是七折六折。胡寡妇说是,对你我收回成本也就行了。后来看着甘为敬吃得得趣而又可怜,香甜而又卑贱,不禁母性爱心春心大发动,索性连折扣也不打了。"你只管来吃就行了。"胡寡妇对甘为敬说。

胡寡妇声音嘹亮,胸高臀圆,一个人一次扛三袋白面,汗滴如珠,坠地有声而面不改色。她喜欢短打扮,穿短袖衣裤,胳臂大腿经常是匀匀称称粗粗细细白里透红凸凸胀胀地暴露出来,令甘为敬浮想联翩,咽下不少口水。

这天晚上甘为敬梦见与胡寡妇睡在一起,龙腾虎跃,摸滚爬打,知识分子与工农大众紧紧结合,化为一体,取得了真正的新生。只是云雨以后,只见胡寡妇愈来愈高,愈来愈胖,而他愈来愈小,愈来愈细,比例如大象之与蚂蚁,使他且喜且惊,面有得色,兼有愧色。醒后不知吉凶如何,但是仍然止不住想好事。

第二天他见人就说自己的梦。三下两下,众人皆知,连胡寡妇也听说了。胡寡妇听说了甘为敬的梦,脸红脸白,吃吃笑个不住。于是君子有成人之美,大家连哄带促,他与胡寡妇结了婚。

谁知道,是因为命运突变的刺激,是因为三年困难的条件,是因为双塔园的一幕受了惊吓做下了病,是因为过多地谈论挑逗反而消磨了锐气——他在初中二年级就学过《曹刿论战》一鼓再衰三竭的故事——他失败了,失败得一塌糊涂,所有劳改农场的职工都传诵着甘为敬被胡寡妇从床上踹到地上去了的轶闻,这段轶闻大大调剂了生活单调的农场职工的情绪。

踹到地上他就又饥渴起来了。越饥渴越敏感,越敏感越脆弱,越脆弱越窝囊,越窝囊越自卑,越自卑越难分难解以致肌肉癫狂神经疟疾,也就越发没有戏了。他干脆算不上个男人了。

这段时间,发生了一件令人十分齿冷的事。说是他跑到苇席搭就的女厕所边探头探脑,顺缝窥视,还搞了什么旁人无法出口的勾当。他自己坚决不承认,说是完全误会。但是上厕所的女犯发现了他,女犯们正苦于孤独郁闷,到了晚上无事可做。她们逮住了甘为敬,不禁又愤怒又兴奋,她们把甘为敬一顿好揍,只揍得他脱落了两颗牙齿。幸亏党委书记保他,由上级找他谈了一次话,给予了严厉的警告,这才没有再次把他送到大墙后面去。但是他已经成为众人异口同声取笑的一个笑柄了。

甘为敬尴尴尬尬,便请假一个人回 V 市探亲,在家一住住了两个月。回农场以后,突然破门成功,攻下一城。他得意洋洋,见人就吹,确实为自己捞回了一些面子。吹完了再注意胡氏的反应,他才明白,他的小小成功其实只不过是小菜一碟,小打小闹,蜻蜓点水,隔靴搔痒;蚂蚁缘槐,蚍蜉撼树,惊大国而又谈何易!他是手忙脚乱,汗流浃背,浮皮潦草,浅尝辄止,不深不透,偏高偏低,雨过地皮干,竹篮打水一场空,蚊虫叮佛爷不疼不痒,豆腐当炮弹岂能杀伤,人一走茶就凉,人没有走茶就凉了——不,茶压根儿连乌涂都谈不上。

于是胡寡妇加强对他的饲养,猪蹄猪脑,猪血猪腰,直吃得他嘴唇起泡而又腹泻不止。

养而无功，胡寡妇不免心烦，便说了些让他有失自尊心的话。

他一生气，与胡寡妇离了。临分手的时候他凸着眼珠当着旁人对胡寡妇说:"别看我现在是这样,早晚有你看着我坐小汽车的一天!"

胡寡妇的回答是:"俺不稀罕那个,俺只是想嫁个男人!"胡寡妇的话使许多人笑了。

甘为敬从此更加痛恨胡寡妇以及他还没有忘记的冯满满以及一般的女人。他想起了近日读到的曹禺的新作《明朗的天》,剧本里有一个资产阶级的博士,博士有一句台词,说是"女人不是人,女人是女人!"太精彩了。我要报仇！他拉屎攥拳头,暗自使劲。

离婚以后甘为敬到处讲他与胡寡妇的故事,绘声绘形,啧啧称奇而又夸张叫苦,唉声叹气,自愧弗如,敬谢不敏,直把胡寡妇描绘得血盆大口,无底黑洞,敲骨吸髓,高炉化铁,王水融金,鲸吞席卷,穷追不休,如同山魅海妖一般。说得大家同情他羡慕他嫉妒他却又喜欢他,都说他改造得好,一点知识分子的酸溜溜也没有了。

他还嘲笑胡寡妇不懂得柏林莫斯科,不知道东德与西德的分治,更不知道歌德和贝多芬……这些话传到了胡寡妇耳朵里。胡寡妇说:"喂个兔子还能糊一嘴油呢,知识分子呀！又馋又懒又赖又孱,永远喂不饱,永远喂不熟,反过来还得咬你一口。老天爷有眼,怎么不打个雷劈了他没良心的！"

他不能再去胡寡妇店吃便宜饭。不久,在挖资本主义根子的运动中,胡寡妇也挨了斗。甘为敬大喜,他改说他与胡寡妇分手是由于他不能接受她走的资本主义道路,是一个大义灭亲的革命行动。

这个时候发生了"文化大革命",三搞两弄,甘为敬居然成了劳改农场一个叫做什么"云水怒"的造反团的一号勤务员。他撰写的歌颂革命造反有理和批判刘少奇的文章被"中央文革"的一个结结巴巴的小联络员表扬了一下子,于是他被结合到了农场革委会里。

一九七六年大搞"反击右倾翻案风",甘为敬又活跃起来,写了批邓文章,还居然写了批邓的小说和诗歌。他收到了通知,要他去北京接受首长的检阅。他兴奋已极,欲报冯满满的一箭之仇,他给江青写信要求惩罚冯满满与侯志谨,信写好了,装到了造反团"公函"信封里,正要发,传出来"四人帮"垮台的消息。他道一声好险,惭愧! 把信销毁了。

从此他时来运转。由于大学没有上完他就身陷囹圄,搞科技是没有门了。于是他另辟战线,先是运用他在"文革"当中写传单与小报文章的经验去写时事政治评论,高呼思想解放,民主自由,自比屈原岳飞,大骂愚蠢落后。写了十几篇,一篇也没有发表出来。他于是悟到,政治思想时事,那都是已经分配有主儿的责任田,不是随便哪一个都可以插一腿的。他看了看被一些报刊吹捧得天花乱坠的小说新作,他认定自己要写一写也绝对不会更差,他的特殊的经历为他提供了不尽的创作材料,按文学评论家的说法,就叫做他有生活。谁倒霉谁就有生活,生活就是倒霉,倒霉就是生活。真是妙极了! 生活是文艺创作的唯一源泉! 毛主席的这一论断真是英明极了。

于是他成了迟放的奇葩。短短两年他就成了个名闻遐迩的小说家。这时胡寡妇已经因患肝癌而去世。他以自己与她的罗曼史为材料写了一篇中篇小说,把胡寡妇写成他的红粉知己,更写成了一个英勇就义的改革开放的先行者。反"左"加爱情,谁能不欢迎? 此篇一出,到处喝彩,最后光荣获奖。

为领奖他来到了阔别多年的 G 市,真是河东河西,百感交集。在 G 市召开的小说颁奖会议的舞会上,他遇到了冯满满。他一惊,变颜变色。冯满满热情地、毫无芥蒂地招呼他邀请他。自从与胡寡妇离异以后,他已经许久没有机会接触有几分姿色的女性了。一见更加丰满更加凸现的他曾经倾心过的妇人,一见这可人的笑意,他只觉魂飞天外,恩怨全无。他搂着热乎乎的冯满满跳了一晚上的三步、四步、探戈、伦巴,跳完舞回到宾馆,他又是一肚子的仇恨,心想此仇不报,何以为人?又一想,玩完了再报也不迟,君子报仇十年不晚,何在乎这几天?他读过的一段秘闻使他深觉有味:二次世界大战期间,一名法国反间谍军官与一位自称是英国人的美貌小姐做爱,做得成功激动,小姐于性高潮中发出的赞叹语言却是德语,法国军官大疑,做爱后严加审讯,终于查明了该女人的真实身份,以法西斯间谍罪名,法国军官亲手处决了刚刚与他做爱的这个女人。

过瘾!

他也要效仿这位法国人。冯满满呀冯满满,你就玩火吧,你就浪笑吧,早晚有你跪下哭的时候!

写小说的成功和来到阔别多年的大城市 G 市,使甘为敬梦中也笑开了花。他处于一种陶然欲醉的精神面貌中,甚至想到了他与冯满满以至侯志谨的仇怨的时候,他那种不可救药的乐观主义劲儿也未能稍减。

他接到了满满的电话邀请,他冷笑着"愉快地接受了这一邀请"。不是要请我吃一顿吗?好!老子吃的就是你!吃完了再收拾你!到时候别怨我翻脸不认人!找到房门以后,敲门以前,他狂笑了半天,好不容易才控制住了笑。笑中他忽然觉悟,当然了,他来 G 市领奖并不知道满满的近况,他出席舞会也不知道满满会来,但是他获奖的消息满满是早就知道了的,描写胡寡妇的小说她肯定已经读过了。他在明处嘛。那么满满之所以出席舞会正是为了与他见面,哪里会有什么巧遇!她怎么脸皮会这么厚,她怎么还有脸见我,还邀我到她家来,也不怕我宰了她!

满满开门的时候他的表情是恶狠狠的。但是满满戴的一副黑纱镂空手套和毛线上衣胸前的一朵黑底红边的郁金香图案立刻使他目眩。郁金香开在一边,这就更让你往另一边的对称上遐思。老同学呀,我们终于又见面了!这句话他与她几乎是同时说出来的。

他进入了冯满满与侯志谨的家。他得知,大学一毕业满满就与志谨结了婚。三个人加上他们的十七岁的女儿红儿,四个人一起吃酒吃菜,一共喝了六瓶啤酒,两瓶五粮液。一边喝酒一边欷歔不已。经过了连年政治运动的大风大浪,人人都有惊魂乍定,喜庆新生(又是新生了!)的感觉,在酒力的作用下,他们感到说下大天来他们乘的是同一艘大船。他们一道经受了狂风暴雨,他们都可以说是死里逃生,侥幸存活,他们也都可以说是洪福齐天,逢凶化吉。刘少奇伟大不伟大?彭德怀厉害不厉害?可刘少奇、彭德怀的命运还不如他们。他们是噩梦醒来,光辉灿烂,往事如烟,前程似锦,以往的那些个麻烦还不是江青一人造成的!极左呀,极左呀,极左路线害死人呀,我们都受了害了呀!老甘,干杯!满满,干杯!侯书记,干杯!

美酒飘香歌声飞,
朋友啊请你干一杯请你干一杯,
胜利的十月永难忘,
杯中洒满幸福的泪!
……啦啦啦啦……

他们唱在了一起,喝在了一起。

三杯下肚,甘为敬忘乎所以起来。他含泪叹道:"想不到我这个流氓劳改犯能在府上喝酒,真是做梦也做不到的事呀!真是高攀了呀!我其实是死有余辜呀!"

冯满满见状站立了起来,她举起酒杯,叫了一声:"甘大哥!让我敬你一杯!往事不堪回首,往事不堪回首了呀!谁让是个那年头呢!我也是害怕呀!你知道我的家庭出身的包袱有多重呀!你是流氓?我,我还是流氓呢!"冯满满惨笑起来,笑得甘为敬遍体汗毛倒竖。满满不顾侯志谨的阻拦继续说:"'文革'一开始,我就被揪了出来,给我戴上破鞋游街!硬说我和我干爹那个!我割破了腕子的动脉呀!"说到这里,冯满满悲悲切切地啼哭起来。边哭边把自己的胳臂伸到了甘为敬面前。

"不许说这个,不许说这个!咱们——干!干,干,三杯,冯——

满——满——你干三杯,咱们就清了,清了,不清是王八蛋还不行吗?"

冯满满连干三杯,面带桃花,微微一笑。然后她亲自给甘为敬斟酒,甘为敬喝了个酩酊大醉。

三个多月以后,经过侯志谨的帮忙,他毫不隐瞒,其实是冯满满的干爹的帮忙,甘为敬调到了 G 省文联。满满的干爹是谁,他不知道也不想知道,反正有这么个干爹看来还挺管用,那就再用一用,用完了再宰!叫做物尽其用,用就用足。甘为敬知道,冯满满这娘们儿是要将功折罪,因为他甘为敬的行市看涨,他也算个人五人六了。想到这里他又得意起来。

没有那么容易!甘为敬只觉得主动在我,生杀随心:一切就看老子高兴不高兴了。

他成了冯满满家的座上客,他们的女儿冯(不姓侯而姓冯)小红对于随便划拉两笔就能变为铅字的甘为敬崇拜至极,甘为敬知道女孩子最喜欢听苦的故事,他便专门讲他在劳改期间的酸苦故事。他说他得过伤寒病,他曾经被抛弃到太平间里与死人一起躺了二十五个小时。他说他劳动的时候曾经从山头滚到山谷,全身流血几乎被老鹰叼走。他说他有一次伐树的时候被一条巨蟒缠身,他用两只手扼紧了巨蟒的喉咙,生生把巨蟒扼死了,农民说这比武松打虎其实还要厉害。他还说一次由于营养不良他生了烂疮,他的膝盖处烂穿了,看到了白骨。他后来又说他一共自杀过五次,怎么抹脖子,怎么上吊,怎么投河,怎么吃安眠药,最后一次是怎么喝敌敌畏。他说得冯小红泣不成声。当天晚上,他就把冯小红搞到了手。他感到了复仇的快意。

每一次快意都带来一次麻烦,人生就是不能太痛快了,上帝制定的这个法则就是不让你太舒服了呀!担任 G 省科学工作者协会常务理事的邹晓腾专程来访并且透露给他,严厉打击刑事犯罪的工作上边抓得很紧,他猥亵幼女的材料已经送到了"严打办",按他的情节,他这回算是非枪毙不可了。

　　甘为敬顾不得分析这位他并不欢迎的不速之客到来的动机——他早不来晚不来,偏偏一来就说这个,真够得上"夜猫子进宅,无事不来"了。然而,事到如今,夜猫子不夜猫子也已经不重要了,他倒吸一口冷气,只觉得两眼发黑,大事不好!

第 七 章

  亲爱的读者，现在我将要告诉你这部小说的核心的故事，这个核心故事主宰了许多派生的情节，构造了这一部小说。这个故事就像是一个其貌不扬而且品质可疑的鸡蛋，后来孵化成一只色彩斑斓的良种公鸡，它能够在斗鸡场上取胜，能够赢得赌注，而且很可能拥有着三宫六院七十二嫔妃的多妻，任其挑选取乐，从而洋洋得意——以至于你不相信它是从那么一个缺乏质量的歪歪扭扭的蛋里孵化而出的。

  在笔者的童年时代，他常常不能相信一只漂漂亮亮的大公鸡会是由一个那么简单，仅仅由蛋白与蛋黄两部分外加一层薄薄的蛋壳构成的鸡蛋变成的。与大公鸡或者老母鸡相比，蛋，那是多么寒碜、渺小和脆弱呀。

  这个故事，也许使你觉得离奇，不可思议，那么，请相信，这一切都是有根有据的。也许你觉得真实，并感受到真实的全部分量与凶险，也许你觉得透不过气来。那么在这种情况下，我要告诉你另一方面的真实：请听我说，这不过是一个跟随"布老虎"的雅俗共赏的潮流编撰的故事。作者把这个故事卖给了春风文艺出版社，你又为了解闷而花钱买了它——谢谢你！由于编辑安波舜先生的精明还价，作者将会只能得到你所付的买书码洋的百分之八，然后交税，尽一个公民应尽的义务，然后去喝扎啤，度过又一个盛夏，满意于收入的频频提高与生活特别是饮食的大大改善，对改革坚决抱乐观的态度。

吃饱喝足,再去构思下一个能吸引你掏钱购买的悲欢离合故事,而不去搭理那些躲在阴暗的角落东拼西凑、断章取义、居心凶险地整作家的黑材料的丑类们。他们已经无能为力,连作家的创收也败坏不了,他们的捣蛋,只能反过来成为作家与作品的"托儿"了。

这些假"斗士"正在为作家提供另外的素材,也许就在下一部小说里,他们将登台表演,协助创收,协助两个效益的都要硬,做出他们的旁人无法替代的特殊贡献。

说的是一九四六年,M省S专区P县迎来了英勇抗日的八路军。解放后不久,P县更名为S市。S市名义上叫做市,实际上贫穷简陋,稀稀落落,破破烂烂。人们那时候是这样形容S市的:

一条大街一座楼,
一个警察一个猴,
一骗腿跨过一条河,
一边打屁呲两头!

一条街是指S市府前街,"府前"的意思是说这条路从市政府大门前铺过。一座楼是指法国天主教会的医院二层楼。一个猴是指七七事变日本侵略军占领P县后,日伪当局为了建设"王道乐土",曾经在P县县城建立了一座动物园,动物园里只有一只猴儿一只狼一只孔雀。其实等到日军投降以后,由于无人有心照料,这一个猴儿连同孔雀与狼也已经寿终正寝,成为历史了。打屁云云,则是言S市之娇小、亲切、纯朴、共享、乡土性、透明度、交流性……俱佳俱全,两头者除泛指两端外,也还实指S市的两个邻乡,东北方向是芋头乡,西南方向是牛头乡,某人在S市放一个屁,连芋头乡与牛头乡也能感受到空气动力的能量——土话叫做"呲",如用气管子给自行车打气的时候从气嘴上喷出的气然。不须赘叙。

S市的这一条大街向西南方向延伸,在S市区与牛头乡的交界处,是S市市立第一中学与第一中学附属小学。遇到S市开大会,就把众人召集到中学操场。八路军到达的第五天,庆祝S市新生大会就是在这里召开的。话说一九四六年十月十三日下午一点十三分,一辆美式吉普从S市沿府前街向中学开来,在汽车降速快要进校门的一刻,突然从学校大门后边蹿出来两个男孩子,一人持一把手枪,瞄着汽车"砰!砰砰!砰砰砰!"

汽车紧急刹车,前右门打开,跳下了一名年轻敏捷的警卫人员,一下就把两个孩子全都擒获了。

当然两个小孩子拿的是玩具手枪,是木头做的。玩具木制也罢,毕竟对着首长的车子乱瞄乱放是不礼貌乃至不友好的。警卫员大怒,正在恶狠狠地训斥孩子,并追问"手枪"的由来,因为这边农村的孩子玩手枪的并不多。这么一训一追,小孩子吓得哭了起来,大孩子呆呆地只剩下了翻眼。

首长等得不耐烦,自己开开车门下了车,走向前去,问明情况,不禁哈哈大笑,他亲切地抚摸着小孩子的光脑袋,说:"好嘛!愿意学放枪,好!长大了参加八路军嘛!放枪以前要看清楚喽,要知道自己是向着谁放喽,不要乱放喽,不要不分敌我喽,不要拿着枪比划自己人喽,小同志,你说对不对呀?"

小孩子呆在了那里,大孩子好像多少听懂了首长的循循善诱,他低下了头,显出服气与惭愧的神色。

首长催促警卫员快走,并且宽宏地说:"小孩子玩嘛,有什么要紧!"

警卫兀自气恼地说:"玩也没有这么玩的。看着他是个屁孩子,稍微大两三岁,我非把他带走不可!究竟什么动机,怎么着也得审查审查!"

……聪明的读者也许已经猜到了。这位年轻敏捷的警卫员就是侯志谨,而这两个胆敢向我首长的专车用玩具手枪比划的孩子就是李门与他的弟弟李海。发生这个事件的那一年李门八岁,李海五岁半。

　　十二年后,李门与侯志谨在火车上相遇,李门早已经忘记了童年时代游戏人生——几乎游戏出娄子来——的往事,而侯志谨,他的出色的记忆力,他对于这件事的深刻印象,他在这一类"问题"上的职业性的敏感,都使他在相遇的第一眼就想起了什么,他盘查了一番,他断定这就是那个企图"暗杀"首长的小屁孩子。他证实了,他暗自点了点头,他没有说什么。

　　但是他感觉讨厌李门。六年的工作,他对于一切不利于首长不尊重首长、首长的车子、首长的秘书、首长的警卫员——也就是他自己——的人和事深恶痛绝。首长的车在公路上行驶,一辆牛车慢悠悠地挡在前面,没有自觉地让开路,他确实是义愤填膺,他认定那个赶车的农民思想有问题,很可能成分也有问题,甚至于历史也有问题,否则怎么可能阻挡日理万机的首长的车子呢?他非常想下车抓住那个农民教训教训他,至少推开车窗呵斥他一顿,但是首长不许,每逢他呵斥了人首长都要批评他,这样他就更憋火。何况这种拿起"手枪"向首长瞄准的家伙呢!

　　而李门居然还革命革得像真的似的。进学校上课第二天他就被班级政治辅导员指定为临时班长,进校一周,改选学生会的时候,候选人名单里李门的名字赫然在目,他一下子又当了学生会副主席。进校一个月,校团委改选,又是李门,一举成为校团委委员。在提名他做这个做那个候选人的时候总是不厌其烦地讲什么他是贫农出身,连续四年被评为三好学生,历任 S 市中学学生会主席、校团委副书记……更是惹人心烦。

　　在李门当了这当了那以后,他侯志谨还什么都不是,就是说还是一个"白丁"。小时候他玩过捻陀螺的游戏——"升官图",陀螺的四面各写有德、才、功、赃四个字,陀螺倒了,一面的字显露了出来,你得到了"德",就连升三级——可见"德"的优先性那个时候已经被人们普遍认识到了的,或者应该说以德为先晋升官员是我们民族的悠久传统。你得到了"才",升两级。立一个"功"呢,升一级,就是说实绩并非那么重要。得了"赃"就一败涂地,连降五六级了,可见贪赃枉法是要不得的。陀螺以外有一张载有各种官职名称的图表,你与你的对手各拿一个码子,按照陀螺的显示,晋升或者不晋升或者贬谪你们各自的官职,都反映在码子放置在图表的位置上。连续贬谪的最后结果是出局——罚出场外。这个小小的游戏还真有点意思,局内的最低等叫做"白丁",就是说什么官也没有,不是处级,当然,也不是科级,也不是股级,连三级副科股级也不是。白丁了,就什么都没有了,惨了。他现在怎么成了白丁了呢?

　　这使侯志谨很有些坐卧不安,他一度失眠,辗转反侧,怎么也睡不着。找校领导谈谈吧,来到这儿人生地不熟。再说五十年代,一个青年学生成堆的地方,人们不兴谈这些,不像在老单位,那里大家对自己的级别待遇职位都是公开议论和商讨,谁也没有不好意思。可在眼前这种知识分子的酸文假醋的空气下边呢,就不方便说实话了。

　　与原来的首长说吧,首长已经调到更上一级的领导机关工作去了。与原来的直接顶头上司呢,也不好开口。原来的直接领导——也就是他们的处长,对于他上大学本来就有意见,处长一再劝告他,何必去上那个大学!你看,那么多大人物,有几个是大学里出来的!你不去上大学,你是工农出身的革命干部,你是改造那些知识分子领导那些知识分子的,你吭哧吭哧上了四年大学,你毕业了,你也算知识分子了,你变成了被领导被改造的了,你说你傻不傻!

　　侯志谨没有听这大实话似的劝告。他自从首长再婚成功幸福以后,他暗中下了决心,他也要跻身知识分子的行列,他也要娶一个文文雅雅漂漂亮亮皮白肉嫩的女大学生作媳妇。他特别喜欢听首长的新夫人说话,过去,他就没有设想过一个人的说话可以这样好听,比鸟叫还好听,比流水还好听,比吹柳叶卷的口哨还好听。特别是那个"您"字,您呀、您哪、您说。还有那个"什么",家乡管"什么"就叫做"啥",参加革命以后,知道有的地方说成"嘛",还有四川人则说成

"啥子哟",真是傻子哟!你听人家新夫人怎么说的,人家说"那个什么",人家说"什么什么的",人家说"什么呀",都说得像唱歌,像演戏,像电影上的人儿……这些逗人痒痒的女大学生啊!

火车上的邂逅使他对冯满满情难自持。他特别欣赏冯满满的那种灵动,那种水一样的目光,那种歌吟一样的语调,那种永远延续,永不呆木的笑容,那种照顾到每一个人的天女散花似的殷勤和友好,那种自由而又自信,大方而又娇媚,活泼而又矜持的举止。他判断,冯满满其实比首长的新夫人水平还要高得多,如果首长夫人做了处长,那么冯满满至少可以做局长。他已经懂这方面的规律,冯满满这样的走到哪里就会在哪里吃得开,走到哪里就会被哪里的领导所喜爱,干脆说,冯满满这样的是谁见了谁爱。她一定会成为一个大人物,会成为一个比他自己更大的人物。反过来说,如果说他自己又聪明,又有革命资历,又锐意进取,那么他是少不了冯满满的协助的。何况,这里不仅有协助,而且有搂在怀里的舒坦,他竭力控制自己不去想这种舒坦,否则他简直要化成一摊稀粥了。

我不能没有冯满满,他告诉自己说。自言自语的时候他对自己的洞察力与决断性深感满意。

又是李门!竟然是李门博得了冯满满的青睐。

开学才一个月,他竟然看到了李门与冯满满拉着手去大礼堂看苏联电影《蜻蜓姑娘》,天!

这种事态的发展使侯志谨经历了更大的一次精神危机:他的选择究竟是对的么?为什么在 K 市大学这种鬼地方,像李门这样的乳臭未干的知识分子娃娃竟会这样吃得开呢?而自己在这里,显得年龄又大,说话带口音并因此受到过嘲笑,牙齿发黄,不会打篮、排球,识不好简谱更不用说五线谱,也不像别的同学读过那么多的世界名著——那些学生娃说起莎士比亚、托尔斯泰来,就像说他们的爷爷似的……他是不是做了蠢事,误入歧途,自找了麻烦了呢?他是不是应该当机立断,干脆再回警卫处去呢?如果做出这样的决定会有什么样的后果以及应该遵循什么样的途径呢？

就在这样想来想去把自己想瘦了十二斤，想得颧骨突出了出来的时候，也就是入学的第四个月，情况发生了转机。

先是党的系总支部改选，把他选成了系总支部委员。开了一次分工会，一开头，前任也是当然的现任总支书记，建议他做宣传委员，不知为什么他坚持要做组织委员。为此总支书记似乎对他还有些印象不佳的样子，他也不在乎。什么事情！总支书记才革过几天的命！李门小子三个月前就成了校团委委员了，他现在才开始当什么系总支部的委员！当然党委委员高于团委委员，但是校又高于系，折合起来，他侯志谨也才赶上李门的级别。再不管点组织，究竟学校领导看见他这个年轻的老革命了没有呢？想不想给他以公平的安排呢？如果他继续被冷落下去或者只给他以稀里糊涂的安排，他就不再上这个倒霉的大学了。

事情突然发生了急剧的转变。一个是系总支改选以后不久进行了校党委的改选，而校党委唯一的一个学生委员的原候选人，大学三年级的一位女生——也是保留干部身份的调干生——的家庭出了问题，她的父亲——一位老区来的革命作家、一位反胡风和反右的积极分子，最近被揪了出来也成了"右派"了，她不便继续把校党委委员做下去了。他侯志谨后来居上，成了校党委委员——那当然就比团委委员高多了——的候选人。一个是上级指示，对于大学新生，要进行反右教育与交心、扫"五气"（骄气、娇气、官气、暮气、怨气）补课。政治工作、人事保卫工作的地位一下子抬高了起来，学生中尤其需要政治上强的角色。这样，在当选系总支委员短短二十天以后，他成了校党委组织兼保卫委员，又成了新生"补课"领导小组的成员。他是不鸣则已，一鸣惊人，不飞则已，一飞冲天。他成了班上的要人了。连冯满满对他的态度也改变了，一看见他就笑容满面。他想，这才不过刚刚开始呢。

那个年月，大家最重视的就是政治运动，搞起政治运动来很权威,很刺激,很新鲜,很神秘,更是能够决定一个又一个人的吉凶福祸。那个年月常常借用一个教学名词,叫做补课,不是补文化课程,而是补运动,搞起运动来那是真叫认真,把中国几千年来马马虎虎的毛病全改过来了,搞得不彻底就要补课,一次没有补够,再补一次决不含糊。一九五八年新入学的大学生,一九五七年开展反右运动那年,还是中学生,按照中央的政策,中学生只进行正面教育,不搞运动,不划右派分子。但是入学以后,一"验收"(这里又用了一个工业生产的术语),发现即使是正面教育也没有搞深搞透,没有达到深入人心,把觉悟大大提高一步的要求。另一方面,一九五八年以来,各地区各行业开展的向党交心(自己坦白自己的思想与其他问题)与扫除"五气"的活动,乃是广大人民群众自我教育的一场大战役,也正需要在新生当中展开。终于,经过了学习文件,摸底排队(把学生划分成左、中、右),选拔积极分子与组成领导班子,最后,在一九五八年末一九五九年初,这一补课轰轰烈烈地开始了。

补课一开始,侯志谨成了班上第一大拿。他几乎不再上课,成了专业的学生政治工作干部。先是动员,那个年月,没有比动员大家参加政治活动更容易的了。领导一讲,哭的哭,叫的叫,又是引火烧身(即交代自己的问题,吸引群众的批评批判烈火烧向自己,以利于自己的思想改造),又是洗澡搓澡(把自我批评比喻成"洗澡",把别人批评自己比喻成给自己"搓澡",很形象也很有信息量——注意,搓澡有时候也会搓得生疼),又是连夜写大字报,叫做万炮齐轰骄、娇、官、怨、暮,又是搭梯子下楼(搭梯子是指分析旁人的思想问题并帮助他提高认识克服缺点,下楼是指自己提高认识做出令人满意的检查,从而扭转被动悬空局面走到实地上来),又是梳辫子(归纳自己的或别人的问题,使之眉目清晰,便于"提溜")。还有脱裤子割尾巴(彻底坦白,彻底改正)、竹筒倒豆子(亦指彻底坦白)及种种恨铁不成钢的举措,使思想的革命化大运作迅猛旋转起来。

愈是单纯的大孩子愈是重视自己的问题,他们从报刊上得知,许多人在这样的思想革命的高潮中,受到了冲击,进行了艰苦的有时是尖锐激烈的思想斗争,在思想的战场上取得了无产阶级的决定性胜利,揭发了自己,批评了自己,并且在群众运动的烈火中燃烧净化,求得了思想的大飞跃,大解放,大突破,大畅快,大自由。这整个过程对他们极具吸引力,处在迷惑、彷徨、热烈、轻信而又多变的青春时代的大学生们,他们是多么渴望自己也能够在党所号召的政治思想活动中得到一种精神的洗礼呀!他们是多么渴望自己也获得一个类似的精神旅程——文化苦旅呀!他们是多么希望审判自己、洗涤自己、净化自己,并且从同辈人的反应那里得到这种精神飞升的验证呀!他们是怀着狂喜来参加这血肉横飞的精神战斗的活祭,这青云直上的精神升华的盛典的。在这个祭坛上,青年学生们交出了自己的活泼跳跃的心。有的交代自己儿时偷过家里的零钱买了糖豆,有的交代自己一次考试时与同学传了小条,有的交代自己占有了邻居家的母鸡跑到自己家的鸡窝里下出来的蛋,有的交代自己曾经无票乘坐了人民的电车汽车,有的交代自己曾经十分喜爱胡风反革命集团分子的路翎的小说,有的交代自己对资产阶级右派分子丁玲十分同情,有的交代自己曾经怀疑过农业合作化究竟是不是真的能够多打粮食,有的交代自己不好好听政治课。

所有交代政治思想方面的问题的人心情都十分沉重,他们大呼小叫地说自己对不起党,自己的思想十分危险。同学们也都认为他们走到了阶级敌人营造的迷魂阵里,滑到了反革命分子挖好的毒窟陷阱的边缘了,于是群起而挽救——批评之。

有一位男生交代了自己的第一次手淫,另一位男生交代了自己的一次与绵羊的兽交。交代的人面红耳赤,浑身虚汗,咬牙切齿;听的人态度庄严,同样面红耳赤,心如乱麻,又如利刀割体。最后交代完了,全体女同学又羞又愧又气,不由得痛哭失声。

(在全体知情同学特别是女同学的强烈要求下,后一个学生终于被校方劝告退学。被劝告退学时,这个同学问:"不是坦白从宽吗?"校方回答:"中呀,从宽才劝告你退学呀,否则,像你这样的流氓分子早送去劳动改造去了。"于是该生唯唯。)

有一位女生交代了自己童年时期受到街口一家卖包子的店铺老板污辱猥亵的事情,女生边说边哭,最后在交心会的会场哭晕倒过去了。全班同学更是哭成一团,呼天抢地,大家一起控诉旧社会的罪恶,大家一起称颂新生活的光辉。哭完了又笑,你搂着我我搂着你,亲密得胜过兄弟姐妹。大家虔敬肃穆,人人经历了一个被污辱与损害、被强暴与撕裂、被解救与治疗、被震荡与冲洗、被抚慰与拥抱——终于获得了光明、幸福、健康、纯洁、新生的伟大历程。

(不久,这位女同学被补选为学生会的委员,主管文娱体育方面的活动,变得性格开朗,振奋有为,与交心前的那种压抑、神经质、思想落后、表现消沉的状况判若两人。这位女生还一下子收到了十几封求爱的信,所有的信都写得极其崇高,深挚,丝丝入扣,楚楚动人,读之鼻酸,肝肠火热——令人不能不承认新社会之好,实在是好得不能再好了。如果在这种情况下还不承认新社会的好处,这样的人确实是应该杀无赦的了。)

不但交代了自己的隐私与一切见不得人的东西,从而更增加了人与人的心连心,而且也交代了自己凑巧掌握了的父母兄弟姊妹近亲远亲的一切隐私丑闻,从而使一切肮脏的东西暴露在光天化日之下,再没有存身的余地。旧社会的污泥浊水啊,就是这样地被青年被人民被"大跃进"的浪潮埋葬的啊!

有一个学生在交心过程中揭发了一件大事,他说他的舅舅保存了一本蒋介石著的《中国之命运》,并且说过一些敌我不分、美化国民党反动派的话。这件事轰动了学校,而且愈传愈邪乎,最后人们已经认为该学生的舅舅家是反革命特务的黑据点,而他的舅舅也被隔离审查,搞得很严重,他算是立了一大功。最后,才弄清楚,他舅舅家里放着的不是蒋某人的原著而是解放区出版的、由陈伯达等革命的理论家执笔的对于蒋著的批判文字汇编。一场虚惊。

一场虚惊也还是受到了高度的肯定。请看,人民的觉悟已经有了多么大的提高!人民的江山已经是多么铁打般的牢固!这位同学的高度警惕性与大义灭亲的精神有多么精彩!连同学的舅舅也感谢他的外甥的揭发,使他受到了一次考验也得到了一次教育。特别是,正是经过这样一审查,他的嫌疑洗清了,他的面目更纯洁了,党对于他的信任更加增强了,这不正是盛世盛事,大好事一桩么?

　　所以,这位男同学被邀到各新生班联合大会上做交心的示范,也是不以成败论英雄的唯忠唯诚、殷殷此心可鉴天日的示范。他的示范又掀起了交自己的亲属的"心"的热潮。

　　被搞到大会上交心的还有冯满满。她交代的中心是她的爸爸,她的爸爸是死有余辜的在逃反革命分子。冯满满的长篇发言是一次极其生动的地主阶级罪恶史的故事汇编。她先是从反革命分子的祖父——也就是她的曾祖父讲起。该老反革命曾经自己动手毒打一个抗租的农民至死,霸占了人家的房产,而且让人家的妻子儿女为自己无偿地扛了一辈子活。该老反革命年老以后,贪生怕死,听说人奶可以养生,便强迫五个刚刚生产的妇人给他挤奶喝。该老反革命活了八十五岁,居然在八十岁的时候娶了一位十八岁的丫头作媳妇,一个糟老头子这样糟蹋人家黄花闺女,是可忍孰不可忍?地主阶级的罪恶罄竹难书!

　　到了在逃反革命的父亲——也就是冯满满的祖父这一辈,对于农民的压迫,对于革命者的仇恨与迫害更是达到了十倍疯狂百倍残酷的程度。该次老反革命——冯满满由于划清了界限,不能承认也不能称呼他们是自己的亲属——勾结官府,私设公堂,生杀予夺,草菅人命。在二十年代大革命失败后,他配合蒋介石在本地追捕共产党员和革命者,他的手上沾满了人民的鲜血。他晚上睡觉要人捶背,捶得不好了又打又骂。一位刚刚十六岁的女孩子,因为受到了他的殴打与污辱,跳井死了……他因为罪恶太大,神经紧张,晚年老是梦见自己被人民枪决。他最后发了疯,被绑到了铁柱子上,恶贯满盈,死于非命,真是大快人心!

讲到这里大会全体喊起了口号:"向地主阶级讨还血债!""保卫无产阶级的铁打江山!""血债要用血来还!""跟着共产党永远干革命!""毛主席万岁!万岁万万岁!毛主席万万岁!"

冯满满一面呼口号一面已经泣不成声,然后她哭着控诉她的爸爸,他不但是革命人民的疯狂敌人而且是一个禽兽行径的色鬼流氓恶魔。冯满满才六岁,就看见了他与女用人光天化日之下,在谷仓行那无耻之事。在满满十来岁的时候,他甚至于猥亵自己的亲闺女!这还能算人么!这样的人杀十次也不足以平民愤呀!给我一把枪吧,我要亲手杀了他!冯满满杏眼圆睁,横眉立目,咬碎钢牙,字字作金石之声,一时掌声雷动,吼声四起,雷霆万钧,天翻地覆。

讲到这里并不算完,接下去满满讲自己在新社会得到的温暖。她的继父是贫农、共产党员、乡干部,一心革命,热血向党,在土地改革运动中勇斗狗急跳墙的地主恶霸,被狗地主用切菜刀砍了三刀,只剩下了一只眼睛。他姓冯,我冯满满也改了姓姓冯,同学们老师们,我现在只认一个爸爸,他就是贫农!他就是革命!他就是共产党!反革命的爸爸带给我的是耻辱是黑暗是恐怖是臭气冲天……而革命的爸爸带给我的是新生是快乐是幸福是永远的光明。马克思和恩格斯说得是何等好啊!我们失去的只是锁链,而我们得到的是全世界!

冯满满讲得兴奋异常,她唱起了歌颂解放歌颂新生活的歌曲:

太阳(那个)一出哎唉唉哎唉哎唉唉唉唉唉唉,
满山哎唉哎唉唉红哎唉哎唉唉唉唉唉哟噢咿哟……

然后是:

旧社会好比咿是,黑咕隆咚枯井万丈深,
井底咿下,压着咱们老百姓嗯嗯妇女在最底层……

然后是:

> 哎,我们尽情跳跃——在五星红旗下面,
> 我们快乐地迎接这——美丽咿咿的春天,
> 太阳一出来赶走噢那寒冷和黑暗,
> 毛泽东给我们带来那快乐和温暖……

最后她朗诵道:

> 我抛弃了黑暗,奴役,创伤和压在我们头上的大山;
> 我选择了光明,自由,温暖和大海一样广阔的未来;
> 我告别了邪恶,污秽,尔虞我诈与孤独的向隅哭泣;
> 我获得了正义,纯洁,相亲相爱与移山倒海的胸怀
> …………

真是飓风呼呼,热浪滚滚,霞光万道,红日东升,交心大会成了一次忆苦思甜的大会,一次进行阶级教育的大会,一次进行正确的人生观与世界观教育的大会,一次鼓舞斗志,焕发热情,动员群众,促进"大跃进"并且以跃进的精神实现思想革命化的大会。上上下下,都认为这次大会成功极了,都认为冯满满的交心成功极了,群众的自我教育成功极了。

会后,在全校范围内进行了交心与扫"五气"展览。全体同学动员起来,写词的写词,绘画的绘画,整理场地的整理场地。由侯志谨总负责,由冯满满带领一批同学(交心与扫气的典型)排练现身说法式的自我解说。于是展览开始,自己指着画面讲解自己的问题与思想斗争过程以及交心后的大欢喜大收获,十分生动,有说服力。于是又出现了在展览会现场交代新问题的动人场面,热浪一个浪接一个浪,高潮一个潮接一个潮,一天等于二十年,一星期就解决了几千年也没有解决的自私问题、隔阂问题、好面子问题、不良习惯问题以及其他各种问题。

就在展览过程中,冯满满火线入党:经校党委特批,满满成为光荣的中共预备党员,算是彻底放下了家庭出身的包袱,算是在运动中

得到了政治思想与精神境界的升华与超度,全班全校欢声雷动。为了祝贺冯满满的大进步大成功大欢乐,李门几乎是当众情不自禁地吻了她,同学们也都鼓掌道喜,并且觉得李门之当众抱吻冯满满,很有一种苏联电影镜头的味道,就是说很先进,很浪漫,很幸福,又很革命,犹如《攻克柏林》影片中男主角阿廖沙之抱吻女主角娜塔莎。

"我觉得,我是世界上最幸福的人啦!"满满噙着热泪说。

"我也是最幸福的人噢!"李门抢着说,似乎唯恐把他落下。

"我也是!"

"我也是!"

"我更是!"

"我们都是!!"

大家异口同声。一时间,"我是世界上最幸福的人",已经成为这所大学同学们的口头禅。千钧霹雳开新宇,万里东风扫残云,一旦把自己的问题交代干净,鲜红的太阳照遍全球!莫道昨日何阴冷,如今春色满人间!满园春色关不住,一枝红杏出墙来!一只燕子就唤来了春天,山花烂漫她在笑!榜样的力量真是无穷无尽。

侯志谨却很阴沉。他是高度评价冯满满的交心的,听着满满的交心他也抹了眼泪。他过去从来不知道有的人参加一个革命会想那么多感情那么丰富。真是好啊,不上大学哪儿去见这个!真是可爱呀,不是冯满满,他领导的扫气与补课,哪里会这样有声有色!

对于他这样的无产阶级,革命真是自然而然的呀!八路军来了,共产党来了,闹翻身了搞土改了,他当然是要革命的了,难道他还能不革命而去反革命吗?这是根本用不着麻烦用不着转腰子的呀!只是太没有个说头了呵。

对于冯满满的被特批入党,他这个组织委员也起了决定性的作用。他相信冯满满是好同志,如果现在还不是,明天就一定是。她应该被吸收入党,无可怀疑。但是李门与冯满满的当众抱吻以及随后出现的人人争夸最幸福却使他厌恶。小资产阶级知识分子真是讨厌到极点了呀！屁大一点事又是幸福呀又是感谢呀又是激动呀又是伟大呀地闹个不停。他们是多么浅薄，多么幼稚，多么不值钱而又多么能闹腾呀！呸！

在交心、扫"五气"的运动中最轻松的莫过于李门了。连侯志谨这样的年轻的老革命也交代了自己偷吃老乡的桃子，偷吃首长的牛肉干与炼乳的故事。特别是他偷吃首长的炼乳一节，令人忍俊不禁。那时候他自己也才十六岁。见到首长每天冲炼乳吃，白白的、细细的，十分可爱，便趁一天首长不在，他去首长卧室打扫之便，去寻找炼乳。他找到了——他找错了，他以为是白白细细的炼乳——其实是白白细细的牙膏。他把牙膏冲成了乳汁喝掉了。后来等首长回来，他主动去向首长坦白："报告首长，我犯了错误了。"

首长问："怎么啦？"

"我拿您的炼乳喝了。"

"呵？滋味怎么样？"首长漫不经心地问。

"凉凉的，甜甜的，白白的，细细的，可好喝着呢。"

首长大为惊奇，因为他的缴获的战利品——美国军用炼乳，已经在前一天吃光了，罐头盒子也已经扔掉了，哪儿来的炼乳呢？而且侯志谨所形容的炼乳的滋味也使首长觉得陌生……

终于弄清楚了，他喝的是牙膏。

侯志谨谈得很严肃，还提高到原则上说此事虽然没有什么大不了的，仍然是违反了纪律，辜负了首长的信任，如果小事上不注意，将来发展成了真正的大问题，成为一个手脚不干净的人就会悔之晚矣喽。他表示非常地痛心……但是同学们从一开始就笑了起来，他愈是说得郑重大家就笑得愈是欢，搞得交心几乎都无法进行下去了。

这使得地位仅次于侯志谨的学生干部李门感到尴尬。他正色道："没有喝过炼乳，不但没有喝过炼乳，甚至于没有用过牙膏，这又有什么可笑的呢？我就没有喝过炼乳！到现在也没有喝过。我的家庭出身是贫农！直到五年以前我也还没有用过牙膏！帝国主义、封建主义和官僚资本主义三座大山压在我们头上,我们连包谷面都吃不上,到哪儿去找炼乳喝去?不喝炼乳又怎么样呢?还不是照样打垮了日本侵略军和被美国帝国主义武装到牙齿的蒋介石国民党!毛主席说,就是六万万穷棒子,闹成了社会主义!六万万穷棒子天翻地覆,震惊世界,改写了人类历史!我们是穷棒子呀!上哪儿喝炼乳去?因为穷,因为没有炼乳喝而且没有饭吃,才闹革命闹翻身呀!有什么可笑的呢?"

李门一语定乾坤,立刻情绪大变,气氛大变,人们不再觉得可笑而是觉得庄重乃至悲壮、神圣了。于是纷纷检讨自己的闻炼乳——牙膏故事而笑反映了立场问题,屁股没有坐到无产阶级一边来的问题等等。天外有天,山外有山,经过侯志谨的交心与李门的发言,大家的思想认识又提高了一步,侯志谨的形象又光辉了一层,李门的思想水平又放了一次光芒,谁能不佩服呢?

就连不可一世的邹晓腾,也从他六岁的时候爬树偷杏吃交代起,交代了他从九岁开始一共有十余次在村里乡亲的新婚之夜,埋伏在洞房的窗户根下,偷听人家的动静,连听到了什么他也告诉了大家。他把他在成为神童之后怎么接到女青年的求爱信以及他怎么和这些小傻瓜耍弄也交代了。他甚至于交代了他在向上级汇报成绩时添油加醋、不实事求是的情形。他承认报纸上对他的报道至少有百分之二十是吹牛冒泡。他强调说他曾经给记者提过意见,但是记者不听他的,记者说:"不要以为你的事迹属于你自己,不,它是属于社会、属于人民的,你表示谦虚这是好的,但是到底应该怎么样报道还要看人民的需要、社会的需要。"

"我有什么办法?"他说。

可惜李门不与他在一个大组。否则他针对他的这后一种说法,会再次语惊四座地分析一番,对本人也对群众进行一次深刻的教育的。

甘为敬就不用说了,他不但检讨了自己,而且听取了群众的大量批评意见。

  而李门居然没有什么需要交代。说来说去,唯一的问题就是他承认自己由于长期担任班干部以及三好学生、共产党员等头衔故而有优越感,提高到原则上说也就是有骄气。此外,他强调自己出身好,思想好,功课好,没有什么问题。这几乎引起了公愤,众人没有说出来但是人同此心的台词是:"怎么?你让我们交代了半天痛苦了半天害臊了半天,是你让我们把最见不得人最不愿意说的事情都说出来了,怎么你倒落了个轻松?落了个任吗没有?你怎么带的头?你这不是耍了我们了么?不行,不行,我们不能吃这个亏,我们不干!"

  人同此心却又说不出口。他自己不交代,别人又能说什么呢?

第 八 章

就在李门的交心引起群众不满的关键的时刻,身为K市大学新生补课、扫气的校领导小组成员之一的侯志谨召集机电物理系与政治教育系两个系的新生中的党员与积极分子开会,说是党员会议但是不让同样是党员、而且是引人注目的干部李门参加。兹后数十年,侯志谨最经常使用的一种斗争方式就是开各式各样的会,他侧重的并不是让谁来开会,开会来研究什么,他侧重的是不让谁来开会:这个会不让你参加,那个会不让他参加,变化莫测,吊人胃口,制造疑云,威恩在我,分化瓦解,束手就范,神神鬼鬼,十分得计。使不得参加一些会议的人浑身发毛,向隅而泣。反转过来,使侥幸够资格去开某个会议的人受宠若惊,更加拼死报效,能不感恩戴德、肝脑涂地乎哉?

可是当时李门还没有尝出侯志谨开会不叫他参加——这一壶小酒的滋味来。侯志谨当着他的面通知新党员冯满满:"今天晚上七点在校党委办公室咱们碰个头。"然后他回过脸来,看到了李门的探询的目光,他满意地一笑,突然把脸绷了起来,他对李门说:"你不参加。"

"你不参加"四个字说得非常之快,好像是成心不叫人听清楚似的。

李门偏偏是那么迟钝——政治上这样迟钝的人应该干脆开除党籍——他只是点点头而已。

事后回忆起来,当时李门其实若有所动,但是他立即条件反射似的调理了自己。他从小就是一个乖孩子、好学生,而乖孩子与好(而且是三好)学生的首要条件就是让你做什么你就做什么,不让你做什么你就不做什么,让你开的会你必须积极去开好,不让你去开的会,你干脆连问也不要问。他过去一贯就是这样做的,他这样做的结果是好上加好,乖上加乖,于是乎一帆风顺,直上青云……他从来没有怀疑过他所面临的事项还有另外的——往不愉快的乃至险恶的方向发展的可能。

不准李门参加即将召开的党员会一事竟没有使李门震惊觳觫,这使侯志谨更加不满足。

于是他的会开得更加严厉。他在开会之初先是一再强调今天的会一定要保密,如有泄密者要毫不留情地予以处理。然后他说:"李门的交心太不像话,他其实是有严重的问题没有交代的。他有问题。比如说,他的家庭出身就有问题。他的政治立场与政治态度也有问题。他不但有思想而且有行动。他对交心的态度更是有问题。我们不能够为他的假相所欺骗。我们不能温情手软。不错,李门的功课很好,也有工作能力,正因为这样我们不能对他放弃不管,不闻不问。学生中有李门这样一个人才也是不容易的。他本来可以成为我们的一个好同志。我们要帮助他,我们要挽救他。我们要给他搓澡,我们要去掉他身上那些肮脏的,发着恶臭的东西。我们要为了他而与他做斗争……"云云。

他的话使大家大吃一惊,怎么一下子李门就有了"问题",而且问题严重到了这步田地!阶级斗争未免是太尖锐,太复杂,太激烈,太惊心动魄了吧!侯志谨没有说到底是什么问题,这就更使人们如闷在罐子里,惴惴不安,颇费猜想,大伤脑筋,既惊且惧,既振奋又悲壮起来。于是人人顿首,个个握拳,你看着我,我看着你,大眼瞪小眼,又都直视着侯志谨的眼睛,用眼神表达着尊敬、信赖、忠诚、无邪、时刻准备战斗,指向哪里就打向哪里的决心。

会议的结束语侯志谨是这样说的："考验的时刻来到了,请同志们准备上阵吧！"

这个"战前骨干誓师会"没有李门参加但是有冯满满参加,侯志谨通过这一"措施"已经给满满送去了极大的信任、亲近与温暖。同时,这也是对冯满满的一个重大考验:她会不会给李门通风报信呢？她的屁股究竟往哪边坐呢？侯志谨确实是拭目以待。在开会的时候他一直把目光往冯满满身上转,起码有六七次,他的目光与满满的目光遭遇在一起。他看出了满满的目光中的惊慌,比他估计到的惊慌还要惊慌得多,他更看出了满满张望着他的满脸的期待与驯顺。他满意地一笑,他有意识地延长笑容的滞留,以使冯满满辨别清楚。每逢他的目光与满满的目光碰撞,他便使自己的威严的面孔上出现笑容,使阴霾沉重的天空出现明亮的一线阳光。他自己也感到了自己的微笑的可贵。至少在会议结束的时候,冯满满的面孔显得开朗了些。

然后他注意的是冯满满会后的表现。会后冯满满没有——起码没有立即去找李门,而是径直回了女生宿舍,这是另一个正在争取入党的女积极分子向他汇报的。第二天,据说李门找冯满满一起去图书馆复习功课,满满没有去。侯志谨点了点头,他觉得自己的估计与判断没有错。看来,我还是正确的喽。他自言自语说。

第二天就召集了两个系的大组会,会议一开始侯志谨先声夺人地说:"我们的交心取得了极大的成绩,例如冯满满就是经过交心开始了自己的崭新的政治生命的。目前,形势喜人,形势逼人,中国正在发生天翻地覆的变化,叫做一天等于二十年！我们必须跟上！我们跟不上的话,就只能是被时代的列车甩出来,甩出来后也许会粉身碎骨……为了跟上时代的列车我们必须放下包袱。背着个大包袱,还怎么前进呢？有些人心存侥幸,似乎自己没有什么大问题。是的,你今天问题还不算太大,你只是个青年学生嘛,你即使问题很大一时也还做不成太多的坏事。但是,同学们,同志们,如果不认真检查与交代自己的问题,小问题会在你的心里慢慢发芽、长叶、抽条、扎根、开花、结果……最后小问题变成了大问题,最后使你走上背叛革命、背叛人民、背叛祖国的罪恶的道路……"

这话是侯志谨听首长讲过的,他听首长讲过不止一次,他听得清记得牢,转述得也精彩。他说得同学们鸦雀无声,严肃沉重深刻警惕。他继续说:

"但是也有少数人,非常非常少的人,他们辜负了党的期望……"他说得严厉起来,乃至近乎恐吓,最后,他笑了,他说:"怎么办呢?一个很好的同志,一个很有希望很有威信的同志,一个领导和群众都对他十分器重的同志,不肯主动地革自己的命,我们怎么办呢?帮帮忙吧,同学们,让我们大家给他帮帮忙吧!看到一个同志陷到了泥坑里,我们怎么能袖手旁观呢?"

就这样李门被凸现了出来。就这样李门开始了被"帮忙"的过程。

李门非常惊讶,素日与他关系极好的同学,素日干脆说是围着他转,对他说过许多赞美与亲近的话的同学,怎么一下子就变了面孔,几近吹毛求疵地向他猛攻起来了呢?一会儿说他骄傲。一会儿说他夸夸其谈。一会儿说他不肯暴露自己的思想问题。这一切究竟是怎么发生的呢?这是不是真的呢?如果向他提意见是真的,那么此次会议以前他们对他说的那些个好话是不是假的呢?如果那些不是假的,那么现在他们正在说的话难道反而成了假的了吗?

侯志谨继续迂回,他在同学们的提意见帮助告一段落以后,按兵不动,皮笑肉不笑地启发李门"再深入谈谈嘛……""再想想嘛……""提高了认识再来衡量嘛……""从新的角度,高标准严要求地再检查一下自己嘛……"

于是李门慌不迭地检查起来。既然从大家的意见里他不得要领,而从会议气氛中他又深感大事不妙,那么他只有快快检查。顾不上挑肥拣瘦,他只能碰到什么检查什么。他说到有一次在厕所小便由于小便池边的地面太脏,他就离得远远地尿,结果把许多尿尿到了便池外边,使得附近地面更脏更脏。他说到有一次在学校操场看露天电影,他本来来晚了,站在后面,由于伸着脖子太累,他干脆不守秩序地挤到了前面,招致了一些同学的嘘声。他说到有一位说话口吃的老师,其实是一个学问人品都极好的教师,但是有一次他在同学们当中学他的口吃,造成了极其不良的影响。他还说到他有一次上街,看到一位穿裙子的胖女人,他盯着人家的大腿看了半天……

李门甚至检查了这样一件事:有一次开学生会的执行委员会,他正在热烈发言,忽然,不慎放了一个屁。他本来是注意不要在群众场合乱放屁的,过去遇有这种不雅的情况,他都是能够控制住自己,离开会场、离开室内,找一个合适的地方解决一下问题的。但是这次他未能事先有所觉察和自我控制,这样就搞得很狼狈。这还不算罢休,在他放了屁以后,却是另外一位历史系的学生会执行委员被认为应该对于空气的恶化负责,受到了窃笑直至公开的谴责,使得这位同学面红耳赤,话都说不清楚了。而他愈是急就愈像是有问题,人们的讥笑就愈严重。他李门在这个时候本来应该自己站出来承担责任的,但是他没有这样做,他不但没有这样做而且自欺欺人地想出了一个理由:也许那个历史系同学也同时放了一个屁呢?我有什么义务要为另一个屁承担责任呢?这使他的良心非常不安。这当然是一件小事,但是连一件小事上他都经不住考验,又如何设想他今后在大事情上一定会忠诚老实坦白直率呢?所以,说起这个事来,他很沉痛。

同学们忍不住笑,又似乎不该笑。想不到的是侯志谨竟然哈哈大笑起来。于是大家也开怀畅笑起来。

在笑声还没有完全平息的时候,侯志谨开始了摇头,越摇越厉害,越摇越面带青霜,一边摇头一边说:"小李呀,你这样不行啊,你这是在检查什么呀!这太不严肃了啊!这说不过去呀!你让我们怎么办呢?检查这么些个鸡毛蒜皮,这能行么?你不会是故意要弄我们吧?你当真不知道自己的问题?你究竟是认识到了故意不讲呢,还是至今居然认识不到呢？这两种情况都是很不应该的呀！都是我无法想象的呀！再说你不是一般人呀，你是党员，你是干部，你是骨干，你是个有影响的人物呀！"

柔软的摩擦，微笑的关怀，绕来绕去的抚摸，语言的沐浴，"你就说了吧，你就说了吧，你就说了吧……"的咒语和法术，关于他确是做了某种见不得人的事情的暗示，已经把他置于有罪和等待宽大的地位上了。整整三个小时，天已经晚了，睡眠时间已经过了，不散场也不挑明，好像是在进行一场暗室中的游戏，好像在绕一个怎么也绕不出来的圈子，好像是农村的婚礼——新郎也罢，众宾客也罢，都在等着入洞房和揭开盖头——用讲阶级斗争的说法则叫做揭盖子。大家都在耐心地——慢慢往急躁方面演变——等待着揭底，等的时间愈长大家的期望就愈高，他李门不拿出点玩艺来是过不去这一关了。

终于把李门搞得耐不住了，用后来的说法叫做"搓火"了。李门痛苦已极也愤慨已极地叫道："这究竟是什么意思呀！我从来都是老老实实的，我没有什么可以隐瞒的。我没有做过对不起党对不起人民的事。我出身贫农，八岁入儿童团，十四岁入新民主主义青年团，十八岁就入了党了……我……"李门忽然觉得自己未免失态，戛然而止了。

侯志谨连连点头，慢慢地说："我看你就是不老实。你说你的家是贫农，但是据学校的外（出）调（查），你的父亲曾经开过酒馆，卖过花雕、加饭、女儿红和老白干，卖过咸鱼、茴香豆、拌肚丝和酱猪蹄，日伪皇协军的狗头小队长和戴眼镜的翻译官常常到你老爹开的酒馆里吃酒吃菜，你爹的政治面目与阶级成分都很有问题呀！"

"什么？我从小就没有看见过我爸爸开酒馆呀！他一直下地劳动呀，现在也还在劳动呀，土改时候给他划的成分就是……"

李门从大家的表情上看出来了，在这种情况下，他的任何辩解都是没有意义的。现在的形势很明显，侯志谨代表组织，而他是一个正在接受组织审查的有问题的人。他的所有的辩解都是可疑的，靠不住的,很可能是虚假的——也就是不老实的。他辩解得愈多就愈可能——或者必然被认为是态度不好,叫做狡辩抵赖,企图蒙混过关,至少也是不虚心态度不端正。而侯志谨是代表组织,所以他的一切指责都是师出有名的,言而有据的,语重心长的,苦口婆心的,仁至义尽的。他李门过去说什么人们都是爱听的,信服的,而且不论说什么都是振振有词乃至口若悬河的。他曾经多次为自己的口才而自豪,冯满满第一次与他见面就以为他做过广播员。他甚至幻想过自己将来应该去做外交工作,他应该去联合国大会或者安全理事会发表演说,就像莫洛托夫、维辛斯基和我国的伍修权在联合国发表演说一样。但是今天是怎么了呢?他觉悟到了,过去他的所谓威信,那其实不是他的威信,那是党的威信啊!当他与党站在一起的时候,他的每一句话都是闪闪发光、掷地有声、说话算话的。而现在呢,他失去了党的信任,他便成了向隅而泣的可怜虫,他的每一句话都是闪闪躲躲、吞吞吐吐、说了没有用的。他自己听一听自己的发言也觉得是正如毛主席讲的那样,叫做肚子里有鬼,愈怕愈有鬼,不成样子的。

那么,不说话呢?辩解是不老实不虚心,不辩解呢,不辩解就更说明了铁证如山,日暮途穷,只好哑口无言,无计可施了,也就是说更说明自己是板上钉钉地有了问题了!天!这是怎么了啊!

群众的发言就更没有边了。"我看你爸爸是汉奸!"一个这样说。"我看你爸爸是资本家!"又一个是那样说。"我看你爸爸是漏网地主!"第三个人这样说。

"我回家要问问他……"李门嗫嚅地说。

"问他本人就是给他通风报信!"侯志谨立即指出。

"光听他自己的还行吗?他自己就没有好好交代过嘛。他如果老实,土改期间还可能把你们家划成贫农吗?"一直没有发言的冯满满说。显然,她也相信李门是有问题的了。

李门黯然。

这时侯志谨开始了正题。他缓缓地说起了旧事,好像是在犹犹豫豫地打开了一个水龙头,一股小水慢慢地流了出来。他知道,在这种情况下说得愈慢就愈有分量。他说,那是好多年前的事了,那时候 M 省 S 专区 P 县即后来的 S 市才刚刚从日本人的手里回到八路军手里,他本人也才参加革命工作不久。他受到党的信任,当了首长的警卫员。他说警卫员的任务就是宁可牺牲自己的生命也要保护首长的安全不受侵犯。大家都深深感动,一致赞成。他说一天陪首长到 S 市与牛头乡交界处的第一中学去,他们乘着美国造军用吉普沿着 S 府前街前行,到中学了,吉普减速,车向右打轮拐弯。突然,大事不好!

侯志谨突然加快了说话的速度,好像是龙头里流出的水突然变大了,却更加降低了声音,无声的大水奔流,没有喧哗的威力,产生了一种十分吊胃口的效应。大家严肃了起来,李门也严肃了起来,因为他直到这个时候完全不懂侯志谨要说些什么。

"就是他!就是李门!他和他的弟弟李海从埋伏的地方冲了出来,他们各拿一把手枪,他们瞄准了首长,砰!砰!砰!他们要暗杀首长!"侯志谨忽然提高了嗓门,大水忽然掀起了滔天巨浪!

全场大惊色变,李门也变了颜色,他只觉得脑子嗡的一声,脸一红,血一涌,紧接着面色苍白,血液停止流动了。

"有没有这么一回事?"侯志谨追问。

"我……不记得了……"李门的声音在抖。

"十多年过去了,你也可能一时想不起来……"侯志谨放过一马,但是他又好像是在自言自语地说:"不可能呀,这么大的事你不可能忘记的呀!当时的警卫员就是我呀!我跳下去,抓住了你的手呀!我是要把你带走的呀!那个时候阶级斗争非常尖锐呀!那个时候还没有进行土改呀!许多的汉奸、恶霸、国民党反动派、地主富农,都在猖狂活动呀!我们进驻 S 市一个月,光哨兵就被敌人摸掉了三个呀。三个好同志都牺牲了呀!我看到你这个样子怎么能不生气呢?后来是首长……我告诉你,李门,从第一天在火车上我就认出了你,我一直等着你坦白,等了小半年了!"

"我想起来了,"李门恍恍惚惚地说,"有这么一回事。那是玩具手枪,那是八路军连长赵叔叔送给我们哥俩的。赵叔叔常常到我们家吃派饭……那一年我才八岁半呀!"

"当然是玩具手枪了,如果不是玩具手枪,那就是另一回事了。同学们,你们说呢?"

"好家伙!拿真手枪那还了得!那不早就把你给毙了么?"同学们异口同声地说。他们说的不过是常识以内的大实话而已。

于是李门觉得自己又说了不得体的话了,你究竟要辩护什么呢?他要证明自己不是一个反革命暗杀刺客么?他要辩明自己没有杀死过任何革命首长么?如果需要做这样的辩白,他把自己当成什么人了呢?他是反革命集团的成员么?从他的家里搜出来了电台、手枪、毒药了么?他涉嫌一件反革命命案了么?他,一个堂堂正正的贫农出身的共产党员三好学生班长团委委员学生会干部有什么必要急急慌慌地辩白自己不是反革命杀人犯呢?

……莫非他真的涉嫌暗杀革命首长?

天!这是怎么了?他犯了这么大的事自己竟然不自觉不知道!

大家看到他那副狼狈样子,渐渐静了下来。最初的冲击过去了,人们需要听一听下文。人们似乎渐渐品出来了这个问题的严重性与蹊跷性,人们期待着进一步的揭示和暴露。

李门也不说话了。他已经意识到,在当前这种处境下,他说什么都是不对的,他也等待事态的进一步的发展。

可能是为了防止过分的冷场,侯志谨便缓缓地说了起来。他说了许多好听的话:他说目前的学习对我们大家都是一次很好的教育,他说他提出了这些问题并不意味着李门有多么严重的问题,问题在于态度。态度好,自己和别人都会受到很好的教育,问题也就没有什么严重的了,不影响你继续当三好学生,不影响你继续当团干部,不影响你获得最高一等的助学金……他说关于检讨了不影响这也不影响那的政策问题,他已经建议校党委发一个正式的文件。他接着说,再有一个是动机与效果的问题,动机与效果的关系是辩证的,我们说你做了什么,就是做了什么,这是不能否认的。动机是什么呢？我们允许你做出解释,我们愿意倾听你的说明,我们没有也不会急着给你定性。但是你必须承认事实。承认了事实事情就好办了,下一步再考虑关于动机的问题。你说是不是呢？

侯志谨深入分析说,目前李门未免有些被动,这完全是他自己造成的,然而为时并不算晚,他从现在起来它一个幡然的悔悟嘛！来一个彻底的洗澡嘛！不要怕嘛！怕什么？革命者掉脑袋都不怕,还怕自我批评么？现在正是关键的时刻,不要怕疼,不要讳疾忌医,不要顶牛,不要蒙混拖延心存侥幸,不要这不要那,那么你李门还是我们的好同学好同志嘛！当然了,一点怀疑也没有嘛！否则,天这么晚了,早已经过了睡眠时间了,明天我们还有繁重的课程要上,我们为什么不睡觉偏偏要没完没了地开这个会呢？

一句话提醒了大家,便觉倦意盎然,便觉李门不表个过得去的态确是辜负了大家的一片苦心,便觉这么多人不睡觉来帮助李门确实说明了李门太不像话而大家确实是太好心好意了。尤其是侯志谨,他对李门真是太好太好了,一百一了二百二了。如此这般,人们催促李门好赖要表一个态,起码要承认自己确有问题,承认大家对自己的帮助很大很大,他起码应该感谢大家,他应该感动应该流泪应该捶胸顿足表示一种大的震动大的改造。他们虽然年轻,他们已经知道改造应该有改造的样子,自我批评应该有自我批评的样子,扫气补课应该有扫气补课的样子。这一切不但应该充满政治充满分析充满理论充满辩证更应该充满情感。可今天李门是怎么了呢？他不是一贯能说会道的吗？他不是一贯十分正确的吗？他今天怎么变成了个呆子了呢？看来他是真的有了鬼了！没有鬼又怕什么呢？不怕,又哪儿来的鬼呢？

李门已经汗流浃背了。

在这陷入僵局的时刻,冯满满说了一句话,她犹犹豫豫地说:"他那个时候还只是个孩子呀!"

一句话使李门热泪盈眶了。谢谢你,满满!万岁,满满!够意思了,满满!有你的,满满!你总算说话了。虽然你刚才也参加了对于我的家庭出身的批判,有现在这一句话也就够了,你对得起我了。我永远感谢你!我李门虽然生在农村也懂得做人的道理,我最感动的就是韩信对于漂母的报恩了,世上没有比东方人的这种热肠更令人感动的了。涓滴之恩也当涌泉相报!这是世上最美的语言,这是最美的道德!还有赠绨袍的故事,叫做眷眷有故人意。人生是值得的!我李门对于满满的追求是值得的。谢谢了,谢谢了,再一次地谢谢了呀!

于是李门涕泪滂沱起来。他接过冯满满的话,他几乎是哭着说:"同学们,同志们,我那个时候才八岁呀!"

"不是八岁,是八岁半快到九岁!"侯志谨义正词严地指出。

"噢,是的是的,也许是九岁。"

"九岁就是九岁,九岁就不是八岁。是九岁为什么要说是八岁呢?"

"……"

"好,七岁也好,八岁也好,你已经知道什么叫枪什么叫瞄准了。不然,你怎么可能会去玩枪呢?当然,你是玩,你不是真正的暗杀者,你还没有构成反革命杀人罪,所以你的问题并不是由公安部门处理。我们又有谁说你是反革命杀人犯呢?我们现在问的只是思想,思想,思想!能够因为你是八岁的孩子就不闻不问么?能够因为你是个九岁的孩子就认定你没有思想了么?我看不能。即使是玩具手枪也罢,你是不是会把枪对着你的爸爸或者妈妈呢?你是不是会把枪对着你的老师你的班主任你的校长呢?你是不是会把你的手枪对着……呢?不会的,那么,怎么解释你用手枪对着我们的首长呢?是因为你爱首长么?是因为你拥护首长么?是因为你反对国民党么?

是因为你……么？你觉得你那样突然从角落里蹿出来,举起手枪就向首长的车子瞄准是正确的么？你此后是不是一见到领导同志的汽车就瞄准放枪呢？"

"没有,没有,我再也没有……"

"既然没有问题为什么不再接再厉地做下去呢？你不是觉得你做得很好吗？"

"没有,没有,我没有觉得我做得好,我觉得我做得不好……"

"那就对了嘛,是不好嘛。可为什么不好呢？不好为什么还要这样做呢？你想过没有,如果你手里拿的是一把真枪,会有什么后果呢？"

"我……"

"你说吧,你有没有错？"

"这个这个……"

"有就是有,没有就是没有,何必这个那个的呢？"

"我错了。"

"好！好！好啊！不管多么严重的错误,承认了就好,承认了就能改正。我们都说李门是好同志嘛。我看咱们的会开得好,咱们的会议已经结了一个小的果子了嘛。李门同志他承认自己错了就好,认了错什么都好商量。至于是什么样的错误,错误是怎么造成的,它的思想根源、阶级根源、主要表现、危害及克服的办法,我们明天再继续研究讨论,大家看好不好？"

齐声说好。能够散会睡觉了,敢情好。

散会以后,侯志谨特意跑到李门身旁,拍了拍他的肩膀,鼓励说："小李呀,现在正是考验的时刻,你要挺得住呀！你要经得起考验呀！"他说这个话的时候眼睛里噙着泪,李门的眼睛里也充满了泪水。

李门突然想起了高中最后一年他主持的对女生简红云的帮助来了,苦口婆心,真诚热烈,请君入瓮,众口一词,不容分说……这一切如出一辙,这就是"以其人之道,还治其人之身",只不过他的被帮助比简红云的处境要狼狈得多了。现世报呀!

"不,你不能认错。一个小孩子玩,这又有什么错误不错误的呢!"

第二天,冯满满起得很早,她起来以后就拿起宿舍的暖水瓶去锅炉房打开水。心有灵犀一点通,在锅炉房门口,她看到了同样早早地起床——也许是彻夜未眠的李门,他正焦躁地等待在那里。她立即严正地告诉李门上面的话。

一开头,侯志谨召开党员和积极分子会的时候,说了李门如何如何,确实让她吓了一跳,她不知道李门究竟是犯了什么事。及至开完了会,她反而放下了一半悬着的心。

"不行啊。不行啊。不行啊。"李门愁眉苦脸地说。

"没有别的办法。你一定得咬住,那时候你只是一个小孩子,你毫无政治用意。"

"那我的态度……"

"态度就态度,刀架在脖子上也不能承认错误。这种错误承认起来还了得!"

"可是……"

看看又有更多的同学来锅炉房打开水,冯满满不敢恋战,她说:"你自己要弄明白!我看那个你有点糊涂。我不能再说别的了,再说别的我就要犯错误了。"这时她看到了远处走来的邹晓腾,她忽然脸色一变,公事公办地大声说:"你一定要相信组织,相信群众,认真地清理自己的思想,通过这次交心,把自己的思想觉悟提高一大步!"说完,她立即走开,与邹晓腾说笑去了。

李门惊异于冯满满的突然改变腔调,他影影绰绰地估计这是因为邹晓腾从对面走来的缘故,但是他仍然没有想到竟需要演这样的戏,而且冯满满演起戏来是这等熟练自如。这算什么?这不是欺骗党和人民了么?这不成了阴谋家和两面派了么?这不是有一点可怕了么?

　　他也震惊于冯满满的杏眼圆睁,柳眉倒竖,她一皱眉——哪怕是假皱眉,立刻显得那样凶恶和丑陋,眉心的竖纹恰如一个川字,这使他想起了动物园里的老虎。

　　麻烦在于李门对于分析思想的这一套是太熟练太高明了。每当他想起一个为自己辩护的说法的时候,不用旁人批评,他自己就立即把自己批了个体无完肤——我们的思想批判真是无坚不摧无攻不克无可抵挡势如破竹!如果他说自己只是小孩子玩,那么可以很容易地驳斥说,为什么这样玩而不那样玩呢?之所以这样玩而不是那样玩,不是说明玩也是有规律有思想基础的吗?而在阶级社会里一切的一切无不打着深深的阶级的烙印。你没有拿起玩具手枪去瞄行人,你没有拿起玩具手枪去瞄赶马拉大车与坐大车的人,而偏偏去瞄坐着首长的吉普车,这能说是偶然的么?说是偶然的,侯志谨能满意么?大伙能认可么?不满意不认可,就会愈批愈尖锐愈提(意见)愈激烈,你一言,我一语,你一段,我一套,你一枪,我一箭……简直是乱箭钻身呀!铁石心肠也要被融化,八道钢门也要被掀倒噢!

　　当然,他可以辩解说,他也和自己的弟弟互相比划着打枪玩,而显然他对于他的弟弟并无恶意。他可以以此来证明他即使用手枪瞄准了某某人,也不一定要解释成什么什么。但是他继而一想,人们可以反驳他:他和弟弟那样玩是因为弟弟是他的游戏的伙伴,这是双方都认可了的。即使儿童之间也是这样,是玩的伴儿,当然没有问题,如果不是伙伴,你随便拿着"枪"去瞄,你闹不好就会挨揍。何况那是侯志谨的首长,他是你的游戏伙伴吗?你用枪向首长瞄准,能与用枪同弟弟耍戏相提并论么?

　　人们还可以质问他:除了这次向首长瞄准,你是否还有过类似的向首长挑衅的记录呢?没有,确实没有。那么说,你心里并非没有一定的界限,你并非一时糊涂或者幼稚,那么这是什么呢?

　　或者他可以只强调自己的年龄幼小,八岁,最多是九岁,能对自己的行为负多少责任呢？但是侯志谨已经有言在前，并没有说他李门一定怎么样怎么样，他们不是人民法院，他们没有审判他，没有追究他的刑事责任，他们是在帮助他，帮助他无非是端正思想。能不能说八岁就没有思想呢？如果八岁是没有思想的，那么那些儿童团员英勇斗顽敌的故事，那些革命小英雄的故事，王二小的故事，鸡毛信的故事……又怎么理解呢？还有一个主观与客观的关系即侯志谨说的动机与效果的关系问题，拿起"手枪"，突然蹿出，向着坐在吉普车上的首长"砰！砰砰！"这在客观上难道没有不良的影响吗？不良的影响难道是从天上掉下来的吗？除了该死的李门，又有哪个儿童曾经这样做过呢？

那么这又是什么问题呢？

分析起思想问题来，他李门是太精通了。他李门能有今天，除了功课好、出身（到昨天为止）好、守纪律、社会工作积极以外，不正是靠了他的善于分析思想么？能把一切问题分析得头头是道，能让别人接受一切批评意见，能指出一切问题的严重性，能不断地纠正旁人的言语的差失……能在困难的情势下使分析的结论符合预先设定好的框框，这不正是他的看家本领么？

如今，这一切的一切该他自己来尝一尝滋味了。他怎么能不知道这一切的厉害呢？

虽说是风云突变，他被这急转直下的事态打得头晕脑涨，但是他仍然保持着清醒的计算。他决定，只能逆来顺受，先接受下来再说：第一，做过的事，泼出去的水，并不是人家栽给你的，是你自己确实做了的事，还能辩出个什么来呢？第二，事到如今，接受也得接受，不接受也得接受，与其掐着脖子接受不如自己接受。第三，接受了起码落个态度好，不接受就什么都不好了。第四，运动从严，平时从宽；思想从严，处理从宽；别人揭发从严，自己检查从宽。这是党的一贯方针。接受了还可以徐图从宽，徐图解释分辩，不接受就连分辩解释的前提条件也不具备了。第五，大踏步地前进，大踏步地后退。一切决定于时间、地点、条件。前者是毛泽东说的,后者是斯大林说的。我李门并不是一个雏儿,我是懂得什么叫批评与自我批评,什么叫政治运动,什么叫战略和策略的。我只有这样做了,才能变被动为主动,变消极为积极。第六,同学们与我无仇无冤,同学们谈我的问题确实是为了帮助我,人家苦口婆心地帮助,我如果不好好接受,还有良心没有呢?第七,我不能说自己就是没有问题。瞧,我爸爸开酒馆的事组织上已经调查出来了,我自己都不清楚的事但是组织上清楚,我不能只相信自己不相信组织,何况这件暗杀首长——至少是做暗杀首长状的游戏——的大事呢?

我就是应该深刻检讨,汲取教训。不然,如果不防微杜渐,万一将来弄假成真,闹出了大事,那可怎么办呢?匈牙利的拉伊克,苏联的布哈林,南斯拉夫的铁托,原来不都是光荣的共产党员,由于不注意改造思想,最后变成了叛徒、特务、反革命而已经或必将遗臭万年么?我李门不才,至少不愿意做被处决的布哈林呀!多检讨检讨,对我不是很有好处的么?

这样,李门设计好了自己接受批评揭发的路线。第一,我的家庭出身是有问题的,过去自己不知道也缺乏必要的警惕,如今听了侯志谨的介绍才算是刚刚睁开了眼睛。第二,果然,一睁开眼睛就发现了问题。例如,我父亲就常常对我说,读好书,上大学,将来不要再在农村呆下去,农村是太苦了,将来能到城里工作,能把老爹老娘接到城里去就好了。这种腔调不是和梁漱溟说城市是在九天之上,农村是在九地之下一样了么?第三,关于用"枪"瞄准首长一事,我现在还没有完全认识清楚,但是我敢肯定,这不是偶然的,这不是简单的儿童游戏,这是我的家庭出身和思想倾向所决定的……实际上反映的是一个立场问题态度问题,问题非常严重!我感谢大家特别是侯志谨同志的帮助,这是对已经陷入了深渊和泥沼的我本人的最最温暖的挽救!想到这里,李门几乎感动得哭泣起来,但他最后硬是没有哭出来,这使他十分内疚。

于是在第二天晚自习时间的交心会议上,李门慷慨激昂地做了感谢与接受大家特别是侯志谨的批评的发言,除了该流泪的时候泪腺硬是不做美流不出泪以外,他的发言十分成功,侯志谨带头给他鼓了掌。

这才叫万里长征开始了第一步。于是展开了下一个阶段的漫长的分析与帮助。既然自己也认为确有问题,那么这个具体的问题究竟是什么呢?不是说他已经下了决心脱裤子割尾巴吗?那么,让我们大家一起来欣赏欣赏,看看这是一条多粗多大什么形状什么气味什么颜色怎样摆动怎样卷舒的尾巴吧!

于是纷纷替他设计与描绘起他的尾巴来了。有人建议他反省,是否对于首长坐吉普车有不服气心理,有不服气心理而发展到举枪怒视,这是完全合乎逻辑的。有人设计,他是个人英雄主义,企图做一点什么惊天动地的事情,他有不能流芳百世也要遗臭万年的个人野心家思想意识,因而他企图做一个暗杀者。有人设计,他对首长的不满其实还是来自家庭,其实他的父亲虽然土改中漏了网划成了贫农,实际上是心惊肉跳的,是怕得要死的,是希望旧社会复辟的,是梦想重新开酒馆梦想发大财梦想日军小队长与二狗子翻译官重新骑到人民头上的。李门举起手枪来的一刹那,其实是对党对人民的疯狂仇恨的发泄,是实现阶级报复的活剧。不是吗?又有人建议他认真考虑自己的人生观与世界观以及是不是受了胡风、丁玲、刘绍棠的文学作品的毒害。还有人设想他是受了高岗、饶漱石、贝利亚和张国焘的影响……

苦也!到了这时候李门才明白,事情远没有他想得那么简单。承认了一个还有下一个,下一个完了还有下下一个,这样分析下去,他不承认自己是反革命暗杀未遂犯是谁也不会罢休的,连自己也不能罢休,是怎么说也说不过去的。

……一不做二不休,他只有跌下去,再跌下去……是的是的是的。就是有抵触,对首长抵触。对呀对呀对呀,就是有反感,对领导反感。可不是可不是可不是,不是替被打倒的阶级出气还能是什么?着呀着呀着呀,我想得通我想得通,一部分问题已经想通,另一部分问题正在想通,一部分问题完全理解,另一部分问题即将理解,今天不理解的,明天一准理解。反正是有问题,没有问题能那样么?想出名?就是嘛,就是想出名嘛。为什么拼命学习,真是为了人民为了共产主义吗?还不是为了个人出人头地!太卑鄙了!太反动了!个人主义是万恶之源啊!个人主义者或迟或早是要走到反党反社会主义的道路上来的,刘绍棠就是一个明证嘛。说一千道一万,为什么向首长瞄准呢?当然是不礼貌,为什么不礼貌呢?当然是有问题……幸亏是玩具手枪,不然还不是早就成了反革命了?这难道还有什么怀疑么?

　　一个月,他的体重减少了十二公斤,等他一次偶然地约了一下体重发现自己连一百斤都不够了的时候,他凿凿实实地认识到,他就是一个不折不扣的反革命罪犯了。阶级斗争的规律是不依人的意志为转移的,历史发展的规律是不依人的意志为转移的——多么威严,多么无情,多么有声有色!这就是政治,这就是人生!天网恢恢疏而不漏,他命该如此!

第 九 章

邹晓腾的报信使甘为敬情绪一落千丈。早不来晚不来,甘为敬调来 G 市已经快三年了,邹晓腾从来没有看望过他,偏偏为送这个该死的信息登门拜访,难道他不是黄鼠狼给鸡拜年——没安好心吗?想当年邹晓腾是怎样参与了对他的迫害呀!这小子!等到他在劳改农场就业的时候,他听到了邹晓腾也"翻了车"的消息,那可真痛快呀!

却原来,邹晓腾原来所在的 M 省科学普及协会的一位领导人,在一九五九年底,由于"反对"大跃进、总路线、人民公社"三面红旗"(其实只是说了几句关于农村的大炼钢铁的实情的话)被作为"右倾机会主义分子"揪了出来。与此同时,《SS 文学》月刊的主编也因为天知道什么问题被开除了公职,《SS 文学》发表了长篇文章批判前主编的各种罪行。两位有问题的人的问题当中都有一项,就是他们制造了假神童、假发明家、假诗人邹晓腾。两个单位都派人到 K 市大学调查邹晓腾的情况,并要求邹晓腾写两个单位的前领导人的揭发检举材料。《SS 文学》月刊的批判长文里点了邹晓腾的名,而那个年月,人只要一在报刊上被点名批判,就算是打入了冷宫,乃至打入了十八层地狱。

外调的折腾加刊物的批判,使小神童崩了盘子。立刻,老师们指出,他从入学以来累计已经有十三科次考试不及格的记录,只是因为他身份特殊,才被学校保了下来,没有被勒令退学。校方立即指出,他们从来对邹晓腾持怀疑保留态度,证据是他们一直没有吸收邹晓腾入党,不管邹晓腾怎样以名人自居,连蒙带唬,校领导还是坚强的,硬是没有放弃原则。至于没有依例勒令要他退学,那么,学校捍卫的是办教育的阶级路线,而绝对不是出于对邹某人有什么好感。同学们对于邹晓腾的反映就更大了——看来要知道人们对自己的真实看法,一定要等到自己犯了事那一天。同学们说,邹晓腾到处吹牛皮,而事实证明他缺少起码的科学常识——他甚至连电流、电压、功率即安培、伏特与瓦特的换算关系都不懂,却振振有词地说自己是什么电器发明家。邹晓腾还常常在宿舍里讲一些低级下流黄色的故事,简直应该算是流氓。邹晓腾动不动拿出《SS 文学》的公用信封信笺和印有 M 省科学普及协会字样的稿纸写信著文,搞得同学们还当真以为他有什么了不起,当真以为他是一尊什么庙里的菩萨。现在看来,他一是冒充,二是唬人,三是化公为私,形同贪污盗窃。还有一位极有志于文学的同学,他揭发邹晓腾的一些所谓"诗",其实是抄袭而来的。真可以说是叫你红你就红,红如玫瑰;说你黑你就黑,黑似牛屎。三揭两批,就好比一人一口唾沫,任是神仙,也变成了肮脏丑陋、传染疾病的破烂痰盂了。

  恰恰在此时,发生了一个邹晓腾闯入女厕所的事件。一天傍晚饭后,甘为敬的前女友毕玉正在校田径场的女厕所小解,忽见一个男生进入,往一个坑前一站,掏出来就滋。须知,大学操场的厕所,为了适用于批量使用,都是一格一格,不设前门,开放型蹲坑式的。毕玉蹲在那里正好把邹晓腾的举动与器件看了个清楚,同理,邹晓腾也完全可能把她看个清楚。毕玉大惊,狂呼"流氓!"哭叫着提着裤腰奔出了女厕。几个身体健壮的男生闻讯包围了女厕出入口,并在统一认识后勇敢地进入了女厕禁地。进入后,才发现,邹晓腾大模大样地站在那里,还正若无其事地抓捏提抖,享受后小解时期的轻松愉快呢。

  几个勇敢男生当即把已经今非昔比的邹晓腾擒获,倒拧着他的胳膊送到了校保卫处。

这边毕玉狂哭不止,一边哭一边还寻死觅活,找剪刀找绳子,吓得全体女生坚闭清野,连火柴也在清理之列。校团委、系总支、政治处、学生科纷纷来对毕玉劝慰。要害是她是看到"流氓"的什么什么了,但是"流氓"到底是否看到了她的什么了没有呢?人们分析,当时夜幕初降,厕所内的可见度大大小于户外,加上角度的完全不同,而人的视线一般不会拐弯,因此很可能邹晓腾并没有看到什么。

为了安慰毕玉,学生科一位女性副科长还要求毕玉与她再演习一次,她建议二人第二天同一时刻同一光照情势下一同进入田径场女厕,由副科长扮演毕玉,蹲在毕玉蹲处,而请毕玉扮演"流氓",站立于邹晓腾原站立小解处,试试究竟在那里能看见什么。事实证明,未必能看见什么,这才好不容易打消了毕玉为保全名节而自裁的念头。(人们议论说,幸亏毕玉没有自杀,要不,一有了人命,他邹晓腾可就得偿命了。)

这边邹晓腾死死咬定他是无意间搞错了。他这个人本来就是精于大事,疏于小事,他经常在考虑一些发明创造,哲学科学,国际形势……却常常在日常俗务中恍兮惚兮。例如,他甚至有一次半夜起来解手后进错了宿舍门,钻到了别人的被窝里。

好一个邹晓腾,他可比李门坚强多了!不管你是硬也罢,软也罢,启发也罢,恐吓也罢,死活决不承认自己的误入女厕所还有什么思想动机根源意图。误入,误入!他强调说,刀搁在脖子上也只是误入,要杀要剐,那可就由你们了。

流氓问题虽然难以定案,邹晓腾还是因为功课跟不上被勒令退了学。退了学之后,发表过描写他的先进事迹的长篇特写的青年报又发表了揭露他的丑恶面目的更长篇的特写,特写里写了他进入女厕所"搞了一些见不得人的勾当"。特写前附有编辑部的编者按,声称本报数年前发表了为邹晓腾欺世盗名而摇旗呐喊的文章,这是因为报人鼻子不灵,在阶级斗争的风风雨雨中患了伤风感冒鼻窦炎,没有嗅出邹晓腾身上的剥削阶级的尔虞我诈的臭气。这篇文章一出，全国青年争说邹晓腾，一些地方报刊还组织了笔谈：主题是"我们从邹晓腾事件中汲取什么教训"。还有的报刊发表了漫画，画着邹晓腾鼓着腮帮子吹一条牛的臀部，把牛吹爆了。一正一反，一神童一骗子，反差愈大刺激性愈大，趣味性也愈大，邹晓腾的知名度也愈高。臭名远扬，逆风三千里，邹晓腾找工作找出路也就愈难。好家伙，哪个单位领导活腻了敢收留这样的臭狗屎！甚至K市市委一位书记为了贯彻党的政策亲自出马为邹晓腾找了几个地方，也被拒之门外。看来，人们的阶级观点与原则性警惕性比书记的面子还强，真是可喜可敬。无法，邹晓腾在K市流浪了五个月之后，他卷铺盖回了原籍农村。

这样，在一九七八年，形势发生了重大变化以后，邹晓腾便以苦大仇深的受江青的迫害者的身份展开了活动。一连串的事情都发展得飞快，三十年河东，三十年河西，当初倒霉是兵败如山倒，说完蛋就完蛋。如今时来运转也转得飞快，高屋建瓴，说转运就转运，除了中国人谁也活不了这么热闹。一九七九年三月，《SS文学》的一位乳臭未干的新任主编决定在刊物上公开为邹晓腾平反。反正当年折腾老主编和邹晓腾那当儿他还在撒尿和泥，如今上级规定，哪儿搞的冤假错案就由哪儿负责平反，他也就照办无误。一九七九年十一月，M省科学普及协会为已故主席平反，顺便也平反了邹晓腾。一九八〇年四月，K市大学为邹晓腾平反，撤销原勒令退学的决定，虽然事实上邹晓腾只修了大学的不到四分之三的课程，最后校方遵照平反不留尾巴的原则，给邹晓腾补发了毕业证书，承认了邹晓腾的大学本科毕业的学历，并赶紧由国家分配了工作，分到了G省科学技术工作者协会。并给了他五百元的安家费。

于是势如破竹。一九八〇年邹晓腾入党，省报为此还发了一条消息。消息中又重新引用了他的诗歌名句"造福人民一千次，一万次，一亿次！"

一九八一年邹晓腾被补选为市科协理事。一九八一年又被临时圈定为科协常务理事。一九八二年在省科学工作者代表大会上当选为正式的理事。在理事会全体会议上当选为常务理事。一九八二年初邹晓腾当选为区人民代表并担任区人大常委会科教文委员会委员。他欣喜若狂。在终于复刊但已面目全非的 SS 月刊上发表了一篇别开生面的自写自况的报告文学:《从村庄到人大常委会》,内分五个小标题:"起了个五更,却没有赶上集"是其一,"风雷滚滚见本色,艰难困苦玉汝成"是其二,"把一条鱼放逐到了大海,我走在与人民结合的道路上"是其三,"儿不嫌娘丑,儿也不记恨娘打,因为儿就是娘身上的肉"是其四,"人民是科学的母亲,科学永远属于人民!"是其五。这篇文章发表以后,深受领导肯定,于是传出了要选他担任区人大常委副主任的消息。邹晓腾自己见人就宣布这个消息:"我要当副主任了!我要走上正规仕途啦!"他一边说一边笑,笑得合不拢嘴,并发出一种愚鲁粗钝的哈哈哈声,每一声如木槌捶到了木墩上,令人麻木而退避三舍。

果然,人民是善良的,对于要升官的人大家都觉得心爱亲近。一连两个星期,天天有人请他去吃饭,恭喜他青云直上。每餐都是暴饮暴食,吆五喝六,大话连篇,消息小道,酒香屁臭,眼斜口歪,不亦乐乎。没想到吃到第八天上,席间邹晓腾突然腹痛如绞,翻滚在地。醉醺醺的哥儿几个赶紧把他送到区人民医院看急诊,由于酒气冲天,医生护士对他们颇有呵斥。酒宴主人大怒,便骂骂咧咧地去找院长,声称病人乃是区人大常委副主任,为何尔等这般怠慢?没想到,医院是有区里的要员名单的,谁来看病需要特别在意,他们是了如指掌,最门儿清不过的,也是蒙骗不了的。他们哪里见过哪里知道这样一个邹晓腾副主任?神童也罢,发明也罢,作诗也罢,没有一定的级别全都不管用。不仅不管用,医院的习惯是对于无权享受一定的保健待遇而又前来纠缠的家伙最为痛恨:医院人手又少,工作又累,已经忙得四脚朝天也侍候不过来了,再有人假冒领导人物前来侵吞医务工作者的劳动服务,实在令人发指。院长经查对后,当场揭露了邹晓腾的招摇撞骗,揭得邹晓腾和他的酒肉朋友们如梦初醒,方悟到这位爷的副主任尚未到手,他们预支得太早了。他们面临着被医院严肃追究的危险,一人一身冷汗,病不治也就好了。只是邹某人冒充副主任的消息传得妇孺皆知,地区一个小报准备披露这一丑闻,后来领导认为当前正是抓落实知识分子政策的时期,报道这样的消息殊不合时宜,消息才被撤了下来。

最后,由于这件事的沸沸扬扬,他老这个人大常委副主任也没有当成。邹晓腾与众不同的是,如果是旁人,一定会避讳谈这个事。而他,甚至在人大常委会上发言时也主动讲起,并且说现在的党的领导还不如古人,春秋战国时候是怎么用人的?一个将军调戏国王的爱妾,盔缨被揪了下来,国王干脆下令所有的参加派对的要人拔掉自己的盔缨,以安慰那个将军,如此人君,谁能不奋力效死?既然说是要提拔我做副主任,我也说出去了传出去了,干脆就让我当好了,你也高兴,我也高兴,谁都不用尴尬,这有什么不好?来这套酸文假醋做什么?愈是想当官的愈是让你当不成,愈是"不、不、不"的愈勉强你去做,这不是诚心与人民拧着来吗?

他的发言,有人摇头,但是多数人反映还不错,大家笑了个前仰后合,都感到了邹晓腾丑得可爱,直得可喜,净说大实话。

反应虽好,他仍然不是人大常委副主任。一九八二年不是,一九八三年还不是。为此邹晓腾去专门找了组织部一次、人大常委主任一次,都答应他要认真研究解决这一问题,可就是不见解决。

偏偏第二年也就是一九八三年四月,李门被评为研究员并且选成了省人民代表,邹晓腾气得发晕。事先,他已经得知了消息,他到处写信找领导直截了当地提出省人大代表只能由他当。他的理由充足,共有七条十六款,其中也提到了李门儿童时期曾经企图暗杀我领导人的问题。花了许多时间,光是挂号信邮资就用了几十块钱,一切活动都如石沉大海。最后眼瞅着李门飞黄腾达而不是他自己。

就在他气得三魂出壳,七窍生烟的时候,又同时传来李门在民意测验中得票最多,可能要出任研究所所长的消息与甘为敬犯事,行将进笆篱子的消息。听到这个消息的当天晚上,他做了一个梦。他梦见李门在台上做报告而他自己与甘为敬一起在台下坐着听,听着听着他腹痛症发作,满地打滚,滚完了他与甘为敬二人双双被警察戴上手铐捉走说是要枪毙……到了刑场一看,一起接受一排士兵的步枪瞄准的还有侯志谨……他大叫一声"气杀我也!"只觉心头淌血,自己身上的肉正被李门吞噬。想起看病受辱的故事,更是痛不欲生,此仇不报枉为人也!还不都是李门小子闹的!他醒了过来。愈醒愈气,愈气愈醒。凭什么?想当初,我都是名扬遐迩的神童发明家兼诗人了,他李门不过是无名鼠辈!我被迫害到了农村下地挣工分,他李门倒好,居然一直混到了毕业!比比受迫害,他赶得上我吗?想我邹晓腾,连娶媳妇都耽误了,我现在的老婆是一个多么乏味的黄脸婆呀!姓李的小子,发配到 X 自治区了吧,居然有个袅袅婷婷的才女简红云在那边厢伺候!天欲灭邹乎?想后来,我一直积极讴歌紧跟,哭爹喊娘,他李门只不过到处说一些风凉话而已,怎么他就能够当省人大的代表而我连一个区的副主任硬是当不上呢?明明说了要选拔我的呀!没错,一定是受到了李门小子的破坏!他娘的,你不让我舒服我也不让你痛快,别的做不成,还不能当个搅屎棍搅和你吗?

辗转反侧,他气得一宿无觉,偏偏第二天一大早就在研究所大门口碰到了李门。邹晓腾去研究所是为了找侯志谨,劝他对甘为敬的事冷处理为好。大门口,一见李门,邹晓腾又酸又苦,但他还是以大局为重,赔着笑脸与之周旋。他对李门说:"恭喜恭喜!你真是名利双收,扶摇直上,佼佼者也!"见李门一副困惑的表情,忙说:"跟咱哥们儿还保密吗?咱们谁跟谁呀?打小咱们就是齐打齐地长大的呀!你的胜利有你的一半也有我的一半呀!"说着,他又是木槌砸木墩一般地哈哈大笑,然后,又用他那破锣一样的嗓子高唱起来:

　　十五的月亮,

照在家乡照在边关,
宁静的夜晚,你也思念,我也思念,
…………
军功章啊,有你的一半,也有我的一半!

好个李门居然一点面子也不给！他皱起眉头,说——你猜他说了什么？他说:"我不知道你在说什么。"说完他走了。装得有多么匀！狼子野心,暴露无遗！

邹晓腾找到了侯志谨,力陈李门的危险性与甘为敬的可塑性。他说:"甘为敬这小子无非是一点酒色才气就是了！那是个不值钱的货！见了女人他骨头都酥了！一点甜头他就会给你卖命！劳改过的人嘛,就是不一样啊。不用管他夸口夸得有多么玄,汪汪汪叫得天翻地覆的,一根骨头一扔,或者是一声口哨一吹,他就乖乖地夹起尾巴跟你走了。这小子辫子一大把,想再送他二进宫去劳改还不是一句话的事！李门呢,他软硬不吃,蔫蔫地搞他自己的事,他小子是稳扎稳打,雷打不动,步步为营,吃着一个捏着一个,抱着一个拽着一个,他是又要名又要利,又要清高又要实惠,又要当婊子又要立牌坊,你不提防着点那是不行啦……"

侯志谨正在气头上,没有说什么。于是当天晚上,邹晓腾又赶到甘为敬家里送信,几句话把甘为敬吓得面如土色,说话不成声气。邹晓腾笑骂道:"你小子算是狗肉包子上不了台盘啦！气壮如牛,胆小如鼠,偷鸡摸狗,无恶不作,鼠目寸光,急功近利,小打小闹,因小失大,丢人现眼,把你甘家坟头上的那点风水全糟蹋啦！"

听了邹晓腾的抢白,甘为敬气得脸色都绿了,他哆里哆嗦地说:"你给我走……走……"他的"走"字已经发不清楚音了,"什么时候了你还来糟践我！要不是你小子害我……"

邹晓腾怕他再说出当年双塔园"抓奸"的事情来,那样就会伤了和气啦,他连忙制止了甘为敬,用地方戏尖嗓子小生道白的腔调说道:"莫怪哟！莫怪哟！小生这厢有礼喽！"又正色道:"你可别狗咬吕洞宾——不识好心人啊！为了你的事我是两肋插刀！今天上午我专门去找了侯志谨,我费了多大力气……"

一听到侯志谨的名字,果然甘为敬的脸色又变了,他立刻显出一副关切而又饥渴的样子,注意倾听,同时连连问道："他怎么说,他怎么说?"

"他气得够呛,说是一定要法办……"

"法办什么?"甘为敬又哆嗦起来了,他的牙齿打战的咯咯咯的声音愈来愈大,邹晓腾几乎是强忍住了笑。甘为敬哆哆嗦嗦地分辩道："这能赖我吗?是她们缠着我呀！她们看着我的文章写得好,又同情我的遭遇,她们一见了我就愿意坐到我的腿上,我总不能把她们推开呀！搁到谁身上也不能把人家推开吧?那不是太对不起人了么?怎么到最后都算成我的账了呢?她父母找我算账,我爸爸要是活着又去找谁去呢?"

"算了老兄！好汉做事好汉当！气可鼓而不可泄！寡人有疾,寡人好色,割掉了那话儿咱们还可以写天下第一的好文章！中国的最好的文章还不就是受了宫刑的人写出来的！仅此一端就证明弗洛伊德那一套不适用于中国作家,说那些个只能让侯志谨更发狠！要不我说你是个糊涂人呢！毛主席说卑贱者最聪明,高贵者最愚蠢。绝对！别看你还进过那里头,你毕竟是个从小养尊处优的家伙,什么来着,一个莫斯科一个柏林,算是把你给毁了！你一辈子光想着出风头了。听说你在劳改农场还折腾呢,还当了造反团的二号勤务员！什么?还是一号?你呀你呀！我告诉你,你现在还两眼一抹黑,擀面杖吹火一窍不通呢！你说,目前老侯面临的最大问题是什么?"

"这个这个……"甘为敬方寸已乱,啥也说不上来了。

"打开窗子说亮话。你至少应该明白,侯志谨目前最头疼的并不是你而是李门这冤家！你翻什么眼睛?连这都不懂你还想在这儿混碗饭吃?侯志谨是老人了,到现在还是一个副所长,不过是个处级！可李门呢,他才回来了几年?你知道吗?他要当所长了！"

"当就当呗，反正我也不跟他是一个单位。我才不管这个闲事。"

"糊涂！这是闲事么？你想侯志谨这个时候他能高兴么？一个人不痛快了，还能宽大为怀吗？你小子不是惨么？现在，要让侯志谨高兴你才有希望，这还不明白么？再说，你自己就不想一想，李门这么青云直上，酸文假醋，装模作样，人民代表也是他，研究员也是他，去美国也是他，去日本也是他，现在，所长又成了他的了，凭什么？人家说什么是什么，你没有听见过群众反映么？人家说他成了得奖出国的专业户了！他成了专业户，那我们呢？凭什么排斥我们？我们哪一点不如他？起小儿咱们就是齐打齐地长起来的嘛。要是说有什么不一样，那就是咱们没有企图暗杀过哪位首长！咱们没有这么大出息！"

说到这里邹晓腾得意起来，怪声笑个不停。

"说这些个有什么用，人家这里自顾不暇，谁有兴趣听你这些八竿子打不着的争名夺利醋意大发的屁事！"

"朽木不可雕也，孺子不可教也，马尾拴豆腐提不起来也！话都说到这一步了你还等着拿勺喂你拿手纸给你擦腚是怎么着？这样对政治一窍不通的人还要搞什么文化革命，你这不是瞎蛾扑火，自取灭亡么？你还不明白？你爹是怎么把你做（读揍）出来的?！呸！现在正是你立功的机会！现在正是你将功折罪的机会！李门有什么了不起？你往他那儿靠，他把你推出来！反正光凭咱们自己个人的力量是有限的，我们只能靠侯志谨！现在正是你出力的时候，你要再不明白我拿切菜刀宰了你！该死的混蛋！"

甘为敬终于明白了。他连夜写出了报告文学《辛劳服务四十年——科研战线上的一头老黄牛》，为写这篇文章，他吸了一包半红塔山香烟，他喝了两茶壶甲级龙井茶，每片茶叶都是两瓣叶一瓣芽。他写到凌晨四点肚子饿得不行，吃了一包五香咖喱牛肉干，吃得时候不觉得解饿，吃完两个小时后腹胀难忍，几近呕吐。他忍着腹痛在早晨七点半堵被窝去找侯志谨,侯志谨不见,他要求侯家的小保姆先把手稿拿进去,二十九分钟后,冯满满穿着拖鞋出来了,她把稿子扔给了甘为敬,脸上带着怒气,奚落道:"你是痴心妄想!谁稀罕你这几句溜须拍马的花花话!你还有脸见我?下流的种子!"说完,冯满满转身扬长而去。甘为敬顿觉腹如刀绞,噢的一声躺倒在侯家门厅的水门汀地面上。

……甘为敬得了十二指肠穿孔。他吃牛肉干几乎撑死的事迹被认为颇有杜甫遗风,被传为 G 省文坛佳话。那几年全国都在强调落实知识分子特别是中年知识分子的政策,小说与电影《人到中年》屡屡获奖。G 省领导同志们闲谈时都援引甘为敬作家吃牛肉干差一点胀死的故事,以此论证中年知识分子的生活待遇亟须改善,按他们对国家的贡献,他们理应获得更加丰足的牛肉与牛肉干供应,免得少吃多馋,如果当真胀死一个有才华有前途说不定过几年能得"落屁儿"国际文学奖的作家,将对中国文化与中华文明造成多么巨大的损失!甘为敬的故事可比《人到中年》里的陆大夫的故事生动多了!

动剖腹手术的时候甘为敬只求速死。手术后第三天,伤口正疼痛得紧,甘为敬在病房里得到了一支淡黄色塑料玫瑰花,花上有一张字条,上写:"迷途知返,犹未为晚!"签名是"满满"。甘为敬大喜,尤其是"满满"的签名更使他热泪盈眶——须知,一个女人是只有对于自己所喜欢的男人才略去姓氏但署芳名的。噢,天哪,满满之于我,旧情未泯!她之大怒于冯小红事件,更有隐情也!盖世间不仅有女儿杀母的情结,更有母亲杀女儿的情结!连弗洛伊德他老人家也没有研究过母之杀女情结也。我甘为敬何德,有此艳福!天不灭甘,天不灭甘是也!

甘为敬带着病拼死拼活地改好了《……老黄牛》的报告文学,作品发表在 G 省青年报上,发了几乎整整一版,剩下一角作为补白发了邹晓腾的一首诗《春风赞》。诗虽然没有指名是表彰谁,但是内容正好与报告文学相配合,使"老黄牛"的形象更加光辉灿烂。

发表得正是时候,届时干部考察组结束了在省科学院的考察,正在向省委汇报。谈到电子研究所的第一把手问题,民意测验是李门绝对占先,可是有匿名信来揭发李门幼时企图暗杀首长的问题,李门本人也对担任所长坚辞不受。其次可以考虑的当然是侯志谨,只是侯志谨在"文革"中表现不太理想,一般被认为是风派人物,曾经给"中央文革小组"的一个成员写过类似效忠信之类的东西。

就在这个时候,一位由冯满满的干爹提拔起来的领导同志提出了青年报上的《……老黄牛》与《春风赞》,他一面拿给大家看,一面说:"侯志谨的事迹还是感人的嘛!缺点人人都是会有的嘛!这个甘为敬是从劳改队里出来的嘛!也是受过迫害的嘛!还有那个什么来着?那个邹晓腾还是很有名气的喽!这个邹晓腾听说还在农村呆了十几年喽!他也是受过大的委屈的人喽!他们都拥护侯志谨,还是说明一些问题的喽!我看这个这个……"

由于对于侯志谨意见不一,便决定暂时先任命他担任代所长,等些时候,叫做一看二帮,往后再考虑他的"扶正"问题。

而甘为敬的"小红危机"平安度过。从此,甘为敬与邹晓腾都自以为是侯家的有功之臣。甘为敬便也伸出手去要这代表要那委员,要级别要待遇要房子要车子起来。终于,他引起了冯满满的讨厌,他几次去侯志谨家要这要那,终于在最后一次被满满下了逐客令。满满的脸说变就变,她绷起脸来,立刻满嘴全是原则:"你应该自觉一些,每个人都有自己的弱点,也都有自己的成绩,好事总是要做一些的,林彪也不是没有做过好事,他也为革命打过胜仗嘛。我看你的功劳并没有林彪大嘛。老是伸手伸手伸手,陈毅同志的诗里就写过嘛,'莫伸手,伸手必被捉'嘛。我们老侯革命那么多年了,多少年来,风里雨里,白里黑里,他什么时候松过劲嘛,他什么时候要过条件嘛!要是你,做那么多工作,那还了得,那还不得当省长呀!我这个人说话就是不客气呀,我知道有好多人恨我呀!恨就恨吧,活一辈子连个恨的人都没有也太没劲了呀!'静坐常思己过',听说过没有?我看就是要静坐常思己过。你的过可是不少呀,是人民宽大了你呀!毛主席说人是要经常洗脸扫地的嘛,你脸上身上的脏东西还少吗?我对你是很了解的喽,你在我面前翘尾巴,你翘得起来吗?不论是谁,不按原则办事他是站不住的,许多的大人物还不是都变成了历史上来去匆匆的过客?你会写几个字又有什么了不起?如果没有先进的工人、农民、解放军、科技人员、知识分子、党的各级干部的优秀事迹,你又写什么去呢?业绩是人民创造的,你不过是把他们挂一漏万地做了一些记录罢了,你翘什么……"

甘为敬被轰走了。走的时候冯满满连屁股也没有挪一下,连一声"拜拜啦您哪"都没有说。甘为敬讪讪地、癞皮狗一样地被赶了出来。她冯满满真做得出来呀!甘为敬从来没有把自己看做是一个道学先生,他从来没有把自己看成一个正人君子。可是,他也不能像满满这样行事!蛇蝎呀蛇蝎!真是新仇旧恨,气不打一处来!他恨得一夜睡不着觉,他捶着自己的胸气得直哭,他来回翻身把床单揉成了一个卷筒。

这样,一九八七年他听说了侯志谨被美国人戴维德控告侵犯知识产权,他大喜过望。本来他对侯志谨去欧洲的H国开学术讨论会就充满狐疑。他终于做出了他自信是八九不离十的判断,一九八六年侯志谨是占有了李门的科研成果跑到欧洲去招摇撞骗的。真是一大丑闻!电子研究所的代理所长要拿着别人的成果去骗外国女王的奖赏。假冒伪劣,假冒伪劣,打击假冒伪劣的结果是连"走向世界"的科学家也假冒伪劣起来了!是可忍孰不可忍?他立即投入了对于这一公案的调查,他准备着放一大炮,披露真相,搅他个天翻地覆!

第 十 章

在X自治区Y市Z无线电器材厂,李门与简红云相遇并且很快地结合在一起以后,他们常常感谢上苍的仁慈的安排,使他们走到了一起,而走到一起以后便谁也不再能够离得开谁。他们完全不能想象,如果彼此没有对方,如果他们各自孤独,他们如何能够在远离家乡和亲人的Y市,在那艰难的岁月中生活下去。

简红云不明白好端端的李门如何会沦落到这般田地。李门不介绍还好,愈介绍简红云愈觉得离奇。"这叫什么事儿呀?""这怎么可能呢?""这简直是开玩笑!"红云大叫起来。

"天网恢恢疏而不漏呀!"李门说。他说,在交心补课中接受侯志谨的"帮助"的时候,他常常想起他是如何"帮助"简红云接受群众的批评的。他告诉红云说:"我原来是多么自信自己是在帮助旁人,是在用尽人间最美丽的词句、最美好的感情、最高尚的心胸、最火热的友谊把一个陷进泥潭的同志拉出来!我常常自己被自己的苦口婆心感动得热泪盈眶!噢,这种软功可真要命呀!硬是拖着你求着你,磨着你非让你承认自己是反党反社会主义呀!你怎么办呢?承认了,你完蛋了;不承认,你是对抗群众和领导,还是完蛋了,你没有别的路呀!等到了这个时候,理就都是人家的了,你怎么做也是没有道理的,你怎么跳腾也逃不脱如来佛的手心了呀!"

"那你是怎么承认的呢?难道你承认自己确实是企图暗杀人民解放军的首长吗?"红云不解地问道。

"你能不承认吗?你不承认又怎么解释这一切呢?"

"有什么可解释的呢?小孩子玩嘛。"

"不,交心不承认这个。交心承认的是心,是思想,是政治,是故意隐瞒的政治历史问题,交心承认的是反革命至少是反动思想。真的,全班同学都求着我承认自己有问题,许多女同学为我不承认自己的问题而气哭了。她们认为一切问题都应该归咎于我的不合作,如果我合作,如果大家说什么我就认什么,不是天下就太平了吗?我真不懂,这究竟是为什么呢?为什么要千方百计地、苦口婆心地帮助一个人成为反革命呢?"

"你什么都不应该承认。"简红云说着说着站了起来,她的脸红了。

"我不能和大家对立呀。我挖空心思想自己的问题。我是得想想自己的问题。我也紧张呀。我要是真的成了暗杀者,天啊!我发现,我就是有既羡慕又嫉妒坐汽车的高级首长的思想。我也有对立思想。我……他们说什么来着?说是我脑袋上有反骨……"

"李门,你这是怎么了啊!"沉默了一会儿,简红云恨恨地说道:"这是陷害,这是政治陷害呀。"

李门吓得捂住了她的嘴,"不要瞎说!"他警告说,"不要翻案!"

"根本就没有案!"

"……不,我们不谈这些了。你瞧,老刘说是能给我们带一点肥猪肉呢,说是四指的膘,一斤是两块五……其实我们很幸福。上学的时候,我总觉得幸福很高很远,幸福是天上的五彩祥云,幸福是一只九霄云上的大鸟,幸福是莫斯科克里姆林宫上的红星……哦,其实幸福就在我们身边。幸福就是日子,就是……这个猪肉炖粉条,还有二两散白酒,还有炸虾片……红云你还问那些个事做什么呢?对对对,好好好,我李门没有问题,没有政治问题也没有思想问题也没有家庭问题干干净净任吗问题没有……又怎么样呢?还让我去当干部当模范党员当五好六好七好八好,还让我去帮助你这样的落后分子去认识自己的错误？还让我每天去开会去汇报群众的思想情况去研究群众的思想问题？红云，究竟是你稀罕这个还是我稀罕这个呢？愈是'红'的人，不是麻烦就愈多吗？在我们的生活里，就是鞭打快牛嘛。这回好了，我不是牛，呵，也是牛，是蜗牛噢。当蜗牛可好啦！你究竟还有什么不能满意的呢？俗话说知足常乐，俗话又说，叫做人心不足蛇吞象，俗话还说得饶人处且饶人，叫做放一着天高地广，退一步海阔天空……"

李门甚至于说得高兴起来，很有点恢复了当年滔滔不绝的架势，虽然和当年的滔滔不绝调子完全不同。

"什么呀，你说的是什么呀？"红云哭了。

哭什么？现在的人能活得那么娇气？李门不明白了。

欢迎省里的主要领导同志来企业视察的时候，保卫部门不准李门和别的职工一样地参加。大多数职工，或在车间岗位上，或在厂门内外排成两列，手执纸花、小彩旗夹道欢呼。李门与一个劳改释放人员，一个当过国民党的区队长的历史反革命分子，几个社会关系有严重问题——有的是父亲被镇压，有的是父母或兄弟姊妹在海外，还有一个小技术员母亲是"右派"，在一九五七年自杀了——的人员一起，在热烈欢迎首长那一天，他们被派遣到离工厂七十多里地的已经报废了的耐火砖厂去码废砖，天知道这样做有什么意义。李门自觉凄然，只有付之一笑。简红云却大怒，她说："这是什么？这是毒化我们的生活，毒化我们的政治空气呀！究竟有什么必要，把你当做危险人物来对待——这样下去，不是愈弄愈像真的，愈成了真的就愈不是假的——真真是弄假成真了么？"

而李门主张息事宁人，他笑着说："又不是我一个人，我们一块儿八个人呢。我们自称是八路军。我们一边码砖一边还唱梆子戏呢。我不是危险人物，谁是？为了提高警惕嘛。我这怎么说吧，还有一段拿着'枪'冲着首长比划的记录呢。不警惕不行啊，首长来了，忽然出来一个毛孩子叭、叭叭、叭叭叭叭，这多不成体统！而他们呢？

他们会对首长做什么不利的事情么?他们都高高兴兴地唱梆子戏,我又何必去说什么呢?"

简红云说服不了李门,李门仍然和过去一样雄辩,像过去一样善于分析,什么都分析得头头是道,尤其是,她觉得李门是最善于说服自己的了,他永远使自己处于心平气和,谦虚驯服,接受批评,全面合作,顺顺当当,老老实实的良好状态。

"你可真乖!"红云说,说不清是称赞还是在气恼。

对于这话,李门也能对答如流。他说:"不乖又能怎么样呢?无非是多一点自寻烦恼乃至自取灭亡就是了。"

Y市春天多风沙,大风一起,满脸都是沙石的击打。风愈来愈大了,大白天也是天昏地暗。夜里刮了大风,第二天早上会发现自己的家门前出现了一个小沙丘。于是李门会兴奋地给红云讲他小时候读过的沙漠历险故事。从家门口前的小沙丘,他会联想到被飓风和流沙掩埋起来的探险家和他们的骆驼队。平地上出现了几个大沙山,于是昨天还在活动的人和兽都消失了踪迹——压在下头了!不寒而栗!一边讲一边变颜变色,然后忽然大笑起来:"真了不起!这个大自然有多厉害!如果不把咱们分到X自治区来,咱们哪里看得见这个?"

红云遇到这种状况就会感到迷惑,这究竟是不是真的呢?李门是那样地充满了幸福感?他是以一个游人,一个探险家的心情来看待他的Y自治州生涯,因而感到得其所哉其乐何如的么?李门实在是太可爱了,李门又是太迂得不近情理了呵!

Y市一年有半年冬天。冬天的大雪比春天的大风更严峻。摄氏零下四十度的天气,出一趟门回到家来一看,眉毛上胡子上领子上都结出了冰霜。厕所附近和井台附近都是冰山冰岗冰坡冰道冰谷。一夜风雪过后,已经不是家门前的几个小丘的问题了——一夜风雪之后,家门干脆就推不开了,雪山与门齐高,你被封闭在土屋里了,谁让你的家门正对着北方,那是大风袭来的方向。于是你千难万难地推开一道门缝,大声呼喊你的邻居,你说:"快来救我们呀!我们让雪给埋了呀!"你一边喊一边笑,好像是碰到了人生最有趣的事情。于是房门向南或者向东开的邻居就拿着木锨扫把前来救援。开始时候李门还不明白,在一个技术很先进的大企业里,家家户户都预备木锨干什么?他那时候只知道木锨是农村里场上摊场、晒场、翻场、扬场用的。入冬以后,他才知道这里的木锨是堆雪扫雪用的。等门开开以后,李门与红云的感觉就像被释放的囚犯、被从塌方的矿井下拯救到地面的幸存者一般,又唱又跳又叫又笑。他们面对大雪手舞足蹈,他们匍匐在雪地上。

"太美了,太好了!我们这一辈子能够有机会到 X 自治区、Y 自治州、Z 厂来工作真是太幸福了!整天那么娇娇嫩嫩的干什么?这才是人生!毛主席说,就是要让知识分子经风雨见世面呀!不到长城非好汉呀!不管风吹雪打,胜似闲庭信步呀!"李门欢呼道。接着,他高声歌唱:

> 北国风光,千里冰封,万里雪飘。
> 望长城内外,唯余莽莽;
> 大河上下,顿失滔滔……

接着,他又朗诵陈毅将军的诗:

> 大雪压青松,青松挺且直;
> 欲知松高洁,待到雪化时!

红云赞道:"真是一副无产阶级革命人的胸怀!"她也唱道:

> 革命人永远是年轻,
> 他要学大松树冬夏长青!

她长叹一声,压低了声音说道:"我看共产党是瞎了眼!这么乖的共产党员她硬是不要!"

吓得李门摆手跺脚捂嘴挤眼,脸色全变了。

见他如此胆小,简红云觉得有趣,便正色道:"好大的胆子!你刚才朗读的是谁的诗?什么叫'不管风吹雪打,胜似闲庭信步'?这是毛主席的原文么?你是什么人,竟然大胆篡改毛主席他老人家的光辉诗作!该当何罪?说!"

李门吓得面色苍白,说是:"对对对!是是是!原文是'不管风吹浪打,胜似闲庭信步'。我太放肆了。我……你提醒得太必要了!"

于是简红云笑得瘫倒在雪堆上。她说:"瞧,乖孩子,把你给吓的。引用现成的诗句,改一两个字,使含义有所发展变化,这不是常有的事么?毛主席就最喜欢这样做的呀!他活用过李贺的诗句,他还改过孔子孟子的名言……"

李门反而认真起来。他说:"那是毛主席,我们怎么能随便和毛主席比!"

红云十分后悔。这样的玩笑也是与这个呆子开不得的呀!一沾到这一类的事,他就紧张得要死呀!"李门,你真是吓破了胆了啊!"

听到这话,李门反而显现出一种满意乃至得意的表情,他说:"吓破了胆才好!吓破了胆,人就不会再犯大错误了!这就是虚心使人进步,骄傲使人落后!"

红云闭上了眼睛。心痛,好笑,惋惜,愤慨。她无言以对。

愈是雪大就愈感到房舍的温暖。虽然是简陋的土屋,只要生起了火,这房屋就是冬天的天堂了。他们这里是烧火墙的,方方的土灶上置放着一圈一圈的炉盘,炉盘上随时呻吟着做热水的大铁壶,水汽和水声都呈现着一种家庭的温馨舒适和轻闲。外边愈是忙得鸡飞狗跳,回到家里就愈是追求那种懒散和闲暇。灶火的脖颈伸展到用薄薄的砖坯砌成了的火墙里,实际就是使烟道弯弯曲曲,走在墙中,上上下下地拐好几个弯,才通向屋顶的烟囱,火墙便也因烟道的路径而温热喜人起来。冬季苦寒,除了上班大家就是缩在家里,反而使漫长的冬季更加亲切平安自得。远离家乡,远离过去所熟悉的生活,除了活着,平安地度过每一天,平淡地过日子以外,再也没有什么可争取的可羡慕的,所以也就没有什么可担忧可失去的;成为彻底的平民百姓,这是多么幸福呀!人——比如说,为什么要当干部争三好或者五好呢?为什么要争积极或者求表扬呢?在全中国,在 X 自治区,在他们的自治州他们的工厂,不是有许多人并没有上述这种种麻烦吗?做一个普通劳动者——这个口号也是党提出来的呀——不是很好吗?夫复何求?与过去相比较,不是过去更神神经经而现在更正常得多么?

这样,肃杀的 Y 市之严冬,反而更使李门夫妻体会到了自己的小日子的可爱。雄心壮志已矣,日子还是实在的。愈是冬天,就愿意龟缩在暖暖和和的小屋里,喝新开的沸水冲泡的劣质茶,喝九分钱二大两的红薯干制零卖白酒,吃摊鸡蛋皮拌粉条,吃油渣和碎白菜帮子做馅的玉米面团子。如果找着一扇猪肉或者半只羊呢?就可以很长一段时间大饱口福了。冬天肉食是容易保存的,没有猪羊也至少可以找到几只鸡鸭。把肉食冻在户外,冻得像石头一样坚硬。吃的时候需要找一把利斧,瞄准了地方,几斧下去,劈下一块,炖到沙锅里,加上葱蒜姜花椒八角料酒白糖,于是一个小屋镇日充满了醉人的香气……他们虽然不是庖丁,解起肉来并不顺当,吃起肉来倒是觉得异香满口,游刃有余。他们就这样快乐而又满足地度过了一个冬天又一个冬天。

到了一九六六年春节,他们在温暖的冬天创造了新的生命。当医院确认简红云怀孕了的时候,简红云高兴得哭了起来。她向李门解释自己的哭泣说:"我太幸福了。我早就想过自己的孩子。如果他是男孩他就叫坚强——在这个时候来到人间,不坚强行吗?不坚强他能有这个胆子吗?如果她是女孩呢,她就叫云子,为什么要加一个子呢?我觉得这像一个日本女孩子的名字。在我爸爸的那所大学里有一个教授,他的妻子是一个日本人,他们的独生女就叫秋子,小时候我们常常在一起玩……我们就会有自己的孩子,我现在已经觉到了,他或者她将会是我的朋友。有了孩子,我们再也不会觉得人地生疏了。我们的孩子就要出生在这里,这里是我们最亲爱的家乡!"

而李门半晌说不出话来。一九六六年春节,空气里已经充满了火药味。从去年起,所有的报刊上都是各式各样的大批判。有的是批电影《北国江南》,有的是批杨献珍的"合二而一"的哲学思想,有的是批周谷城的"时代精神汇合论",有的是批赫鲁晓夫修正主义,还有的在批农村的"四不清"干部。到处都在批,批,批。无线电广播里也全是批判文章的诵读,广播员用冷峻、反讽、蔑视、愤怒、挑战以及种种揭露与羞辱对方,显示己方的胜利豪情的得意洋洋的语调来朗诵各式各样的批判文章。从早到晚都是这种时而是大义凛然却咄咄逼人,时而是嬉笑怒骂却阴阳怪气的音调,加上"这真是司马昭之心路人皆知""是可忍孰不可忍""亲爱的先生,你们的算盘打错了""人不犯我,我不犯人,人若犯我,我必犯人""敌人这样疯狂地仇视我们,这正说明,我们是做对了,我们做得好得很,实在是太好了""倾伏尔加河之水,也洗不尽你们的耻辱"等等尖锐泼辣的词句,李门听起来真是心惊肉跳,如坐针毡,听到耳里钻在心里,热辣辣酸溜溜再也拔不出来。虽然这里边并没有一篇文章是批他李门的,李门却只觉得字字句句如同在对自己口诛笔伐一般。

说来也有趣,在一九五八年底交心以前,他时时处处是以革命者的心情也就是自己去革别人的命的心情来对待一切消息一切口号一切社论一切大政方针的,这种时候斗争愈是尖锐口号愈是激烈他就愈来情绪,越发意气风发斗志昂扬精神抖擞豪情满怀。那时候他的精神状态是多么好啊!而自从那个"企图暗杀"事件被揭发出来之后,在他尝到了被人家革自己的命的滋味以后,虽然他自问绝无"暗杀"一类动机,他还是立即对一切消息一切口号一切社论一切大政方针采取了另外的观察角度,更换了自己的角色与思路。一有风吹草动,他立即感到了恐惧、惊慌、心悸、肝儿颤、气短、消化不良、口舌生疮、盗汗……原来革人家的命与被人家革命的滋味是如此不同。

李门叹为观止。

由于大批判气氛中的种种症状,李门多次去医务室看病,拿了一些镇静剂和酵母片,服用无效。改看中医,中医给了他许多香砂顺气丸、附子理中丸之类,药量太大,吃了几次以后,李门再也吃不进去了。

这样,在这种以革命大批判与积存下了大量香砂顺气丸为背景的情势下,他听到了妻子怀孕的消息,他呆在了那里。

半晌,他说了一句话:"我们,我们可怎么办呢?"他甚至流出了一滴眼泪。

红云皱起了眉头。她万万没有想到,这件对于他俩来说是天大的喜事的消息,在李门那里引起的不是狂喜,不是欢呼,而是这样一种麻木、悲哀、迷惑。

也许我们不应该要这个孩子?李门缓缓地与红云讨论。他分析起政治形势来仍然是条条理理,清晰而又绵密,一副该死的做报告至少是做大会发言的腔调。他分析了国际与国内形势,他预言事态还要向激烈方面发展。他引用了最近的《人民日报》和《红旗》杂志社论关于阶级斗争的新提法。他特别回顾了一批文艺作品的命运,因为他坚信,文艺作品一挨批大的动荡就要遍及全国。他分析了自己的处境以及今后的三种前途:一种是在日益尖锐的阶级斗争中被旧事重提再次被揪出来。他已经是一个阶级斗争的典型事例,一个阶级斗争的话柄,一个阶级斗争的由头了,特别是当一场新的运动开始,人们还不知道去斗谁的时候,他不是现成的靶子吗?这样的靶子不用,不是天字第一号的大傻瓜了么?所以,他还要迎接新的考验新的风暴。第二种可能是他被视为"死老虎"撂在一边,只准规规矩矩,不准乱说乱动,老老实实地做二等或三等公民。这是最佳前途了,他要全力争取这种前途。第三种可能是人们、就是说周围的那些平日极亲切极随和的同事们同志们,他们在斗争日趋尖锐化的情况下,掀起新的一轮对于他李门的批判高潮,东找一句话,西拼几个字,最后制造出新的政治问题,这时候叫做新账老账一起算,他就会加重处理,一枪崩了也没有什么了不起。对于一场这样深刻伟大的革命来说,不付出一点血的代价,可能吗?

红云气得摔掉了所有的茶碗。"我就不相信天下没有公理!我就不相信会枪毙了你!我就不相信你会暗杀哪一个!我根本不相信你是坏人!一个人连自己都不相信了,不就都成了神经病了么?什么这个可能那个可能,六月可能下雪,煤炭可能变白,太阳可能从西边出来,皮球可能带刺……这都有可能,好,怎么六月不下雪下雨,煤炭色黑,太阳东升,皮球光光溜溜反倒不可能了呢?我们要有我们的孩子,我们的孩子要生得非常健壮,长大了他会生活得比我们更幸福,这就不可能了么?你你你你……你只相信不可能的可能,却不相信真正可能的可能,你你……你这才真是思想反动,比杀了个人还可怕呢!"

连红云也说我"反动"了,李门只有苦笑了。他的苦笑最终使红云也泄了气。红云迷惑了,可不是,哆哆嗦嗦,奉公守法,见人矮三分,与世无争,无愠无怨,无梦无悲,相濡以沫,自我解嘲,这不也是幸福吗?幸福又哪里有统一的规格呢?

而当"无产阶级文化大革命"爆发的时候,李门就只能暗暗叫苦了。那时候红云正挺着大肚子,生活做事都不方便,李门也无法埋怨她什么,但心里却十八个觉得:勿谓言之不预,勿谓言之不预也!我说什么来着?我说什么来着?你的逻辑又管什么用?你生下来的孩子——我们的孩子呀,又会碰到什么事情呢?我们有什么权利不但让我们自己,而且也让我们的孩子来到这个世界上接受这一切试炼呢?唉,唉,太自信了,太轻狂了,太胆大包天了哟!你什么时候能学会老实点老实点,再老实点呢?

他天天这样想却没有什么人可说。他知道,红云嘴硬,决不会承认错误,她虽然不像李门分析起什么来都是一套一套的,可是她铁嘴钢牙,只知道自己是对的。她怎么会老是这样自我感觉良好呢?李门拿她毫无办法。

从"破四旧"李门就坐不住了。他想把自己的所有的书籍上缴，因为，那些书确实都是"四旧"，连高等数学课本也是译自修正主义的苏联，里边有吹捧俄罗斯、把一切科学发明创造说成是俄国人领先的词句，《论共产党员的修养》小册子的封面上还有刘少奇的头像。这使李门大惊失色，觉得是自己做了什么帮助"资产阶级司令部"的事情。他的一本小说集里有"胡风分子"路翎的作品，他的一本诗集里有苏联诗人苏尔科夫与旧俄诗人莱蒙托夫的诗，所有这些问题都使李门如同窝藏了赃物一样不安和自责。

"你怎么把所有的书都要缴上去？"

"我怕……"

"怕什么？你究竟什么时候杀过人？你什么时候投过毒？你做过什么对不起革命对不起人民的事？我就不信世界上就没有个是非曲直了！自己把自己吓成这副样子！李门，你成了什么样儿啦！"

虽然身子已经很重，红云直挺挺地说话的姿势倒反而显得威风，像一个将军似的。

"你怎么会自我感觉这么良好？"惊魂乍定之后，李门问红云。

"人至少还得有常识。太邪门的事不要相信它。天下走到哪里也还得讲理，还得讲个真假。好人必有好报。我信这个。李门，你是个好人，你是个乖人，只有侯志谨那样的人才会别有用心地揪住你不放……"

"不要说他！不许说他！他和我远无仇近无冤，他帮助我也只能是对革命负责对我本人负责。我今后要挺起胸膛来做人，这一点我接受你的意见。但是那是说今后。过去的事已经是板上钉钉，我自己已经检讨了多少次了。不能翻案，不敢翻案也不想翻案；翻案是死路一条！"

"好吧，就说是现在不好对大学里的事再说些什么，可你自己起码不要自觉理亏，不要哆哆嗦嗦。早晚有这一天，真的成不了假的，假的也成不了真的。"

　　说完红云摇摇头。李门也摇摇头。他想起了一个不伦不类的成语:"饱汉不知饿汉饥。"没有尝过被重点帮助——也就是被人家革了自己的命的滋味的人,没有尝过一个筋斗从天上摔到地下的滋味的人,又如何能体会他的苦衷呢?

　　李门的书被红云救了下来,不仅如此,红云还从别人上缴的科学技术类图书中搜罗了一大包,说是"暂借"给了李门。外边"破四旧"呀抄家呀斗地主出身的干部教师呀批"三家村"呀成立红卫兵呀闹得天翻地覆,李门却在家读书用功。不久来了工作组,工作组一来就把李门揪出来了。工作组的嗓门很大,群众听了李门的材料且信且疑、少信多疑,也没有对李门怎么着。但是李门已经埋怨红云不迭,不该那么轻狂,没事儿人似的。

　　没有一个月,突然又传出来批判资产阶级反动路线的消息,说是工作组只整群众从而违背了运动的大方向,李门从此就没有人管了。别的被工作组揪出来的人纷纷宣布"自己解放了自己",头几天的"牛鬼蛇神",转眼间变成了"红卫兵",成了革命闯将革命的急先锋了,人们就是这样迫不及待地愿意去革人家的命而不愿意被人家革命,李门睹之而长太息。李门没有这么大胆子,他已经懂得被人家革命诚然不大好受,同时他也明白,世界上没有那么便宜的事——白白地去革人家的命而永远不被人家革命的好事不会永远属于你。革人之命者人恒革之,斗人者人恒斗之。准备革人之命者,必须有被人家革命的准备,没有此种准备最好不要轻易把自己的脑袋往革命先锋革命闯将的堆堆里扎。这样李门就继续蔫蔫地龟缩在房间里,侍候红云坐月子和读科学技术书籍。他没有成为革命群众造反组织的一员,没有什么派别也就不参加什么派别斗争。一直到一九六九年他都比较平安,他得意于自己的龟缩政策,认为平安是谨小慎微、夹起尾巴做人的结果。红云则认为平安的局面是早已预料到了的,他本来就没有什么"问题",所谓问题,实为吓出来的心病,胆子一壮也就会好了,至少也就挺过去了。

　　同样一件事,两个人利益相同心愿相同思想感情都一致却做出了完全不同的原因分析,汲取了截然不同的经验教训,真是令人叹息不已。

　　红云一九六六年九月生下了个肥头大耳的儿子,她喜欢异常,甚至在一九六七年九月为孩子的生日喝酒祝贺。按照当地的习惯,刚出生没有起"官名",只起了个小名叫"秃蛋"。满周岁这一天,红云当着众人宣布,她与孩子的爸爸给孩子正式命名为"坚强",李坚强就这样正式来到了他们当中。与红云在一起,与坚强在一起,李门几乎忘记了世上还有烦恼的事情。

　　但是随着进入一九七〇年,全面的清理阶级队伍的工作展开了。工人毛泽东思想宣传队进驻科室。他们看罢人事档案立即确定以李门为重点清理对象。他们不惜血本花了大量金钱,派遣好几名精悍人手去内地大城市外出调查。他们找到了当时已经担任G省科学院电子研究所"革命委员会"副主任的侯志谨与他的妻子——G省科学院革委会政工组干事冯满满。两个人都证明李门确是自幼思想有问题,竟然在光天化日之下,拿起玩具手枪,瞄准首长发泄他的反动阶级仇恨。侯志谨说他本质如此,铁案如山,不容怀疑,但是在大学期间他对自己的问题的认识尚好,最后还是接受了广大群众的批评帮助。鉴于他犯错误时年龄尚小,大学领导没有给他太严重的处理,而是宽大为怀,给了他很好的出路。

　　而冯满满的旁证材料是证明:一、李门确有幼时向首长举玩具手枪瞄准的行为,本人对此完全承认。二、一九五八年底"交心"补课时,K市大学曾经严肃地提出了这个问题,同学们对他进行了严肃的批评帮助,他本人也做出了严肃沉痛的检讨。三、综合看来,李门在大学期间,在政治态度方面、遵守纪律方面以及道德作风方面尚无大问题,本人一直还是愿意革命的,群众关系尚好。

　　工人宣传队对于李门的问题的看法很不一致,一种意见认为李门是阶级异己分子、潜在的反革命分子,理应在清理阶级队伍中重新查处,否则,连这样早有前科的问题人物都不闻不问,请问,这里的阶级斗争盖子还怎么能揭开?另一种意见认为说下大天来毕竟是李门小时候的事,是玩具,不是真枪,过去上大学时批判过,也就可以了,再提也没有什么意思了。于是工人宣传队队长找他谈话。红云认为应该干脆趁这次谈话的机会把事情搞清楚,而李门认为这个年月,多一事不如少一事,不求有好但求不要把事情搞得更糟,过去的事已经过去了,翻案是没有门儿的事情,接受也得接受,不接受也得接受,只有一条路:低头认罪,彻底改造,不打先倒,已经倒了也就不劳再打了。这样,李门在谈话中就只有唯唯诺诺了。

这样谈话以后,虽然没有加重对于李门的处理,但是李门的问题更是铁案如山,永无翻身之日了。

这些当然后来就都成了往事。一段时间,受过"迫害"呀什么的,还差不多成了佳话。由于李门的问题特殊,不是"右派",不是彭德怀的"右倾机会主义分子",不是"文化大革命"中的走资派,不是某一个集团某一次批判的产物,也就无法搭乘哪一辆大车改正平反恢复名誉。直到一九七九年年底,作为个案,李门才领到了一纸平反决定,就是说,他终于不算是企图暗杀首长的潜在反革命了。

然后是一了百了,一通百通,芝麻开花节节高。李门青云直上,成了被人羡慕被人嫉妒的人物了。甘为敬就愤愤不平地说过:"他那算是什么迫害?我才是真正受过迫害呢!"人们听了也只是一笑。反正他们"受迫害"的事已经成为过去,人们看到的是这几位受过什么什么的人风头正健,红里透紫。

到了一九八三年,上级人事部门派干部考察组前来 G 省科学院考察第三梯队干部问题,电子研究所的民意测验结果是李门深孚众望,大得人心,一时李门将任所长之传闻不胫而走,已经有人开始拜访起"李所长"来了。他们当中有要房子的,有要求解决夫妻两地分居问题的,有想晋升职称的,等等。心慌意乱的李门听到人们冒冒失失叫他所长,在连声否认并作屁滚尿流之状的同时,也觉得"某长"云云,并非多么不好听乃至于颇有几分好听了。所长处长,宁有种乎?他很自然地想起自己当年风华正茂的时候又是团委委员又是学生会主席又是三好五好来了。看来我的俗缘未断呀!他解嘲地一笑。可这又有什么意思呢?好容易在业务上有了点名堂,难道从此又是开不完的会议解不完的矛盾分不均的房子谈不完的话么?他当年那点动不动找人谈话的技术与爱好,用来驯化红云未必成功,而最后自己却被"以其人之道,还治其人之身"地制服了,难道现在又要重新派用场么?这一套,现在人们可完全不买账了,此一时也彼一时也!想到这里他又觉得三梯队所长云云对于自己徒然是一种干扰了。

红云却十分积极。要干,就是要干。与其让那些个王八蛋官迷们,让那些个不学无术的奴才们,让那些个蝇营狗苟的蛆虫们去掌握一个研究所的权力,不如你先去顶掉他几个坏人再说!受了一辈子窝囊气,也该出一口气了。至于业务问题,就干三年,三年以后,死活咱们也要下来!半生坎坷,红云说起话来有时候也粗拙蛮硬起来了。李门只有叹息。

他实际上仍然是高兴多于困惑。在谈这个话题的时候他与红云一下喝了两瓶青岛啤酒,就着半斤炸花生米。他嘴里说着不不不,可是笑声嘹亮,为二十余年所未有。他讲到了周围同事一些庸俗的说法,什么三十年河东,三十年河西啦,什么他李门印堂发亮啦,什么青云直上将来科学院是"你们"的啦等等。说是庸俗,但是对于这庸俗他的情绪并不是厌烦而是嘻嘻哈哈。一边说话他一边时时想起舞蹈里的一种叫做旋子的动作,人可以跳得高高的好似要离开地面,好似要飞翔腾起,好似有用不完的精力。他要跳一个旋子呢!只是在笑了一阵子,在更认真地考虑了一下之后,他计算起自己的年龄来。他想起了镜子中自己的额头纹来了。他为之心惊。他突然觉得自己是在随波逐流在陷入一笔糊涂账中:今非昔比,他已经不愿意做那种领导,不愿意开那些个没完没了的会,谈那些个没完没了的话了呀。

笑完了,说完了,喝完了啤酒也吃光了花生米以后,他出自肺腑地说:"没有什么意思呀!还是做点更实在的事吧。"

红云没有再兴奋,她默默地点了点头。

"人是很难免俗的。可俗,又是多没意思!出气也罢,争气也罢,时间又给我们留下了多少余地呢?"李门紧紧地抱住了红云,他的眼眶里,溢满着泪水。

这个时候出现了冯满满的请求。唉,又有什么不可以的呢?随便吧。各有各的命,人和人是多么不一样呀。

但是当李门应冯满满的要求,坚决把所长的职务让出来以后,关于他的"暗杀问题"又一下子传遍了全所。一个一贯与他比较亲近的并不年轻,但是是刚刚获得硕士学位的助理研究员为这事专门找了他:"是真的吗?他们说您小时候曾经企图暗杀首长,这是侯志谨说的,冯满满也说是真的呢,是真的么?"

李门没有回答。他反而更感觉到自己辞谢可能的所长的任命是做对了,他只是对着小个子助理研究员哈哈大笑,笑出了许多眼泪。

第十一章

听了冯满满再次向他提出要求,要他为戴维德状告侯志谨侵犯知识产权一事承担责任,李门一时心悸头昏,晕眩在满满客厅的旧沙发上。

冯家的旧沙发罩有一股小孩子尿的臊味,这气味使他觉得纳闷。恍惚中他好像听到满满的声音,说是"……硝酸甘油片……"他衰弱地呻吟道:"不要,不要,我没有心脏……"他要说的是没有心脏病,结果说出来的是没有心脏,那个"病"字实在是说不出来了。我已经没有心脏了,他想着,不知道是滑稽还是悲伤。但是听到了他的话语,满满放下了一点心,她叫来了安徽姑娘小保姆,叫拿一把湿毛巾和一杯凉开水来。过了片刻,李门好过一些了,气色也恢复过来一些,满满的眼里出现了泪花。她说:"你可把我吓坏了。"她说:"对不起,是我不好。这一辈子,我要求你也要求得太多了——好像比要求老侯还多。老侯是什么?他是我的丈夫,我们的一切都绑在了一起,他的成功就是我的成功,他的进项就是我的进项,他的亏损就是我的亏损,他的倒霉也就是我的倒霉。然而,他不是我的朋友。我从来没有要求过他什么。我只是帮助他,因为帮助他也就是帮助我自己。谁是我的朋友,谁能无私地帮助我呢?那就只有你了……这一辈子,我总算也还有了一个朋友。"说到这里,冯满满已经泪流满面了。

有什么办法呢?李门也感动了。她刚才还显得那么凶恶和不讲道理,只一会儿工夫又这样交情深厚了。这也是缘分,这也是命。反正他已经帮助过他们好几回了,她也没有少帮助自己。他默默地点头。

"我的父亲可能最快下个月中旬就到北京来了,他已经给我来了好几封信,还寄了一些东西来。"冯满满换了一个题目,她对李门的友谊是充满信心的,她不认为需要再就她向李门提出的要求多说什么。她说:"我父亲长期担任B国远东与南太平洋旅行社的总裁,现在他已经退休了。为了找到我,他费的劲可大了,你知道,我们到很晚才与B国建立外交关系,以他的历史背景,回来一趟也不是太容易的事。我为他的事费了不小的劲。你知道,我的干爹亲自出马邀请他回国访问。说是访问,也就是给他一个名义,咱们这边不需要花什么钱。我干爹说了,外办已经同意宴请他一次。我已经提出了名单,出席作陪的有你……我父亲并且计划在临告别的时候举行一次规模更大的答谢宴会,我拟的名单里也有你……"

"我不去。"李门立即拒绝。

冯满满却只管一路说下去:"四十多年了,人家都有爸爸,我没有,我只能恨他,骂他,糟践他……谁都知道我把我的爸爸骂得狗血喷头,恨得咬牙切齿……我那样地无中生有地污蔑他诽谤他,我对不起他老人家呀!我有罪呀!我说了那些话是该天打五雷轰的呀!简直不能想象,我们会是怎么样见面呀!"冯满满又是声泪俱下了。

"你说什么?过去你是污蔑?诽谤?你不是说你爸爸……"李门想起那可怕的暗示来了。照过去冯满满说的,她爸爸不是人,是衣冠禽兽,是老混蛋,是乱伦的罪犯呀。"难道……"他问不下去了。

"假的,全是假的。我的家庭出身这样不好,我的亲爹是在逃的叛国分子、现行反革命……我怎么办呢?我还怎么活下去?我还怎么上大学,入团,分配工作,嫁人?像你这样的贫农出身的党员、团员、三好生、学生干部,哪里知道我这种狗崽子的苦处?我们也要活,我们也要革命,我们也要拥护社会主义呀!你明白了吗?嗯?"

"那你的妈妈……"

"是她教给我这样说这样做的。她是小户人家出来的,在旧社会就吃了许多许多苦,吃了许多亏,她这也是逼出来的。世上,只有学不到的好没有学不到的坏,只有学不到的善,没有学不到的恶!没有几招,她能活到今天吗?她能有今天吗?我能有今天吗?"

李门瞠目结舌。在和红云讨论一些事情的时候,他常常觉得红云体会不了他的特殊的经历带来的种种考虑,饱汉不知饿汉饥,饱汉不知饿汉饥呀!他常常向红云这样叹息。他以为,他自己的遭遇就够离奇的了。离奇的事情所带来的离奇的心情,已经够不可思议的了。想不到表面上看来是那样能不够、那样吃菜吃心儿、锣鼓听音儿、针尖麦芒、占便宜没够、吃亏难受、给她小碗她不要、给她大碗她不害臊的咄咄逼人的冯满满竟然也有这等离奇的故事!当年他们邂逅,他们要好,他们同学了四年时光的时候,她还只是个二十岁刚过的大姑娘呀!她怎么可能用那样恶毒的言语来说自己的生身父亲!罪过呀,真是罪过呀!这叫什么事儿呀!而现在,她居然毫不费力地思念起她的阔别近半个世纪,被她用最脏的脏水泼了一个够的父亲来了!却原来,人是这么有本事,这么靠不住的吗?

也许人的最大的智慧最大的神秘就存在于他们的谎言之中?人是世上唯一会说谎话,会口是心非,会声东击西,会颠倒黑白的动物了。你说谎,我也说谎。皇帝骗百姓,百姓也就学会了骗皇帝。丈夫骗妻子,妻子也有时候骗丈夫。不会说谎的人也要学会说谎,然后人们不但骗别人也骗自己——不骗自己有时候是活不下去的呀!

就拿他李门来说吧,他就没有说过谎话吗?从一九五八年底,他为自己的"暗杀事件"做过多少书面的与口头的检讨呀!那里边到底有多少真实的货色呢?他不是在骗领导,骗群众,骗军宣队或者工宣队吗?他不是在骗自己吗?反过来说,那么多人为了"暗杀事件"而批评自己帮助自己分析自己教育自己,难道他们都是当真的吗?难道这里边就没有自欺欺人的因素吗?为了积极,为了从众,为了——或者仅仅是为了没话找话地发言,他们不是不惜将一个无辜的同志批成潜在的反革命吗？冯满满所做的,则只是在划清界限的大帽子底下,把她老爹痛骂一通罢了。在那个年月,这又有什么稀奇呢？

且慢。如果当年为了自己的利益冯满满不惜将自己的生父说成魔鬼禽兽,那么,如今谁又能保证她不会为了自己的利益把一个魔鬼禽兽说成亲爱的生身父亲呢？老天！如果她——而且不仅仅是她——生活在谎言编织的世界里,焉知她今天是不是又编织了新的谎言呢？

然而,然而,冯满满的表情和语言是丰富的动人的。李门无法不为冯满满的表情和语言感动,他这才渐渐发现了满满的被衰老与蛮横丑化了的面孔上的过去的生动与妩媚的影子。他曾经为她对自己的父亲的控诉与憎恨而感动,现在又为她对于自己的父亲的思念、深爱与忏悔而感动,过去和现在,他都不能不为冯满满的特殊的家世与遭遇而感动。在冯满满叙述她的父亲的事情的时候,她的目光忽明忽暗,她的眉毛忽扬忽蹙,她的声音忽然委婉,忽然碎裂,忽然抖颤,忽然凄迷。忽然,她激动得说不下去了,她的满腔愁怨噎在了喉咙里,李门几乎担心她会被噎得闭过气去。喜怒哀乐,阴晴圆缺,都在她曾经美丽过的面孔上呈现、闪耀、熄灭和重现着。他知道她做过演员,人生如戏,人生如表演,演得有声有色,悲悲喜喜,看的人也为之喝彩哟！演员,那真是人间尤物啊,而满满是用她的一生在整个人间演戏,她更是尤物中的尤物喽！满满,满满,你是怎么长成这样的呢？你为什么常常不爱护自己的形象呢？

"没有办法。"在从冯满满家回自己家的路上,选择了步行的李门自言自语。小小地犯了一次晕眩,李门觉得自己有一点衰弱。

冯满满真是变化多端。她好精彩呀。

李门想起,来到G市以后,在一次春节联欢茶话会上,李门看到了冯满满的干爹。听说那老人是G省的一位人物,在不同的岗位上担任过领导工作。他虽然一直没有做过一把手也没有做过二三把手,但是G省再没有人比得上他的资格。他的身上还有三粒子弹没有取出来。现在的省领导,都是他做副师长的时候的那个师的连长排长。有一位常务副省长,当年做他的通信员,有一次没有完成任务,自知这样回到他的身边弄不好会被他就地枪毙掉,就混到伤兵队伍里呆了几天几夜,直到打完了仗而且是胜仗才回到他的身边来。他们当然都十分尊重这位老同志了。

冯满满大学毕业分配工作以后不久就与干爹相识了。而在八十年代的茶话会上,在干爹身边,冯满满像一朵牡丹一样盛开怒放,干爹说起一些青年受错误思潮的影响而发表了一些谬论,干爹一生气就咳嗽起来,冯满满一面为干爹捶背,一面痛斥谬论,声音沉郁,满脸是泪,表达的阶级感情令全场为之流涕。茶话会正式开始,第一项议程就是请满满的干爹发言。干爹由于方才咳嗽太过,现在虽然不咳嗽了,声带仍然处于无法振动的紧张状态。干爹临时当众授权,让满满代他念发言稿,这当然不足为奇。满满发音大致标准,鼻腔与胸腔共鸣都很好,音质与声音的处理、表现力都很好,为干爹念稿,效果当不会逊色于省人民广播电台的广播员。问题是,干爹还当众哑着嗓子交代:"不要光念稿子,放开来,要发挥发挥。"这话通过大功率的扩音器传遍了会场。

冯满满面无难色,稿子读得是有板有眼,发挥得是入情入理,不但附和干爹的思想,而且符合干爹的风格:激昂慷慨,痛快淋漓,粗中有细,细中有粗,理论中有怒骂,怒骂中有原则,还有一些老人爱用的俚语谚语,倒装句、省略句、模糊句。最后全场是掌声如雷。作为旁观者,李门只能摇头叹息。当时也在场的简红云,对之十分不敬,说了一些极不好听的话。

为什么要这样讲呢?李门觉得无趣。我们活得不容易,满满也活得不轻松呀!当然不排除冯满满与干爹来往的功利目的,谁让她家庭出身那么不好呢!几十年过去了,幼稚的幻想已经差不多丢光了吧,请问谁又能绝对地免俗呢?不能免俗也罢,趋炎附势也罢,巴结上司或者要人也罢,这又妨碍了谁呢?利己是无需深责的,只要不害人也就行了。你不想想,光是"文革"以后,为了把我们还有甘为敬邹晓腾他们调到 G 市,她费了多少力气呀!没有干爹给她撑腰,行么?不要再说那些难听的话了,那未免太不厚道了啊!

这些话红云不但没有听进去,反而大怒起来。我不过是跟你说说我的一点感觉,我根本对冯满满干爹也罢亲娘也罢不感兴趣。我管得着人家吗?瞧我随便这几句话勾出来的你这一大套!怎么了,说也不能说,碰也不能碰了?随便说个一两个字就动了你的心尖子了!真是对不起呀!让您心疼啦!让您难受啦!我并没有损害冯满满一根毫毛,这里没有什么厚道不厚道的,倒是伤了你的心了,我对你是太不厚道了吧?

简红云说着,竟然哭了起来。

李门是何等闷气呀。几十年风风雨雨,红云是个很高尚、很有格调的人哪。这是怎么了,怎么不可以理喻了呢?

他有一种无话可说的感觉。他觉得很可怕。夫妻之间而又无话可说,在某些事情上无话可说,这是很沉重的。这远远比吵一次架更沉重。

而现在,现在这事情就更麻烦了。冯满满要他出来替侯志谨解围。要颠倒黑白,把他的科研成果说成侯志谨的,把侯志谨的冒名顶替,以李门的成果为自己脸上贴金说成几乎是他李门有意无意盗窃了他侯某人的成果而且违反保密纪律,透露给了外国人。这毕竟是太离谱了啊!

他又回忆起一九八七年五月他给侯志谨让路的情景。H 国皇家电子学会在海港城市 A 市举行年会邀请他参加。据说邀请是直接发给李门本人的。但是来自 H 国的信件是寄到研究所的,依例李门从来没有把自己家的地址留给过外国人。没有明确的规定,但是大多数人都是这样做的,李门也从来都是这样做的。研究所依例,不是把国外的来信交给收信人,尽管信封上收信人写得明明白白,是 Mr.

Li Men——李门先生。研究所的收发室依例把它与一切国外来信一起送到了院外事处。院外事处拆开了信,把信封与信笺钉在一起,信笺在上,信封在下,说明了此信已经完成了合法的拆阅与登记手续。他们将经过了必要手续的信件拿给了负责与H国所在的地区联络交流的科室。科室的科员先把信的大意译成中文,再由外事处处长把信交给电子研究所代所长侯志谨。这样,侯志谨与冯满满便比李门更早地掌握了李门被邀请参加H国电子学会年会的细节。

在把信交给李门本人以前,冯满满先托人给李门的儿子李坚强送了一套流行歌曲"盒带"。带子里录的都是近几年最受欢迎的港台歌星唱的歌曲,李坚强为之狂喜,因为这些歌都是李门与红云所不爱听的,因而也是不能指望他们会买给他的。冯阿姨比自己的父母更接近青年人,这是李坚强的印象。特别是其中不少的粤语歌曲,李门与简红云简直不明白为什么一个青年孩子会为几首听不懂歌词的歌而如醉如痴。

李门和简红云曾经试图把他们俩年轻时候喜欢唱的歌曲教给坚强,特别是其中的一些苏联歌曲:《喀秋莎》啦,《小路》啦,《军港之夜》啦,《山楂树》啦,《灯光》啦,《苏丽珂》啦,还有《莫斯科郊外的晚上》啦什么的。这些歌曾经使他们的青年时代充满了崇高而又浪漫的情调,这些歌鼓励了他们的一生,他们即使在最艰难的日子里也还相信着世界上那些美好的梦。他们远远还没有唱够这些歌儿,美梦就被中苏关系的恶化被据说是苏联与苏联共产党的变"修"给打断了。适应这种由爱苏联唱苏联到骂苏联批苏联的转变对他们这一代人来说并非易事,他们爱得太年轻太真诚太与一切美好的东西联系在一起,扯也扯不断分也分不开了。那时的苏联是他们这一代人自以为长大以后的第一个最美丽的梦。就像一个人书写的或者收到的第一封情书、第一首诗,或者他的第一个恋人、第一个职务……他们正在用最美好最诚挚的感情向往和歌唱这一切,而且这一切似乎刚刚开始,晴天一声霹雳,苏联已经是我们的敌人世界人民的敌人了……一敌人就敌人了近三十年啊！总算今天能够正常地再唱一唱那样美好的苏联歌曲了，他们怎么能不希望自己的儿子圆一圆他们仅仅是开了一个头没有能够做下去做完的苏联歌曲唤起的那些美梦呢？他们是多么希望儿子能够学会这些歌曲，一代又一代地把这样的美梦做下去呀！而港台流行歌曲，粤语歌曲，"爱上了一个不回家的人""我爱你我恨你我一点儿也不相信你我咬你我打你我骗你我再也不会相信你……"怎么能够与苏联歌曲相比呢？

他们失败了，他们一次又一次地失败了，梦已经中断，很难再继续下去了。梦断难为续，醒来已太迟。坚强宁愿不停地唱决不坚强的"我爱你我恨你我不再相信你"也不肯唱坚强的"有个年轻的战士，出发去打仗……"了。

坚强长得潇洒，鲜明的轮廓，灵活和富有神采的眼睛，尖尖的鼻子和富有表现力的嘴角，绷起嘴唇来就非常有力，笑起来就非常滑稽。他的个子比李门高得多，红云与李门常常为自己的孩子的良好发育而感谢社会主义的优越性。"毕竟是在社会主义社会长起来的孩子，再艰苦也比旧社会的人强多了。你瞧，现在的孩子身高普遍都超过父母，不服行吗？"他们说。当能够由衷地得出一个与党与《人民日报》的宣传一致的结论的时候，他们自己也分外踏实和愉快。

坚强喜欢他的冯阿姨，这使李门心事重重。许多事他都无法把真情告诉儿子，他不愿意自己的真情成为对孩子的"精神污染"，他也怀疑如果把他们年轻时候的事情原原本本地告诉给儿子，儿子是否相信，儿子会不会认为他们是在为自己的无能与背叛制造骇人听闻的离奇故事。儿子活得很高兴，而且常常拿出世界是我们的也是你们的，但是归根结底是我们的劲头。他丝毫也不佩服乃至也不是很关心父母的遭遇与情感。他公开地说，他喜欢冯阿姨的谈吐。"挺痛快，也挺解气的……"他说，"她才是敢想敢干呢！"他做出了这样的结论："你们也太老实了！现在都什么时候了，你们还是那老一套！"

一九八三年传出要任命李门做所长的消息的时候,最兴奋的就是坚强了。那一年他才十七岁呀!他听到父亲与母亲议论什么坚辞不受的时候,他都急了,他说了那么多理由,他们家需要分房子,他们急需安装电话……他们家需要——至少需要一个人的局级干部待遇,他历数了局级干部的待遇与处以下干部待遇之间的区别——坐车、飞机、看病、疗养、出差直到治丧……简直不知道坚强是从哪里学的这一套一套的。这使李门非常难过,甚至使他觉得非常隔膜,非常寂寞。坚强几乎是悲愤地说:"也让我有个能摆得出去的爸爸吧!我不知道是怎么回事,反正从小你们教给我的就是害怕,就是夹起尾巴做人,就是咱们不能够和人家比……人家有电话,咱们家没有;人家爸爸坐吉普要不就是伏尔加,我爸爸骑一辆扔到街上贼都不偷的破自行车;人家的爸爸给孩子挑学校挑班主任,我爸爸只知道教给我学雷锋……"

"可恶!"李门没有说什么,红云听不下去了,她差点给坚强一个耳光。

幸亏,李门在没有担任所长并且引起了一些议论之后不久,被吸收为院学术委员会委员,不久又担任了省人民代表大会教科文委员会的成员,李坚强的脸色才渐渐恢复了正常。

这以后,更使李门感到忧虑的是李坚强与冯小红的来往。一天晚上,坚强回来得很晚,说是在冯满满家里与小红一起看录像——一部得过什么奖的好莱坞电影。坚强承认,小红用啤酒与炸羊肉串招待了他。这种事态的发展竟然使李门觉得如五雷轰顶一般——虽然他无法说明究竟这里边有什么不妥乃至危险。他与红云多次说起过这事,他们理论上都主张不应该干预年轻人的社交活动,他们从理论上都很厌恶种种陈腐的旧观念,他们不愿意以成年人的阅历、疑惑、计算和警惕去破坏青年人的单纯的快乐与光明;然而他们仍然是面面相觑,莫知所措,愁眉苦脸。

又过了一些时间,他们发现李坚强不再与冯小红有什么来往了,同时儿子的脸色阴沉得可怕。他们给儿子做他爱吃的芝麻酱饼和鱼香肉丝,鱼香肉丝他们是按照"文革"后期他们在 Y 市买到的一本《大众食堂菜谱》的有关规定下料和加工的。他们在吃饭的时候试探地询问儿子:"没有什么不舒服吧?晚上睡觉可好?要不要吃点酵母片?省队和军区队的篮球比赛你看了吗?……"父母最放心的就是子女热衷体育了,喜欢体育比热衷文艺或者政治或者吃喝玩乐都要健康得多,安全得多。本来,坚强是学校篮球队的前锋,遇到像省队与军区队比赛这样的赛事他是不会不关注、观看和评头论足的。但这次他居然毫无反应,就像不知道有这么一场比赛一般。他们关切地绕了许多圈子,最后李坚强从牙缝里吐露了几个含含混混的、却是令他们魂飞天外的字,他似乎是说:"我会教训甘为敬的……"

几天之后,传出了甘为敬在住家附近被三个不知身份的人殴打的消息。那是一个周末的夜晚,甘为敬不知怎么回事混到了一个中外合资企业举行的招待会里,他与中间人讲好了价钱,他为企业的中方经理写一篇报告文学,企业送给他一台日本元件、深圳组装的音响设备,另外还请他给企业题词,七八个毛笔字,以劳务费的名义付给他人民币四百九十元。他为此与企业的公关小姐碰杯十五次,他以为他是可以把说话港台"国语"腔的小姐灌一个酩酊大醉的,他想看一看纹了黑眉毛,涂了口红,洒了巴黎香水,穿着超短裙与棕褐色丝袜子的公关小姐醉后失态的样子,那有个看头。再说,不花钱的茅台,再不放开量喝,只怕是天诛地灭的罪过。谁想得到,连干十二盅以后,小姐娇态可掬而微笑依然,而他已经东摇西晃,满嘴白沫,高一声低一声,说话已经连不成句子了。

这样,他是怎么挨的打他自己也说不清楚。反正他被打得鼻青脸肿,牙齿脱落了三枚——当然是满嘴的血腥。他的"金利来"衬衫的扣子全掉了,他的脖子与胸口被衬衫勒得尽是血道子,显然暴徒想把他的衬衫扯烂,如果不是想用衬衫把他勒死的话。"金利来"不愧是香港名牌,经受了这么严重的考验,血污泥污酒污掉纽扣完全不成样子,但是仍然不撕不破不皱不变形不缩水不起毛刺。他的阴囊被一名暴徒踢了一脚,阴囊肿得像吹起来的口香糖泡泡,这使他痛不欲生。他去看外科,外科医生是一位女性,这使他颇觉有趣。他脱下裤子给人家看肿起的部位,人家看病,他却盯住了人家的脸,而且直截了当地问人家:"这个伤会不会有什么后遗症?不会影响我的好事吧?"看完病他到处见人就讲他的"看病记"与"提问题记",满心以为自己又风流潇洒地从女医生那里捞了一把。

  这个事件惊动了全市全省,他自己则说是使举国举世震惊莫名。他给省委主要领导同志写了一封信,自称自己是世界名人,是上过剑桥与哥伦比亚的"名人录",为此新华社分社是发过通稿的——他在给领导同志的信中附上了这一节共一百二十字的消息的复印件。他没有说为了上这个"名人录"他寄去了一百多元美金,而且是在文联报销了的。他说,他是一位新时期的代表人物,许多外国政治家文学家国际关系专家国际金融贸易经济专家中国问题专家已经正在或潜在的投资者旅游者是会通过他的遭遇看待中国的改革开放形势,判断中国是不是稳定,判定中国的改革派保守派的消长、鸽派与鹰派的较量,乃至判定在中国的除虫药"两片"、婴儿用"尿不湿"、妇女用"丹碧丝"推销是不是有前途的。因此,他的被暴徒袭击就不是一个偶然的事件,不是一个简单的刑事案件,而是一个具有国际意义的政治事件,是八十年代最引人注目的事件之一。为此他要求:一、立案侦查,以反革命罪从重从快打击犯罪分子。二、为了他的安全,迅速给他调整房子,要调整到能使他的人身与居住安全更有保障,档次也与他的地位、影响更相称的房子里去。三、解决他的用车问题,这个问题他早已向有关领导提出,只是官僚主义迟迟拖延不决,才造成了严重的后果。试问如果此次他是坐奔驰或日产牌汽车回的家,哪至于被暴徒殴打?哪至于给我国的改革开放事业带来这么负面的影响?要知道,他的身体并不仅仅属于他自己,而是属于改革开放事业的。四、给他解决医疗问题……五、必须从新明确他的级别与待遇……六、下次换届,他应该担任地区文联主席、省政协委员,以正视听。等等。

甘为敬的态度十分严肃,方方面面也确实对他的挨打事件非常重视。他的分析与各项要求则令人略觉滑稽,人们议论纷纷,哭笑不得。这种情绪甘为敬觉察到了,他就更加严肃认真地绑着绷带板着脸见人就谈自己的意见要求。他愈板着面孔人家就愈想笑,人们愈想笑便愈不敢笑,愈不敢笑就愈熬忍不住,愈熬不住就愈呈现出一种似笑未笑的奇妙的样子,而甘为敬也就愈发严肃起来。最后他干脆把自己的意见书拿到一家销路很不错的刊物上发表了出来,有一家文摘报还转载了他的意见书。读的人个个忍俊不禁,不知道这算是哪一种幽默,见到他谁也不敢说什么不敬的话,但是他前边一走后边的人就边笑边摇头。正如邹晓腾说的:"这叫杀猪捅屁股,各有各的门道。"

至于侦查立案的事,此事发生后没几天先是冯小红被公安局传讯,紧接着李坚强被拘留了。党委书记陈一贤为这事找了李门一次,让李门做李坚强的"工作",动员坚强"坦白从宽"。这件事给李门和简红云的刺激很大,他们完全不知道怎么办好了。是冯满满主动找了李门,告诉他她所了解到的情况:没有任何证据可以判断这两个孩子与甘为敬的被打有关系。她说事情包在了她的身上。她不但通过她的干爹把李坚强保了出来,而且,最惊人的是,她找了甘为敬本人,由甘为敬本人出面说明若干隐情,力陈他的挨打与这两个青年毫无关系。甘为敬向公安局讲了他身陷桃色纠纷的一些最新情况,他并且指天划地地说明,所谓桃色纠纷其实都是他自己的言谈笑语,百分之九十五都是空口白牙,纸上谈兵,并无真正事件,他其实是掌握火候,最多最多只发展到"纯洁的吻"的程度。再说,他也有令人纯洁高尚的男性疾病。

这么一来公安局也觉得甘为敬讨厌起来,公安部门甚至有人建议对甘为敬的违法乱纪问题由公安部门与纪检部门合作进行查处。

但省文联与省统战部坚持认为甘为敬也还算他们这里的一个不大不小的人物，当前从大局出发，对于这样的人物还是要保的。再说如果公安局在甘的挨打事件尚未破案以前反而审理起挨打的人来，传出去恐怕不符合严厉打击刑事犯罪分子的精神，还会影响人们对省内知识分子政策落实状况的观感。省有关部门一再告诫，要从大局出发，从政治影响出发处理好这件事情。

这样，过了几个月，在破获了一个盗窃集团以后，审讯中，说是这个集团的成员已经供认打甘为敬也是他们干的，原因是甘为敬一次在一个常常有盗窃分子出没的饭馆吃酒，与他们的一个姐们儿说话放肆，动手动脚。为此，他们决定给他一个"小小的教育"。

如此这般，甘为敬挨打事件结案。众说纷纭，说什么的都有。只有甘为敬本人，津津乐道，他给省委领导的信写得如何强硬，省委如何重视，他的事情如何震动了全国全省全市，据他自己说，他还收到了一位美国学者的来信，来信说他们准备捐赠给他八十万美元作为对他的慰问，并邀请他到佛罗里达州居住一个时期。甘为敬说，考虑到祖国的尊严，也考虑到他自己的人格，为了防止中国人上西洋人夺我之权夺我之心的圈套，他毅然谢绝了美国友人的好意。这件事传得很远，晚报上还含含糊糊地登出了这方面的报道，强调甘为敬有一颗纯洁的中国心。只是报道把八十万元的数字模糊化了，以示对读者负责。

一些人问近年常出国的李门，是否还是把八十万美元收下更好，收下来可以用到有利于祖国现代化的事情上；也就是说，收到糖衣炮弹以后，是否以留下糖衣抛回炮弹更聪明更实惠。李门只有摇头苦笑，说是据他的了解这样的事是不可能的。回到家他对红云说："中国人也太好骗了，只要一打出外国的旗号，全都张口结舌没了脾气！去年，光是为甘为敬与邹晓腾的姓名收到什么'剑桥名人录'里，新华社就发了通稿。其实那种'名人录'与剑桥大学根本毫无关系，剑桥是个地名，英国与美国有无数个剑桥！那位编辑凑巧住在剑桥，就出了这么个主意,录谁的名字向谁收钱,真是生财有道!到了中国,可是不知道这有多大的体面,钱能由公家报销,笑死人!甘为敬也是利用了这一点,谁让中国过去太封闭了呢?愈封闭就愈上当,愈排外就愈崇洋!甘为敬一吹什么八十万美元,还立即身价百倍了!听说当真要给他分配什么'高知楼'呢。有一点常识的人就会知道,像甘为敬这样的到了国外,如果不去给人家打工,他根本活不了!八十万美元?八十美元,八美元,八十美分也不会有人白白给他!唉!"

"可你也太清高了。"红云说。"你出国这么多次,就不能给强强办个奖学金呀什么的?我还没说人家出一次国带回来多少'大件'呢!"

"谁也别说谁了。上次去日本,朋友送给我一个'傻瓜相机',还不是你催着我赶快上缴!"说着说着两个人一起笑了起来。看来,谈这个话题,抱怨归抱怨,一边抱怨,一边还是挺欢喜的,他们其实仍然是为自己的处世原则而感到平安和熨帖。

至于李坚强到底是不是与甘为敬挨打的事有关系,他们几经努力从儿子口里也问不出来。李坚强矢口不谈这个事,父母问起来,他是一声也不吭。

再没完没了地追问,坚强就说:"该打!既然该打,还有什么可问的?"

李门说:"你不要满不在乎好不好?这次若不是你冯阿姨,闹不好你现在还在里头拘着呢!"

坚强说:"这就是人家的本事了。你们呢?真有什么事,你们保护得了自己的儿子吗?"

李门与红云气得要死。

通过这件事他们也觉得与冯满满的关系又进了一步。好也罢赖也罢,哪怕冯满满的性格是他们所不喜欢的无法忍受的也罢,他们的生活里有冯满满,冯满满已经进入了他们的生活,许多事他们得靠满满。这样的事实是谁也不能回避的。

"我愿意多想别人的好处。这一辈子,有许多人也许对我并不是很好。但是我宁可说是他或者她对我们好,你说这是为什么呢?这也是性格吗?《三国演义》里的曹操说过:'宁教我负天下人,休教天下人负我。'我呢,我想的是,把天下人老是想得那样不堪,自己能好过得了吗?我的原则是'宁教天下人负我,我也不能负一个人。'不要以为有那么多人想坑害你,你想想,如果人家没有那么坏,可是你怕吃亏,故意把人家想得很坏,你把别人想坏了就对人家坏;你对人家坏了,人家原来是对你好的,也会因为你对人家不好而对你不好起来。这样恶性循环下去,世界上不就是你对我坏,我自然也要对你更坏,坏上加坏,愈来愈没有好人了吗?"

红云喟然叹息。她说:"世上的人要都这样想就好了。可惜,我们这个世界上,时兴的还是以眼还眼,以牙还牙,叫做以其人之道还治其人之身呀!而你,我又觉得还是太书生气了啊。"

……这样和那样的事情发生了,一条无形的绳索似乎把李门与冯满满绑得更紧了。对冯满满,许多事李门都看不惯,冯满满向他提出来的那些个要求,都令他反感万分,但是最终他又都上了冯满满的套,听了满满的话,就像孙猴子的筋斗翻不出如来佛的手心一样,他不论有多少不惯与不满,最后还是得听满满的。这是怎么回事啊?

在送给坚强一套流行歌曲盒带以后,传来了冯满满因病住院的消息。冯满满托人给李门带了一个条子,歪歪斜斜地写道:

"我的情况不妙。心门漏血,胃下垂还有尿道感染。也许早早地到了日子坎儿啦!想起老朋友们,我也该走了,我欠的账也太多了,我还不清你们,我对不起你们。不与你在一起,我也知道你会怎么样恨我。别怨我了,一得了重病我头一个想到的就是你。"

这个字条只使李门觉得火烧火燎。他含着泪读了一遍又一遍。冯满满的书法的拙劣甚至也使他感动:一个那么聪明的人,却没有什么像样的文化素养。她的聪明都用到了什么地方了呢?她挖空了心思,其实只是为了能够活得稍微好一点。她活得多么吃力呀!她哪里有时间去练习一笔漂亮的字!

　　他立即去买了一篮鲜果、两听洋参麦乳精到医院去看望冯满满。满满在洁白的被单覆盖下仰卧着,见到李门,她一面呻吟一面微笑,她的曾经是光彩照人的、如今愈来愈丑陋的面孔也使李门感慨万端。人生是多么艰难!青春是多么易逝!友情是多么脆弱!命运又是多么难测!我要留一点善心,不是为了别人,是为了自己!

　　冯满满咕咕叽叽地说了一些身体不好心情不好的话,话集中在侯志谨身上。"不争气呀!他是太不争气呀!最要命的是,他到现在老是觉得他最正确呀!都对他有意见呀。他业务上不行啊。这又跟谁讲理去呢?大学才上了一年多就把他抽出来了呀,党的需要嘛。现在,抽不冷子又讲起什么专业化来了。早知道现在讲专业化,当年死活也不能同意影响学业呀!这不是,各有各的难处呀!你那年受了冲击,其实是救了你呀!其实你是舒服得很呀!你哪里知道我和老侯有多么羡慕你!你敢情成了专家啦!谁不知道你李门呀!你现在是芝麻开花节节高,吉人自然多吉兆!老侯呢,也真是不中用啊,要干啥就干啥,最后是一无所成,'文革'当中成了走资派,'文革'完了又成了'说清楚对象'呀!要不是我干爹帮忙,还不知道会让哪个死不了的给定成'三种人'呀!人家说党的光辉像太阳,照到哪儿哪儿亮,党的政策像月亮,初一十五不一样噢!你说老侯这一辈子算是干出了个什么?那天陪着他去给手表擦油泥,我就说了,你这一辈子哪怕是学修表呢!我们不敢和李门比,人家现在是大红人了,你再没出息,就学个修表,学上三十年,也学成了八级工了哟!唉唉,唉,唉,我这一辈子的苦心都白费了。我的命好苦呀!我是个要强的人啊!可是老侯他不争气呀!我真后悔呀,我怎么把终身许给了这么一个笨蛋!李门,你是不会知道我的心的了!"她抽泣了起来。

　　李门立即也落了泪。这并不容易,一个五十多岁的女人,会与一个目前已经非亲非故的男子相对饮泣。人生能有几次哭?成人以后,你能向何人挥泪而泣?这里边难道就没有什么值得珍重的东西了么?

都是挺难的呀。就凭这一点共识,也该哭一哭了。

却又觉得尴尬。他隐隐约约地感觉到冯满满的情绪与最近的评职称有关系。学术委员会已经投过票了,侯志谨的高级职称问题是第二次提出来了,仍然没有获得应有的票数。有什么办法呢,他业务上就是不行嘛,我也不能给侯志谨的晋升研究员投赞成票呀!学术委员会投票以前,冯满满曾经给李门打电话,要他"拉老侯一把",给侯志谨评上高级职称。这使李门十分反感,他确实也完全不明白如何去"拉一把"。当然,他没有采取什么行动。这么一想,他就觉得很对不起冯满满了,似乎这次侯志谨没有当成研究员,是应该由他李门负责的。也许侯志谨真的是因为听党的话才吃了亏?他迷惑了。

李门欲安慰无从安慰,欲抱歉无法抱歉,再一想到自己这些年发表了那么多科学论文、出了那么多次国、又是高级职称、又是人民代表、又差一点被搞成第三梯队……便觉得越发对不起满满了。

就在他诚惶诚恐的时刻,冯满满提出了一个方案:李门把此次去H国开会的机会让给侯志谨,李门把自己的论文"借"给侯志谨,"让侯志谨也沾一次朋友的光吧,说什么来着?一个人富不算富,带动一片才是社会主义的万元户。你已经是电脑专家了,有没有这一篇论文事情并没有两样。这一篇论文对你至多是锦上添花,吃饱了再加一道甜品,而对老侯呢,那就是雪里送炭,是饥民口边上的救济粮喽!"

"李子,你能答应我一次吗,不看别的,就看在双塔园的面子上。我真想把我的一切献给你,我喜欢你百倍胜过那个没有出息的行子呀!"

第 十 二 章

　　一九八七年十一月,甘为敬正由于太太的出走而狼狈苦恼。他是在一九八一年才经冯满满介绍与专区文工团的一位已经上不了台的舞蹈演员结婚的。他很满意于妻子的线条,他很遗憾于妻子与他的不能默契。"你到底爱她们还是爱我?"瞧她提的这种低层次问题!只有愚昧的中国妇人才会提出这样愚蠢而且不招人待见的问题,只有彻头彻尾的白痴才会以这种质问的方式去挽回、去争取和保持丈夫对自己的爱。人为什么要自己整自己呢?我在外边搞点名堂,你管那么多干什么?既没有要和你分手,也没有不把月薪与稿费交给你,你还要我对你怎么个忠实法?歌德、拜伦、普希金、海明威……他们一辈子恋过多少次爱,中国人听到了会不会吓死?与他们相比,中国的男作家艺术家,肯定都是骟净了卵子的。人生不过几十年,我就不能过几天快活的日子?我的前半生苦成了什么样子!我的烈火熊熊的青年时代是在劳改与劳改农场就业当中度过的。我是五十二岁才开始过二十五岁的生活呀!我就不能把过去的损失通过今天的努力把它夺回来?他想到这里,甚至流下了悲哀的泪水。
　　而当下,最重要的是吃饭。他不敢考虑吃饭的事,因为吃了饭他到哪里去呢?妻子在家的时候,他一心与别的女人花里胡哨,追求数量,有"交"无类。妻子带上五岁的孩子才走了两天,他便知道野花再香也靠不住,更成不了居家过日子的主心骨。里里外外三室一厅,连个人气都没有……他魂不守舍,慌慌惶惶然如丧家之犬。比如说他现在给自己搞什么饭吃？买什么菜？谁来洗菜？炒什么菜？炒得好怎么样？炒得不好怎么样？吃撑死怎么样？不吃这一顿怎么样？没有老婆硬是一切都失去了意义。这是迫害呀！中国的蠢女人，除了败坏丈夫的情绪消磨丈夫的才气摧毁丈夫的灵感釜底抽薪使丈夫变成与她们一样的傻×以外，她们究竟还能做出什么来呢？与其要老婆，还不如要一个保姆再加一个妓女呢……呵，他总算明白了，在中国只有两类妇女才是对社会有意义的，一个是妓女，一个是保姆……真是警句呀！他一定要把这样的警句写到新作里去，他的新作一定会火火的呀！

　　回想自己的婚姻，像他这样的名门子弟，少年时代就去过柏林和莫斯科的幸运儿，情场能人，浊世之翩翩佳公子，到处拈花惹草吃豆腐、高屋建瓴、势如破竹、攻无不胜、战无不克的福将——居然到头来需要旁人介绍老婆！而且是一个结过一次婚的妇人！只因为她曾经是省文工团的舞蹈演员，她有一副特别好的身材，那种挺拔，那种曲线，那种一行一止的姿态，那种服装模特儿似的扭动与摇摆……天！是再也找不出第二份来了。虽说是满满介绍，他也是一见倾心！现在，却被他气跑了。

　　他"吃豆腐"的那些女子呢，有的他实际上是看不上的。搂搂摸摸、偷鸡摸狗，作为"战绩"写她一笔或者作为吹牛乃至写作的素材加以积累利用则可，真的结为秦晋，那他其实是受用不了的。有一两个他是看中了，可人家并不想真的嫁给他——特别是在领教了他的虎头蛇尾、色厉内荏、银样蜡枪头功力之后。

　　功力虽然不逮，自我感觉却一直良好。他现在小有名气，他穿着的都是香港乃至外国名牌，他一边诉苦一边大讲马列主义，八面玲珑，女人更爱。他到处都是胜利的记录，他的豆腐吃得其乐无穷，占便宜没够……

　　但是今天，在与老婆打得一塌糊涂，从而受到了老婆的出走制裁以后，反思自己的婚姻爱情吃豆腐历史，他才明白，与其说是他到处吃女人的豆腐,不如说是到处都有女人吃他的豆腐。他一直以为在这种风流韵事当中,他是占便宜的一方,一直以为自己搂上了异性就算是捞上了油水。后来才明白,人家也在玩他,在捞他的油水。聪明反被聪明误,他五十多岁的人了,刚刚睁开了半个眼睛……女人,我恨你!好!好!好!如果以此为下一部中篇小说的题目,一定能造成轰动!可是……

电话铃响了,响得很急很吵。他明白,是由于太太不在家,家里显得冷清,电话铃声才如此刺激起来。

天可怜见!他希望、他祈祷这电话是太太来的。他估计也差不多。于是他拿起电话,用鼻音很重的哭音叫了一声:"喂!"那种痛苦、自责、压抑的音响效果,差点让他自己先感动得哭泣。

"是甘作家吧?"女音,带点目前时兴的新加坡华语味道,柔软而又过分清晰。略略有一点嘶哑,又似乎略略有一点讽刺,是最最性感的那种语音,是在某种最最微妙的情况下才会发出来的声音。谁的声音呢?很熟悉。但是他怎么也想不起是谁来了。

"您是哪一位?"

"你连我的声音都听不出来了吗?"

一阵热流流遍了甘为敬的全身。他几乎是哭出来的:"小红,小红,我们这么久没见过面了!光阴过得真快……"他泣不成声,他黏黏糊糊地解释道:"不是我,不是我忘记了你,你妈妈让我答应的条件,永远不可以再与你联系,不许见面,不许打电话……五年多了,一千七百多个日夜,我每时每刻都在想着你,我想你想得好苦……"

对方轻轻地笑了起来。

这笑声使甘为敬意识到自己的反应有点过分,作为一个比小红大三十岁的男子,他本来应该更镇静一些的。

…………

甘为敬沉默着。忽然,他恍恍惚惚听到一声粗厉的吆喝:"你们倒是说话呀……"他吓了一跳。莫非是有人监听?

"小红,我看这个电话不大好……"他不知所云地说。

"不怕,我们讲我们的。"小红几乎可以说是满不在乎。

"你现在……毕业了吧?"

"我早工作了。我现在在《男男女女》杂志当编辑。你读过我们的杂志吧?"

"噢。读过。你们的杂志很现代么,很开放么。你们的主编早就向我约稿了,我太忙了呀,嘿嘿,他怎么不早一点告诉我你在他的编辑部,如果他提到这一点,我不是早就给你们稿子了吗……"提到《男男女女》以后,甘为敬的自我感觉立即好了一些。

"好哇,好哇。我就是为了我们的杂志的一篇文章的事,要去看看你呀。"

甘为敬一听,简直要心花怒放了。他知道,现在的一些报刊,有时候为了约到名家的稿子,常常要派遣年轻貌美的女编辑出马,发挥弗洛伊德效应。正在他孤家寡人、百无聊赖之际,老相好、小姑娘冯小红找到门上来了,而且是有求于他……他大笑了起来,声气大变:"小红,我到现在连晚饭还没有吃呢?你们这个也来约稿,那个也来约稿,先请一顿饭嘛。你们的刊物赚钱可赚老啦!别那么抠门好不好?你看人家《快乐风》月刊,一见面什么都不说先请众位作者去吃九龙大饭店!这给人什么观感!"

"好吧,吃饭就吃饭。'九龙'可不行。我一个月的交际费才只有一方……大作家,你就不能请我一回么?"

"当然当然,岂止是吃一顿饭呀,为了你我甘愿去赴汤蹈火……"

"得了得了,您请我去'王子'吧,王子比'南方'还便宜一些。一个小时以后,我们在'王子'潮州餐馆见!"

"不,不,不,我现在有点特殊情况,你知道,后院起火,我太太正在对我进行经济封锁与经济制裁……我下一次……"

"瞧把你给吓的。你来'王子'吧,你交不够的,我给你交齐!"

……士别三日,刮目相看。女别三小时,就可以给你一个惊喜!给个惊喜给个惊喜,这种不中不西的屁话居然也流行到文章里头来了……可是今天冯小红真的是给了我大大的惊喜了,她是多么现代、多么自信、多么老练呀!

　　甘为敬评论旁人的时候,最常说的词就是谁现代还是不现代了。一个女人,能够风风骚骚,媚媚娇娇,而又能够做到召之即来,驱之便去,而且与男人在一起没有那种事事依赖男人的旧意识,例如与男人一起去了餐馆去了娱乐场所,决不处处要男的付账,而是自己抢先把钱包掏出来——这样的女子是何等的现代呀!而一想起我国同胞中的那种既不让摸也不让搓,搞上一回就跟你纠缠一辈子,喝一杯矿泉水也等着你掏人民币的女子,是何等的令人痛心疾首!我们伟大的祖国竟有这样多的不现代也不开化的女子,什么时候才能进入现代化的天堂?能不愤乎?能不慎乎?吾一日三省吾身,三省的节目都是自问:碰到了这种扫帚星似的非现代的女子了没有?遇到这种女子,抱有幻想乎、未能退避三舍乎?汲取教训,下次能够保证不与她们相遇乎?

　　看来,小红还是可爱的与现代的了。老男少女,据说现在就是时兴这样的搭配呀!女人是愈小愈开胃,男人是愈老愈增税呀!

　　于是甘为敬转忧为喜,开始了兴致勃勃的穿衣打扮。他穿上了一件在北京秀水东街买的说是意大利造的杏黄色皮夹克,又换上一件在上海买的牛仔裤,往头发里洒了一些男人用香水,又披上了一件旧风衣。风衣大襟上有几块油污——他也不知道吃东西怎么会吃到风衣上去的。但是他想来想去,还是穿风衣潇洒,而他没有第二件风衣……气死人,像他这样的一位有成就有影响的人物,连一件现成的干净的风衣都没有人给他预备好,着实可叹也!好在天黑以后,即使再脏估计问题也不会太大。他还是穿上了风衣,衣扣也不系,似为自己已有的风度而自得,为自己尚没有获得的服务而一肚子不合时宜。

　　他们在王子饭店吃了潮州菜。冯小红的打扮让甘为敬如痴如醉。冯小红戴一顶绯红色圆软帽,涂口红,穿斜披式针织品上衣,紧身式毛料百褶裙,特别是她的一双红而俏的软羊皮高勒皮鞋,十分抢眼。她的头发呈棕栗色,波浪大花,这使甘为敬大惊,他实在想不起来原来小红的头发是什么颜色来的了。她天生长成了这种欧罗巴色调的头发了么?要不,她染了头发?五年不见,真是出挑成了一朵春光满溢的玫瑰了。甘为敬尤其注意的是她的眼睛,想五年以前,那眼光十分羞涩,眼帘总是低垂着,当他吻她的时候,她的睫毛抖得是多么厉害呀!而现在,她大睁着眼睛,不停地打量着他,打量得他反而不好意思起来……在他说话的时候,小红的眼光专注、深沉、有点令人莫测;而当小红说话的时候,她的眼睛是多么流动闪烁、表情丰富呀!她说起话来清楚利落,不愧是冯满满的闺女呀!而她的眼睛,似乎表达的是更丰富有趣的意思。甘为敬一见这位"女编辑"就乐得遍体酥麻了。他说:

"上帝对我是太仁慈了。你知道,小红,今天,我本来是不太愉快的——为什么不愉快我就不说了,太太出走了好几天了,我家里连一个雌性的蚊子都没有了,这真是惩罚呀!谁让我这么幸福呢?谁让我这么走运呢?"

"是么?"冯小红把鼻子微微蹙了一下,鼻尖上显出了一点皱纹,那个小鼻子真让甘为敬昏厥。而她的"是——么——"的新加坡电视剧味儿,更是令人融化成果酱糖稀……甘为敬的心狂跳如乱槌击鼓。

"你这样年轻这样美丽,你应该只知道那些光明的美好的东西,你应该尽情地享受青春和爱情。你像一只小鸟,天空是属于你的,你像盛开的鲜花,你有权利获得一切的阳光雨露……"

小红一笑,抬起眼睛去看天花板,冷冷地评论说:"太俗了。"

甘为敬连忙又说:"与你的见面是上天赐给我的幸福……"

"这就是作家么?说起话来总是那么夸张而又落套。五年以前,我大概是很爱听这样的话的,是不是?那时候人说什么我信什么,我很傻,是不是?"

"不,我没有说别的,我只是说你太美丽了,你和你妈妈一样美丽,而且,请她原谅我,我要说的是,你比你妈妈更美丽。"

"嗯,"小红拉长了声音回答:"是这样。那就谢谢您啦。"

"古人说,'秀色可餐',你的美丽……"

"这么说,是你要'餐'我啦!我算哪一道菜呢,卤水豆腐?生猛海鲜?烤乳猪还是炸蝎子?"

甘为敬听了反而更加畅快起来,"你这一道菜当然不是凡菜,那是仙肴,那是神之梦,那是最新式最豪华的人生体验,那是幸福的终极关注……"

冯小红嫣然一笑,她说:"那就比澳大利亚龙虾是更昂贵啦!"

甘为敬魂飞天外。

"唉呀呀,你这么漂亮的小姐来组稿,让人真是心花怒放!现在的刊物就是精明多了,组稿,至少,你得让作家愉快嘛!我真心相信,女孩儿,这是男人文学灵感的源泉!女人就是天使、安琪儿、维纳斯!女人是噢嗦啰蜜哟——就是我的太阳!没有女人,哪里还有文学以及艺术!"

"你怎么知道我来组稿?我说我要组稿了么?"

"哈哈。你这可真是欲擒故纵,声东击西了呀!你说了稿子呀,你以为我忘记了吗?你说了稿子我才说让你请客的呀。我不会忘记的,小红!"

小红没有说话,甘为敬觉得是自己的口才已经让小女子倾倒了,便乘胜前进,朗诵了西洋古典爱情诗歌。

> 我的眼睛和心在拼命打仗,
> 争夺着怎样把你的容貌分享。
> …………
> 眼睛享有你外表的仪态,
> 我的心呢,占有你内心的爱。

这是莎士比亚的十四行诗里的几句。还有普希金。

  请以薄纱的透明的波浪，
  遮上她那颤动的胸脯，
  好让她叹息，
  她不愿将心事透露……

"你这都是作家出版社刚刚出的那本《外国诗歌名篇选读》上收的，我也能背诵许多首呢。"冯小红笑着说。

甘为敬脸红了。

"我去看望邹晓腾的时候，他给我背诵的是《唐诗三百首》上的诗。"女编辑补充说，"什么'身无彩凤双飞翼，心有灵犀一点通'啦，什么'红豆生南国，春来发几枝'啦，都是老掉了牙的，太没有新鲜的货色啦……你们可真是难兄难弟。"

甘为敬的脸更红了。把他与土包子邹晓腾相提并论，实属他的奇耻大辱……于是他赶紧转移话题，说是他准备放一炮，给《男男女女》写一篇关于婚外恋的报告文学。"但是，关于稿费……"

"可以可以，再多一点稿费也没有问题。不过我今天来找你主要不是为了组稿……"

什么？派出这么漂亮的公关小姐，居然不是为了组稿，那是为什么？是要向他借钱？拉他的赞助？求他帮什么人调到 G 省来？肯定是有求于他呀，否则，这么精心打扮的小姐是不会随便上门的呀！

另一个思路：其实冯小红的到来与《男男女女》无关，她是为了旧情，为了情欲，为了性的需要才来找他的……天！天赐艳福！可，如今的冯小红却又使甘为敬不知为什么有点发怵。

"我的事情，我不打算在这里谈。等饭后，我希望能够到你住的地方去，我们到那儿再谈。好吗？"

甘为敬闻之大喜。她主动提出来要去他住的地方，太顺利了。真是势如破竹！真是现代意识！真是热辣如火，自行燃烧！时代不同了,男女都一样。他自己才是不够现代了呢。

　　直到这个时候他才决定由他来为这次晚餐付账。这个钱总是要花一花了,到了这个时候再让人家小姐花钱,未免太肉头了,这种肉头可是要天诛地灭的啦。再说穿着开口很高的旗袍的服务员小姐的高跟鞋,也很令人神往,他时不时地看一看小姐的穿着肉色丝袜子的玲珑的脚丫,他多么想摸一摸亲一亲那脚丫呀。是的,在这样一个服务员小姐面前,他怎么能够自己不掏腰包而让女士买单呢。

　　但是,真的到了付账的时候,冯小红一把推开了他,迅速地接过账单,由她付清了钱。

　　甘为敬既喜出望外,又不安莫名。他何必在电话里与这样一个小姐谈判吃了饭谁来付账的问题?这不是,人家付了,不用你付,你还说什么?你这不是一下子反倒栽了面了么?

　　甘为敬为了在气势上挽回一点局面,出了"王子"的门,立即主动叫了一辆出租汽车,他总算是来得及付了的士钱。

　　"是这样的,我这里有一篇稿子,和您有一点关系。我想请您看一看,提提意见。"到了甘为敬的家,坐在甘为敬那乱乱的、发出一股酸败的气味的客厅里,冯小红笑嘻嘻地说。

　　甘为敬闻之几乎喊了万岁。别的话他根本就没有听见,他只听说了小红自己有一篇稿子需要他帮忙。啊哈哈哈,没有比这样送上门来的更容易上钩也更钓之有理的了。一个貌美的女孩子,又喜爱上了文学,最好是还没有多少文才,那就除了求甘为敬这样的人再没有别的办法了。文者情也,情者名也,名者钥匙也,美者本钱也。天之降美人于余,艳福也乎?桃花运也乎?命也乎?我的手气和鸟气真是好得不能再好了!

　　他也明白为什么今天吃饭小红抢着付账来了,求他给改稿子求他帮助发表,能不孝敬他吗?我要的可不是你的那几百块钱呀!

　　他手忙脚乱地给小红倒茶,倒威士忌酒,又找出了一听夏威夷果罐头。为了高雅,他又打开了音响,调了半天,放送出一段舒伯特的

《鳟鱼》。然后他急急地给小红开罐头，请小红吃。这种易拉罐罐头本来是最容易开的，甘为敬由于激动居然为开罐头而割破了手，他又忙着找来"创可贴"贴了上去。他仍然很兴奋，他知道女人的心是最软的，女人看到血就会感动起来，那不更是多了一分情义了吗？

他显出了甜蜜的笑容。他坐好，款款地说道："很好嘛，文学是蛮好的嘛。我很愿意读你的习作，这么可爱的人，写出东西来一定也是蛮可爱的嘛。"他的声音都变了，他大笑起来，笑自己快六十的人了忽然变成了奶油小生，奶腔奶气起来了。他一面笑一面向小红的身上靠。

小红立即挪动了自己，与甘为敬拉开了距离。她随手把自己的一个牛皮革"马桶包"放在她与甘为敬的中间，以示保持界线与严阵以待。同时她改变了称呼，居然说："甘为敬作家叔叔，我的'习作'是不值得您看的。我不会为了我的一篇习作来麻烦您。其实……"

小红的举动特别是突然召来的"叔叔"的称呼使甘为敬大感意外，这完全不合乎他心目中的情爱逻辑与已有的风流经验。他甚至有些气愤，这么拒人于千里之外还来找我做甚？谁又不是没有见过谁！这么枯枯燥燥呆呆板板还打扮个什么劲？干脆穿一身草绿军服，梳俩小抓髻再挂上红卫兵大袖标不就得了么？干脆一见面先背语录：凡是错误的思想，凡是毒草，凡是牛鬼蛇神，都应该进行批判，绝不能让他们自由泛滥……然后抓着我去游街不更合适么？他妈的！

小红继续说："其实我来的主要目的是采访您。您知道，我早就对您的遭遇感兴趣，但是我不了解您。我更多的是通过您的作品来想象您的，而年轻人的想象是多么地骗人！"说到这里的时候小红略显激动，眼角上出现了泪花。她稍微停顿了一下。

她，并不那么"现代"么？甘为敬皱起眉头来了。

"我和我的几个朋友读了您去年发表的中篇小说《男鬼》以后，非常感兴趣。我并不认为那是你实有的经历。经历当然是可以夸张的,然而小说反映的是您实际的心态。您的调子,您对女人的态度,那都是真的,甘为敬式的。经过我们主编的同意,我们自费公助到您呆过的劳改农场做了一次旅行采访。这次采访的收获大极了,特别是了解了胡寡妇的事。我们最感兴趣的是胡寡妇的命运,我们了解到了她而且很喜欢她……"

"我不想和你谈我的过去,谈我过去的私生活,谈这个没有文化、没有一点现代意识的卖猪耳朵和零白酒的傻女人……"甘为敬拉长了脸,不快地说。

"但是您已经无法回避。是您自己写了她,说是拿她做了模特儿也行,说是拿她这一个类型的人做素材塑造了崭新的典型也可以,说是她触发了您的伟大想象力也可以。"冯小红见到他的不快的表情,反而说得更加起劲,"是是,我们也是学中文的。这里的问题不在于对号入座,这里没有什么官司。这里我们谈的是文学,是文学与生活的关系,是作家的经验与性格,是知人论世的历史唯物主义与辩证唯物主义文学批评方法。我们认为胡寡妇在您的生活中占有极其重要的位置,对于您的心理素质和您的文学创作影响至为巨大,我们认为胡寡妇实际上到今天还与您在一起,她主宰着您的文学活动与情感世界。您当然可以不承认,作家提供的是作品而不是关于作品的说明。我们感兴趣的不是您自己说明什么,而是您已经流露出了什么……"她一面说着一面从他们二人之间的马桶包里拿出了两页打字纸,她说:"这是我们写的一篇夹叙夹议的对您的名作的研究大纲,可以算是论文,也可以作为报告文学读。我想它的可读性很强。除了本刊以外,现在还有七家报纸和刊物准备同时发表我们的文稿。我们写您和胡寡妇的故事,也研究您和胡寡妇的关系……"

甘为敬火冒三丈,他一把抓过电脑打印得漂漂亮亮的文稿大纲,只几个大字标题已经让他轰的一声,血液乱流起来:

大标题是《从恋母情结到准精神分裂的白日梦》,小标题有:《一个恋母与自恋者的呻吟》《从亢奋到疲软——试析甘为敬小说中的性意识》《强奸与手淫——论甘为敬小说的犯罪意图》《虎头蛇尾的罗曼斯——甘为敬与胡寡妇的情与性》《嫖妓心理与甘为敬的所谓爱情故事》《怯懦与自私的男子的自供状》《在保姆与娼妓之间——甘为敬的女性理想》《卸磨杀驴——甘为敬是怎么样抛弃了胡寡妇的》《从饥渴到贪婪——甘为敬小说的原型与重铸》《阿Q的辫子与甘为敬的才子佳人模式》《性无能与性解放的自欺欺人狂想曲》《弱者,你的名字是男人!》《在男权主义的祭坛上——胡寡妇之死》《恩将仇报的作家与贩卖无耻的市侩》……甘为敬一面看一面不相信这是事实。他不断地捏一捏自己,确实感到了疼痛,又看一看盛装袅娜胜任愉快的小红,小红面不改色地微笑着望着他,仍然是那样美丽那样文明那样亲切而又大方。甘为敬只觉得五雷轰顶,却原来他以为自己是如何风流倜傥,如何情场老将,如何处处得手,如何艳福花运;他以为无论怎么样高贵纯洁庄重的女子,到了他的肚皮下边左不过也是那么一回事……结果,在今天的女青年面前,他算老几!只算个老土!一个没有开化的野人!他翻了翻文稿,却原来这样如花似玉的美人竟是性学专家精神病大夫恶德研究与审丑专家兼深文周纳的刀笔吏。那文章简直把他描绘成了畸形羸弱病态丑陋自私而又狠毒的一个怪物。冯小红,冯小红,冯小红怎么会是这样的呀?早知道是这样,他是无论如何不敢招惹她的呀!

"我们的文稿大纲请北京安定医院的留美归来的医学博士赵有风先生审读过,他认为我们的文稿是经得起专家鉴定的。我们的文稿也给劳改农场党委送去了,他们也认为情节基本属实,我们有他们的公函,盖了章的。我们在G市也已经将文稿分送给一些有关人士,包括省委领导与各部门负责同志,以及您的老朋友们像冯满满呀、邹晓腾呀、侯志谨呀、李门呀什么的……"

"我抗议!"不等她说完,甘为敬已经大吼起来:"这是污蔑,这是人身攻击!这是侵犯我的隐私权!这是侵犯我的名誉权!我告你们去……"

"您不要这样么!"小红嫣然一笑,口气如娇似嗔,嗲嗲地瞪了甘为敬一眼,还拍了甘为敬的胳臂一下。"您怎么这么不现代呀!所有这些分析都能扩大您的知名度,扩大您的魅力呀!您看,经过我们的重述和解构,经过我们的提示与更换语码,您的生机不是更加盎然了吗?您的遭遇不是更加痛苦了吗?您的个性不是更加真实叫做栩栩如生了吗?没有痛苦又哪儿来的光辉灿烂呢?没有罪恶又哪里有人类的繁衍与社会的进化呢?我敢断定,我们的文稿发表出来以后,您一定可以收到西自帕米尔高原,东至东海之滨,北起大兴安岭,南至海南岛与西沙、南沙群岛的女性来信,根据弗洛伊德的理论,您这种梦游型与犯罪型的人,是最能满足性变态妇人的要求的。说不定,您会收到一位美国或者英国贵妇人的慈善加情感的馈赠,这回,就不止八十万美元了,说不定是八百万,八千万,八个亿,你不但可以终身受用不尽,而且能投资开发,对祖国的现代化事业做出卓越的贡献,也可以挑选世界的任何一个地方做投资移民……"

"胡说!我没有变态!我的一切正常!不行你可以找医院去检查……我这是说什么呀!真把我给气糊涂了呀!我不同意!你们没有权利擅自对我说三道四,信口开河!我就是要对你们实行无产阶级专政!"说着他鼓了又鼓自己的勇气,他大呼小叫地壮着胆,哆哆嗦嗦而又气急败坏地把《从恋母情结到准精神分裂的白日梦》的大纲稿给撕成了碎片。

冯小红笑得更美丽了。她满意地说:"您可真是太孱弱了。您写了别人那么多那么多,您随便讽刺糟蹋挖苦包装打扮别人,您爱怎么分析就怎么分析,您爱怎么描写就怎么描写,爱怎么刻画就怎么刻画,爱怎么胡说八道就怎么胡说八道。怎么我们青年人做一点纯学术纯理论的探讨,就把您吓成了这个样子?您还动不动说别人不现代呢,您还整天提倡民主呢,瞧您这点气量!又喊起加强专政了吧?您撕什么?这是电脑打的,仅仅征求意见稿已经打了不少于五十份。文稿贮存在电脑硬盘里,又录制到了普通软盘和密纹软盘上。文本有不同的格式：WPS也有，XLBR也有，WM就更有。如果您需要，我可以送给您一个软盘。您有什么意见的话，可以直接在软盘上修改，也可以另起炉灶重开张。比如说，我们可以搞两种文稿，一种是我们写的，一种是您自己的说法，两种文稿同时刊出。我们从来都反对独断论，我们不妨认为世界上可以有一个以上的真理……"

"你混蛋！"甘为敬骂了起来。

"我、看、你、才、是、混、蛋！"

"出去！出去！"甘为敬干脆动起手来，他前去拉冯小红，想把小红从沙发上拉起来。

冯小红轻轻拨了一下他的手，他只觉得腕子生疼，一股巨大的冲击力使他坐到了地板上。

"气功！你有气功！"甘为敬鬼哭狼嚎地喊道。

这时电话铃响了。

谁？是不是妻？甘为敬呆了。

冯小红若无其事地拿起了电话。甘为敬前去拉她的手，一想到她的气功就又退了回来。只见小红柔柔地拿起了电话，她说："是的，电话没有错。哦，您是甘老师的夫人吧？是的，是的。我是《男男女女》的编辑。甘老师他……他现在……我看是有一点……"

连一旁的甘为敬也听到了对方砰的一声挂断电话的声音，他能够想象出太太挂电话的那种愤怒的样子。他真是叫苦不迭，上天无路，入地无门了。

这天深夜，甘为敬发作了脑血栓，幸亏他在最难过的时候拨通了市急救站的电话，否则情况实在不堪设想。他被紧急送到了医院，经过抢救和时间长达半年的疗养，总算大体恢复了行动与语言的能力。他最关心的是自己今后性事上的表现，医生的回答很含糊也很被动，没有一个明确的、让人放心或者让人死心的说法。甘为敬急得不行，心想中国人的观念就是太不现代，如果是在美国，医生首先要告诉病人的就是他的性功能预后。怎么能这样不清不楚，不负责任？好就好在,他这么一大病,太太就回来了,与他和好了,对他的治病不能说是不关心。当他极其恐惧而又伤感地与太太谈到今后的性事不容乐观的时候,出乎他的意外的是,太太不但没有痛不欲生或愤怒绝望,相反,一听他说自己"恐怕不行了",太太喜形于色,竟然一下子与他热烈拥抱起来,并且安慰他说:"那没有关系,我不在意那个,你多保重自己吧。你说说,你到处拈花惹草的,最后你究竟得到了什么?你再别这样了……"

中国文化的劣根性呀!自己得到的一定不准旁人得到,而自己得不到不要紧,只要别人也到不了手,心理就是平衡的。中国的女人都是这个样子,中国哪一个世纪才能与世界接轨?让一个这样的人做妻子,还不如抱住一个木头墩子呢!

甘为敬住医院期间,居然还收到了冯小红送来的一枝鲜花——只有一枝而不是一束。一看护士拿来了花,甘为敬一喜,以为是哪一位崇拜他的女子送来的,及至一看到冯小红的名字,他一阵晕厥,立刻按响了病床床头的紧急呼叫电铃……

由于突然得病,也由于心境变化,他原来计划要写的关于侯志谨剽窃的丑闻的报道没有写成。出院以后,他开始感觉到自己确实是力不从心了,过去也力不从心,但是他还有某种信心,以为自己今后会有好转。这一回,他的眼前已经没有这种鼓舞人心的前景了。没有了气力,他的嘴里更加满口脏话了。他只剩下了嘴上功夫,滔滔不绝,臭气熏天,顺口流涎,终于显露出了凄凉晚境。听过他的一套"黄话"的人,始则厌恶,继则为之鼻酸。

已经过了许久了,甘为敬担心的那篇《从恋母情结到准精神分裂……》始终没有踪影。难道这是一个计策?是冯满满设计的虚晃一枪?是为了制止他写揭露侯志谨的文章而设下的心理战圈套?太可怕了,冯家母女,他真算是服了气了。

第 十 三 章

那天晚上,冯小红从甘为敬家里走出来,叫了一辆出租车就开到了他们这里第一家由香港老板经营的酒店——南方大酒店。在这一家酒店的叫做一楼半的地方,有一个环形广场,说是"广场",其实也是封闭起来的,只是地势开阔,天光照明——这整个酒店的"屋顶"是以一种似透非透的毛玻璃拼成的,缩小了你与天空之间的距离,人在室内,感觉上如在光天化日之下。每晚十点以后,这里有轻音乐与酒店特邀的菲律宾歌女表演。这里成了 G 市一个新发展新路数的"试验田",成了 G 市的消费的顶点。冯小红到达的时候,菲籍女星已经开始演唱。唱的是英语歌曲,不停地重复 tonight——今夜,令人遐想她夜间一定要做一点什么勾当。冯小红进入"广场",一眼就看见了围着一张圆桌的李坚强和他的铁哥们儿瓷姐们儿。小红入座的时候,菲律宾女星正为了"今夜"而声嘶力竭,千啼百啭,热火如焚,爱不欲生。小红一坐下就哈哈大笑起来,她笑的声音如此之响,几乎压下了歌女的歌声。

在座的一个西服革履的青年把食指伸到唇边,示意小红不要喧哗。小红吐了吐舌头,做了一个鬼脸,仍然按捺不住自己由衷的胜利豪情。一支"今夜"唱罢,演唱休息,李坚强把西服革履的青年介绍给冯小红,原来他就是今晚的东道主,南方大酒店的大堂经理张大卫。

"大卫?David?这是个美国名字呀!"冯小红挑衅似的说。

"哼,我原来的名字是红卫,来到这儿,怕资产阶级害怕,就改成了 David 了。"他回答得很直爽。

"好!"小红喝彩,并且伸手与张大卫再次紧紧地握了一次手。

"有老板在这儿,我就不客气了。"小红说着,向服务小姐点了杜松子酒加柠檬和苏打水,然后她看着李坚强期待的目光,说:"我今天晚上最大的收获就是发现原来我们都是恶棍。"她的锐利的目光扫视了一下,没有什么人显出什么不自在,这说明,他们并不是第一次用这种语调谈话。她兴奋地解释说:"我今天太高兴了。我发现世界上再没有比整人、整仇人、整坏人更让人痛快的了,比白吃白喝还痛快,"说到这里,她含笑看了张大卫一眼,"比升官发财还痛快,比做一次爱还痛快……"说到这里她向后一靠,眯缝起眼睛,轻摇着头。忽然,她又很哲学地说:"痛快就是罪恶,罪恶就是痛快。反过来说,道德就是痛苦,痛苦就是道德。所有的道德都是教给人受苦的,而所有的罪恶都是教给人快乐的。这不是太有趣了么?从前,当我那么善良那么纯真那么光明的时候,呵,我曾经是多么痛苦!"她的眼泪流了出来。

"我提议,为罪恶而干杯!"小红喊道。

"对不起,我那边还有点事,不陪了。你们要用什么,就自己点……"张大卫告辞了。

"什么大堂经理,这就已经不敢正视现实了。"小红评论说,"所以,在为罪恶而干杯以后,就要为二十七级以下的所有老百姓干杯。过去动不动给十三级以上干部传达机密文件……我看,今后我们要搞一些文件或者文艺作品,限定只能是二十七级以下的人才能阅读欣赏!"

众人哈哈大笑。

冯小红伸手,向在座的一位新近离婚又和一位混血儿同居了的女诗人要了一支细细的坤式雪茄,她点起来,吸了两口,平静地说:"不要怕恶,不要不敢恶,人人都要过这一关的。这才叫改造,这才叫脱胎换骨！甘为敬这样的孬货，几个标题就让他吓破了胆！我赶紧溜了。不溜，他今儿个晚上犯了心脏病踹了，可别讹上我。中国的男人呀，特别是有了一点什么名气，有个一官半职或者有几个……"她做了一个点票子的姿势，"就纷纷把女人当做玩物当做动物最多是当做宠物来耍猴儿了。骗了你要了你把你关到笼子里敲你的头盖骨，吃你的活猴脑子还不算，还要去说嘴，去吹他怎么善于骗女人耍女人坑女人害女人杀女人。他们的逻辑是，男人越坏，女人越爱……这些个昏了心的狗屁男人呀！他就不想想，女人也是人，女人只要自己不把自己压倒，谁也压不倒她！男人做得出来的，女人也做得出来！男人的坏是中国文化教出来的。女人的坏，我看是跟男人学的。我们只要能学到男人的坏水的十分之一，就足够把他们杀一个落花流水了！而这种狗屁男人，一旦受到一点教训，他们的承受力连女人的三分之一也没有！他们那点成色！唉！"

全桌为之鼓掌。

女诗人要去了小红的"研究"甘为敬的文稿大纲《从恋母情结到准……》，看得糊里糊涂。"你们这是闹什么呀？"她说。

小红解释说，甘为敬是一个拿肉麻当有趣，专门轻薄女性污辱女性的所谓作家。"我就吃过他的亏，在我还不这么坏的时候……"冯小红直言不讳地说，她接着向大家叙述了她与甘为敬斗法的情况。一边说一边笑一边向女诗人解释，她说："全是瞎掰，我哪里是《男男女女》的编辑，我们哪里到他劳改过的地方做过'外调'……"

"那你们是从哪里知道胡寡妇和她的事迹的呢？"

"全是甘为敬自己吹的呀！他是又写文章又作报告，讲他的小说具有很大的纪实性，讲他与胡寡妇的结合与分手。他讲得牙碜极了！他太缺德了，人家都死了那么多年了，他还糟践人家，一副专吃活猴脑子的魔鬼派头！他不说自己不中用，专说人家性欲有多么可怕！我现在是明白为什么中国自古以来专门欺侮妇女了，一群窝囊废男人掌了权，他们在女性面前暴露了自己的孱弱丑陋，他们转而恨死了女人,他们能够不把女人当做妖精祸水吗?甘为敬就是这样。当初没有人家,他早就饿死了!胡寡妇纯粹是喂了一只狼!我其实真的是为了胡寡妇才收拾他一下子的。我自己的事,我早不在乎了。"

全桌又是热烈鼓掌。

女诗人说:"我倒是真想看看你们的文章的全文。我可以给你们联系刊物发表。"

李坚强哈哈大笑,他说:"哪里有什么文章,就是我们几个人编出了几个题目,其实也是以其人之道还治其人之身。现在这些个臭作家动不动就搬出'性'来吓唬人勾引人,好像性是二十一世纪欧美出品的最新式武器。你听他的,你就上了套,你不听他的,你就是不现代。我们干脆跟他玩一玩,练一练,你一个糟老头子不嫌牙碜,我们年轻人还怕说什么弗洛伊德,说什么人身上那点家务什?得,这回他现了眼了!不就是转几个词吗?现趸现卖,趸不来自己瞎编,愈是谁也不懂的词,愈是大胆的词、扒他甘作家的裤子的词他就愈服,他让人家吃他这一套,我们也让他吃吃尝尝!眼一瞪脸一抹(读妈),现在这年头谁怕谁去呀!"

"可我觉得这个甘为敬还是有他的可爱之处的。他至少也还诚实,下流就是下流,自私就是自私,境界虽然很低,低就低,他至少没有装腔作势满口正人君子仁义道德地去教训别人。自己一分钱的小利也不肯放过,专门要别人无私奉献,这样的人不是更讨厌吗?"女诗人说。

大家点头称是。这时候菲律宾歌女又上场了,又哭又笑又唱又叫又扭又撂地闹腾了一阵子,大家也跟着闹哄,"夜总会"的活动进入了高潮。就在高潮到来的时候,前呼后拥地进来了一批青年人。小红一眼就认出来了,那是冯满满的干爹的养子的亲儿子阿林,听说他在一家外贸公司工作。

阿林见到了小红,就把小红叫到他们桌子上去了。小红临走的时候对女诗人说:"你说得对,甘为敬远远不是最坏的人。我会注意一下甘为敬的情况,别让老小子真连气带吓地嗝儿了屁。"

深夜,人们都散去了,只剩下满满干爹的干孙子一桌了。李坚强去叫小红,他说:"天太晚了,该走了。"小红乖乖地起立跟上李坚强就走,惹得干孙子直瞪坚强。李坚强沉默地送冯小红回家,告别的时候他忽然抱住小红狂吻不停。一边吻一边说:"都是我不好,都是我不好……你原谅我吧,我再也不离开你了……"

冯小红推开了他。他们俩沉默了许久。突然,冯小红哭了,她拼命克制着哭泣,但还是哭出了声音,肩膀抽搐个不住,她歪歪斜斜地跑进了自己住的楼梯口。

李门从冯满满那里回到自己的家,简红云的面色阴沉欲雨。看到了李门的苍白的面孔,红云才皱起了眉头没有好气地问道:"这是怎么了?"

李门长叹一声,说:"真要命!"说完了,他半晌也说不出底下的话来。李门自己也纳闷,究竟是谁遇到麻烦了呢?是谁有什么难言之隐呢?是谁做了不好意思公开的事情了呢?是他李门吗?他李门怎么了?

见他不说话,红云扭头走进了自己的一间小书室。

真是冤孽报应啊!李门想。他愈想愈气,冯满满也太霸道了。就算咱们俩当年好过、爱过、连结过,我也已经还清了感情的债务了啊。在学校,是你们侯志谨揭发了我,一件不是事情的事情让我几乎一辈子翻不过身来。我不愿意把事情往坏里想——也是命该如此,那样一个年代,我们都是一样的年轻和天真,一样的狂热和偏执,我们是怀着把人间改造成永远阳光灿烂、只有白天没有黑夜、水晶石一样透明和纯洁的心愿来对待我们的新生活的。我们是怀着把自己改造成纯钢铸就的、烈火锻炼的、通体明亮而且没有任何瑕疵的共产主义建设者的心愿来参加"大跃进"和交心、扫"五气"的,我至今为那时的纯净的理想主义而感叹不已。李坚强动不动就说那是"乌托邦",他嘲笑我们生活在自己的幻想里。是的,有过乌托邦,有过幻想,为了乌托邦我们也吃过苦。然而,为什么那个时候有那么强烈的理想主义?这样的全民的"乌托邦"是不能用乌托邦本身来解释的。正是中国革命的伟大理想与现实唤醒了全民族的美好向往与希望,这样的年代并不是每一次人生都能遇到。好吧,你说那个时候我们的向往是乌托邦也罢,那是我们的生活我们的现实的真实的一部分,一个提供了那么多乌托邦的真实,不是很有魅力的么?纯洁和理想给那个时候的现实涂抹了多么美丽的色彩!没有这样的色彩的人生是多么乏味的人生!那确实是一个朝气蓬勃凯歌行进的时代。蠢事,当然是做过的,谁的少年时代、青年时代没有做过蠢事呢?你能因为做过蠢事就咒骂青春吗?做蠢事的年代不也是充满英雄主义与英雄业绩的年代吗?

他珍惜自己对理想主义的五十年代的记忆,他不愿意玷污自己的那么多美好记忆,他不愿意从罪恶的角度去考察去重新评价那时一些人的所作所为,如果否定了那时的人们的行为,也就否定了那个时代,而否定了那个时代也就否定了他自己。

李门是多么不愿意把冯满满夫妇想象成不那么好的人哪。

但是,来到G省G市以后,侯志谨与冯满满的一切,就不能用天真或者幼稚来解释了。这里并没有什么向往或者乌托邦了。

不错,是他们努力把他一家调到这个重要的大城市来,李门不会忘记。

当时一九七九年K市大学已经决定把李门调到大学任教,李门也同意了。忽然,冯满满来到了X自治区Y自治州出席科教系统政治思想工作会议分片座谈会。真是天意呀!即使是来到了Y市也罢,Y市也有三十多万人口,谁又认得谁呢?谁又碰得见谁呢?而他们居然碰见了,这不是命中注定的缘分吗?

整个一个十年的"文化大革命",他们早已经失去了联系,这没有什么稀奇。"文革"年月,认识的人愈少愈好,和外界的联系愈少愈好,多认识一些人——叫做社会关系复杂,徒然给别人一个"复杂"的印象,同时还会给组织上增加一大堆外调的任务,需要劳民伤财派人去找你的社会关系调查你,也需要你写许多材料去证明别人的并非反革命,去证明你们二人之间的关系并非反革命的勾结与串连。谁又能这样不嫌麻烦、这样乐此不疲呢?特别是李门自己处于逆境,处于逆境的人又到处瞎联络,这不是害人吗?这不是缺德吗?这不是自己不素净偏偏还要让人家不素净吗?

回想一九七九年十月二十二日,地处西北边陲的 Y 市已经是深秋初冬天气。经过了几天令人瑟缩的阴雨天,这一天天气大晴,风平浪静,碧空如洗,满地黄叶绿叶,已经穿上了毛线衣呢外套的人们纷纷脱换轻便一些的衣裳。由于天气戏剧性地好转,素不相识的人们碰上也不由得相视而笑,似乎是共同庆祝已经陷入严冬的阴影里的人们突然又赢得了第二次青春,短暂,但更加可贵。那天,李门中午没有休息,为了享受这个"十月小阳春",他利用中午一点时间去 Y 市唯一的一处简陋的公园散步。说是公园,其实只有许多杨树、枞树、枫树,有一片片的草地,有一点葡萄园、苹果园与玫瑰园,整个公园除了一条土渠以外,再看不见一洼能照得见自己和天空的清水。再说,公园的道路全是土路,一刮起风来,尘土飞扬,甚至比李门家乡 P 县的那个只有一个猴儿的公园兼动物园还不如。公园虽然简陋,十月二十二日的美好天气仍然唤起了李门的愉快情绪,他在林间散步的时候甚至想起了他的青年时代,他有过的辉煌和希望,他有过的美好的心绪。

他已经好久没有这样优雅从容地散步了,这种优雅从容的散步只能让他想起过去,他的"暗杀问题"还没有揭露出来的年代。而一九七九年,国家正在迅速地发生变化,各种"左"的东西都在土崩瓦解,各种冤假错案都在平反或是已经平反,李门已经就自己的"暗杀"问题向 K 市大学党委提出了申诉,就是说,他要求发给他一纸文书,证明李门同志并无暗杀领导人的记录或动机。说起来似乎有点可笑,然而这又是多么重要呀! 这不是,K 市大学已经同意马上把他调回 K 市并回去解决他的"暗杀"问题了。时来运转,中断了的五十年代的美好生活又重新在七十年代末期连续起来了。

就在他百感交集,亦喜亦悲,一股深潜多年的雄心壮志又在心底酝酿着波涛的时刻,这小阳春的天气似乎给了他很大的鼓舞——即使面临着漫长的冬季也罢,能够春天一下不仍然是十分辉煌,十分令人愉快的么?

不晚,不晚! 他几乎是大叫了起来。他奔跑着。

迎面来了几个干部模样的男女,说的是相当标准的普通话,即使远远地听一听腔调,李门也觉得那是一些自我感觉相当良好而且来自令人感觉良好的地方的人。他不由得条件反射似的向路旁躲避。而且,他转过身去,避免目光与他们碰上。

听脚步声,这几个人已经走过去了,他回过了头来。却有一个女同志没有走,那女同志站在他的近处,看样子是在打量他。

浓眉大眼,丰满舒展,面带微笑,洋洋自得,她是……

满满! 李门! 他和她同时大叫。

他后来还尴尬了一下,那么多年没有见面,处境是如此不同,怎么一见就叫起"满满"来,不是称呼"冯满满同志"更加得体么?

他只觉得冯满满迅速地搂抱了他一下,然而这一切是太迅速了,以至于事后他不能断定是否真的有过这不到一秒钟的亲昵。

双方的激动是无法表达的。当天晚上冯满满便被李门拉到了家里做客,简红云和李门给冯满满做了二十几个菜:拌海蜇、拌粉皮、拌白菜丝加粉条豆腐皮、松花蛋、咸鸭蛋、炸花生米、炸虾片、酱牛肉、酱猪肉、炒肉片、焦熘肉片、过油肉、浇汁鱼、糖醋排骨、辣子鸡丁、鱼香肉丝、醋熘辣白菜、鱼头清汤、四喜丸子、干炸丸子、红烧狮子头、羊肉萝卜汤等等。一面吃一面同骂"四人帮",那个时候没有比骂"四人帮"更解气更让人觉得亲热的了。又出闷气,又响应批判"四人帮"

的号召,大骂而无被认为骂的人思想有问题之虞,愈骂而愈显得自己紧跟党中央,思想好政治好———一辈子都难得找到这样的机会,一辈子都难得这样心情舒畅地谈谈政治。他们谈得投机极了。

虽说是骂,但与其说是气愤,不如说是喜悦,一边骂一边笑,特别是冯满满,妙语如珠,一会儿学江青讲话,一会儿学林彪讲话,惟妙惟肖。一会儿又大讲江青叶群的私生活,神乎其神,细致入微。一会儿又讲"四人帮"倒台的内幕。一会儿非常正统地说:"不管是谁,都得按党规国法办事,毛泽东的夫人也不行,'四人帮'就是历史上的来去匆匆的过客嘛,不符合党心民心党员之心嘛,折戟沉沙嘛,尔曹身与名俱灭,不废江河万里流,啊,万古流嘛。"一会儿又骂骂咧咧:"江青这个丑八怪,后来把她给烧的!她半夜里把×××找了去,跟人家研究面首,你这是要干什么嘛!"她忽然又想起了一个人,说:"×××接见外宾,外宾提到中国传统医学,提到李时珍,×××竟然问'李时珍同志来了没有?'还有《人民日报》的××,把墨西哥读成黑西哥,把班达拉奈克夫人说成是班禅夫人……这比韩复榘都有过之而无不及。共产党这么伟大那么伟大,怎么弄出这么一堆王八羔子当政!把马克思的人都给丢尽了!"

口气就是不同,信心就是不同。他们忘记了一切,能与一个大地方来的老同学海阔天空地聊上一通,已经是他们几十年没有实现过的超豪华精神享受了。

冯满满一边大放厥词地讲话,一边不住地四下里观看,东张张,西望望,似乎在查核他们家———终于使简红云皱起眉来。简红云与李门交换了一下目光,李门无可奈何地一笑。

就是在这次见面的时候,冯满满看到了李门发表的学术论文。她提议,李门不要去K市,还是去G市的好。G市是更大的城市,他去G市可以去科学院,做研究工作更有保证。而且,她提出一个最能打动人心的论据:G市的物价比较便宜,而工资类别(计算标准)又比较高。冯满满还直率地说:"在G省我有个干爹,他的影响特别大,省委书记见了他也得让三分。我让他帮着咱们办这个调动,俗话说朝里有人好做官,其实不做官,做民也得有人呀!吃喝拉撒睡,衣食住行,生老病死,柴米油盐酱醋茶,哪一样你离得了'朝里'呀?让你红你就红,不红也红,让你黑你就黑,一黑到底!这你们还不明白吗?"

"干爹?"简红云问,觉得听着有点扎耳朵。

"都说这个干爹是我'拍'出来的,拍就拍吧。走遍全世界,不分民族,不分宗教信仰,不分社会制度和意识形态,不分阶级阶层,你就给我说说谁能不拍马屁?谁能不讨好上司或者老板或者领导——叫什么那是另一个问题。假装不拍马屁其实是更狡猾的一着,我不拍我不拍,还不是为了让别人为他传名?还不是为了让老板更加重用他,好给老板创造一个树立一个不接受马屁的光辉形象?拍马屁也是立场问题,给领导拍马屁再不好,也比反对领导迫害领导篡党夺权好!至于议论,无非是想拍而不会拍,想拍而拍不上的人的嫉妒而已!"

一席话说得李门和红云也笑了。他们无法同意满满的高论,但是他们也不否认冯满满确实坦白地说出了一些真相,至少是听起来满有趣。他们只能是应和地随之大笑不已。

冯满满走了,第一次与满满见面的简红云对于她的评论是,强悍、霸道、直爽、热情、表达力强、好出风头、压人一头,但又确实不无侠义心肠。"比起这边的许多黏黏糊糊、窝窝囊囊、抠抠唆唆、呆呆笨笨的人来说,她这个人倒是让人挺痛快的。我们已经有好久没有接触过这种类型的人了。毕竟是大地方见过世面的人哪!"

他们几经犹豫,还是接受了冯满满的建议,辞谢了K市大学的好意,告别呆了十六年多的X自治区Y自治州Z工厂,来到了G市的G省科学院电子研究所。G省科学院积极与K市大学联系,终于为李门的"暗杀"问题正了名。李门和简红云盼这一天已经是望眼欲穿,他们都知道会有这一天,但是从来不敢谈论这一天,因为这一天实在是太幸福太美妙太富于戏剧性又太神圣,他们不敢轻狂,不敢放肆,不敢随随便便地说到它,他们怕的是大意了怠慢了亵渎了它,他们不敢随便想自己还能赶上这样的日子。如今,平反、重新分配工作、到大城市、恢复科研活动、恢复大学的秩序……这一切是当真发生了,是都成了事实了,现实的发展已经超过了他们的想象了,他们反而常常惊异于事情发展之迅速。这一切都是真的吗?他们常常这样问自己。尤其是李门的课题研究,更是势如破竹,奔腾千里,智慧启发智慧,想象激励想象,尝试促成尝试,成功创造成功。他这才知道,却原来科研也与诗的艺术一样,充满了激情、冒险、幻想与生命力本身的迸发与律动。我活了,我是活着了!他常常这样感觉这样说。

冯满满与他们近了,她除了在他们刚刚来到此地搬入临时住宅以后来看过他们一次以外,动不动就打电话叫李门去她那里。她一点也不犹豫地召唤李门,向李门发牢骚,要李门做这做那。

开始时是侯志谨在整党中遇到了麻烦,一批老同志对侯志谨在"文化大革命"中的表现大有意见。而这个时候刚刚恢复党籍的李门被吸收参加所里的整党领导工作——在所里,他已经是除了侯志谨以外的资格最老的共产党员了。冯满满要求李门为侯志谨辩护,帮助侯志谨顺利过过关。李门稍稍提了一下人们对于侯志谨的反应,冯满满就又哭又叫起来。她说:"现在是我求着你了呀!你现在是站着说话不腰疼了啊!你现在是大红人了啊!现在老侯成了罪人了呀!请问,'文化大革命'是老侯发动的么?'批林批孔'是老侯发动的么?什么?老侯迫害了老干部了?他是老几?他能迫害哪一个?他敢迫害哪一个?他有那个狗胆么?他挨得着人家高级干部的边儿么?没有共产党的命令,他随便靠近人家老干部,人家警卫不一枪崩了他么?从小到现在,他哪件事不是按共产党的命令干的?啊,又说他是风派了,谁刮的风?整人的风极左的风按脖子的风批判的风是老侯吹出来的么?怎么上边生病老让下边吃药呀?他老侯也让人家按过脖子坐过喷气式呀,怎么现在就不说这一段了呢?不错,

'文化大革命'当中主要是后期他老侯也工作过,不工作怎么行?不工作不早就完蛋了么?没有老侯他们忍辱负重,委曲求全,挨整挨骂,硬在那里支撑着,不早就天塌地陷了么?还能有今天么?"

满满就是这样,什么时候都是咄咄逼人,不容分说,蒙头盖脸,大雨倾盆!

她说的倒也是实情,李门替侯志谨说了些话,加上满满干爹的干预,老侯有惊无险地过了整党的关。然后是院里评优秀党员,冯满满又要求李门把侯志谨"推上去"。这个事儿李门很为难。确实,等到科学院真的成了科学院,研究所真的成了研究所,侯志谨的不负众望也就暴露出来了。他业务上不行,外语不行,"文革"中又有那些至少是不光荣的事情,他根本就做不了科研工作,别人怎么能服你呢?说起这一点来冯满满又是怨天尤人,痛心疾首,出言不逊,好像人人都欠她一百吊钱。没法子,李门只好在党小组会上替侯志谨拉票,最后侯志谨虽没评上优秀党员,但总算被提了名,算是所一级的优秀,虽然没有参加表彰大会,却在院刊上登了一个名字。李门觉得这实在没有什么意思,侯志谨与冯满满却是认真得很。

然后是谁当所长的事,李门自问,他是真心不想当这个所长的,但是冯满满的干预使他反而耿耿于怀。为什么满满老是这样具体地要我为侯某人做这做那,不做这不做那呢?侯志谨究竟算是我的什么人呢?冯满满究竟算是我的什么人呢?我又是他们的什么人呢?我是傀儡么?我是欠了账了么?我是报恩么?我偏偏不按你说的办又怎么样呢?

奇怪的是,冯满满要他做什么什么的时候非常自然非常合理非常有信心,而当他下定决心拒绝一次冯满满的请求的时候,他的心就狂跳起来,好像他要做什么背情弃义的事,好像他要做什么得罪人伤害人的事。我竟然是这样老实么?他一次又一次地问自己。

在他终于辞谢了可能的所长任命,侯志谨当上了代所长,而所里关于他的"暗杀问题"又出现了种种流言蜚语之后,冯满满再一次找李门，要他保志谨的驾，要使侯志谨获得研究员的高级职称。这一次，李门是再也受不了啦，他要说的话是太多了。他想说，你们不能把什么都占下呀，公正也罢，冤枉也罢，老侯的水平不够研究员是事实，不够研究员就评不上研究员这也是事实，我又有什么办法？所长已经当上了——代所长也没有什么不好，没有几年也就扶正了。所一级的优秀党员也已经当上了，工资级别已经连续提了两级，你们到底还伸什么手呢？任何人都一样，有顺心的时候，也有不顺心的时候，我们二十几年都是怎么过的，你们问过吗？倒像是我现在得了什么便宜似的。你们怎么硬是忘记了那一段？我二十年过成那个样子还与侯同志有直接关系呢。你们忘记了吗？我来G省以后，为你们说了多少话了办了多少事了，这样下去到底还有完没有完呢？

　　但是不，他仍然不能拒绝满满，愈是往深里想愈是不能拒绝满满，他有他的道理。而在满满为侯志谨鸣冤叫屈之后，他又不安起来，抱歉起来，觉得侯志谨评不上高级职称确是他李门的过错了。

　　简红云也听到了由于李门最终没有做所长而重新引发起来的关于他的"暗杀问题"的议论。她非常生气。她对李门说："你的这两位朋友呀，我看不地道呢。"

　　李门苦笑而已。

　　红云的愤怒在李门这里得不到呼应，红云也憋气起来，她越发见不得冯满满与侯志谨了，遇到冯满满给李门打电话，一被简红云发现，一连几天她都阴沉着脸，话也不说，把李门憋闷得忾蹦。起初李门还不知道是为了什么，他连忙与红云说笑话，怕是因为自己过分忙于科研使红云感到寂寞，从而引起妻子的不快。他的笑话全部如同撞在了墙上，红云脸上一点笑容也没有。他连忙又猛干家务，擦桌子扫地洗碗洗菜直至扫房和擦玻璃。劳动成果他自以为是十分辉煌，家里的面貌焕然一新，他以此邀功，自比"五好丈夫"模范家属，简红云的面孔依然故我，严丝合缝，没有空子可钻。一会儿他又张罗电影票戏票，还真搞到了内部观摩影片《贴身保镖》和《现代启示录》以及远道而来的广州杂技团演出的票,他把这好消息告诉了简红云,他知道简红云很喜欢看电影与演出,但简红云闻之毫无反应。无动于衷也没有令李门泄气,他以为到时候红云自会与他同去影院剧院。谁知到了那一天那一刻,红云宁可把票浪费了也不肯去。李门既惊且怒,怎么女人就这样情绪化而且是没完没了不知道转弯呢?说归说,气归气,怎么能到时候真的罢看电影和演出呢?这究竟是跟谁过不去呢?是跟我过不去?当然是跟我,你看,这段时间,来了别的客人,简红云不是十分正常十分随和十分有说有笑谈笑风生么?那么,我到底做了什么对不起红云的事呢?

连着浪费了一次电影(两部片子)一次杂技票以后,李门动起怒来,与红云嚷嚷了一顿。直到嚷嚷完了李门才觉察到问题出在冯满满身上。于是他从头到尾谈他与冯满满的关系,他是一五一十地早就给红云讲过了的。他努力说明,现在他与冯满满再无任何感情关系,他们只是老同学老相识,冯满满在 G 省 G 市已经多年,够得上 G 地的"地头蛇"了。强龙不压地头蛇,这是规矩。他们实际上有许多事要倚重冯满满夫妇的帮忙……愈说红云愈气,愈说愈说不到一块儿,说得两个人都非常伤心。一直说到"好!我们调走!我们离姓冯的远一点!我们回 Y 市去!那个时候是多好呀!那个时候我们是多么幸福呀!什么研究员,什么人民代表,什么这优秀那奖励,屁!连你都不相信我不理解我,再多的成功又有什么用?我们本来就不配这么多抬举!我本来就是当一个政治历史有问题的人才舒服!我本来就是当一个暗杀嫌疑犯只准规规矩矩不准乱说乱动才舒服!"李门伤心地喊叫了起来。

"这是什么意思?你是说我不愿意你政治上得到平反、事业上有成就,你是说我狭隘到了宁可让你一辈子郁郁不得志也不让你和你过去的情人有交往是不是?好哇,我早就知道你是这样看我的啦,你还是找你那个满满去吧。"

事情就是这样,简红云愈是企图证明自己并不狭隘,就愈是表现了狭隘。李门愈是企图证明自己与冯满满绝无特别的情感关系,就愈像是有一种说不清道不明的隐情。而且,李门愈是着急,指天划地地表明心迹,简红云就愈说:"急个什么劲儿?真动感情呀!既然什么问题都没有那又有什么可激动的呢?哼,这一辈子我还没见过你为别人这样动感情呢!"

听了这话,李门只能更加激动。"你就这样气我呀!"他向红云喝道,他恨不得躺到地上打滚。他算是懂得为什么农村里两口子一吵架就大发歇斯底里了。夫妻关系,这本来就是歇斯底里的关系呀!

而当无法理喻的激动与争吵平静下来之后,李门不能不郑重地思考,是不是冯满满真的已经成为他与红云之间的一个楔子,是不是他当真有什么问题、确实是对不起红云了呢?

后来,只是由于甘为敬被打的事件,李坚强涉嫌被收审,靠了冯满满的干爹的力量才化险为夷,红云对冯满满的敌视才减轻了一些。

等到李门应冯满满的要求把去 H 国的机会与自己的论文"让"给了侯志谨的时候,红云再也抑制不住自己的怒火,她出走了一个星期没有踪影,不但不与李门联系而且连儿子也不告诉。这一个星期不仅是李门而且包括李坚强都快要急疯了。一个星期以后,她回来了,她告诉李门:"我做了一个实验,我挺痛快。我已经证明离了你我也还可以活下去。年轻的时候,我是一个爱情至上论者,我相信人的一生真正爱的只可能有一个人,有了他就有了自己,没有他也就没有了自己。和你在 Y 市相聚以后,我以为我再也不能离开你了。现在看来,这也错了。人生许多事都是自己骗自己,都是自己为难自己。你随便吧。"

"你这是说些什么呀?"李门不免觉得透心凉意。

"其实,我很羡慕满满,一个女人想要的就是这个。有一个男人围着你,他为你不停地做那些愚蠢透顶的事,谁都无法理解的事,愈是离谱,愈证明了你们的感情之深。我祝福你们!"红云的眼睛里沁出了泪花。

"不!不!事情根本不是这样的。"

"我还是太软弱了。"红云用手指揩抹眼角的泪水,愈揩反而泪水愈多。"不必了。我不会因为自己的不幸就不让别人幸福。人和人的命就是不一样的。有的人一辈子也碰不到一个真正爱自己的人。碰不到也得认命,碰不到也得默默地活下去。用不着发神经,发神经也没有任何用处。而我们国家,并不谅解因为得不到爱情而自杀的人……能面对现实是非常困难的,也是非常痛苦的,但是自欺欺人就更可怕。我谢谢你了……"

形势如此之严峻,李门大惊失色。他也严肃起来。过了一会儿,他说:"我理解你的心情,可你说的不对。冯满满的事我已经与你说过许多次了,我现在看到她,说实在的,我没有什么旧情,我是愈来愈看不惯。我当然体会得到她的自私,她的胡搅蛮缠,她的不近情理咄咄逼人……我可以说她是五毒俱全……"

"不要跟我说这些。"红云冷笑道,"我不需要你骂一顿冯满满,那我成了什么人了,何况你骂完了又舍不得人家……"

李门听不下去,但是他还是耐着性子解释说:"我再说一遍,事情并非如此。我知道我不是一个有大出息的人,我狠不下心来,我的心软手软。世界也许真的是属于心黑手辣的人的,而善良也许真的愈来愈成为无能的同义语。问题不在于冯满满现在的表现如何,我的做人原则并不取决于别人待我怎么样。我知道我这一辈子已经吃够了亏,其中也包括吃侯志谨与冯满满公母俩的亏。我不是白痴,也不是色迷心窍。说老实话冯满满年轻时候还好,现在是愈来愈丑,愈恶愈丑,愈横愈丑,她对我实在是没有任何吸引力了!真的!可是我仍然愿意善待她。我有点可怜她。看到一个人变得这么坏,我只觉得可怜。她本来可以不这样的。你如果说这是旧情,我也不能说就完全不是。我硬不下心肠来。我愿意装傻,我愿意不知道她的坏只知道她的好!我只承认好不承认坏!我只承认善不承认恶!世界上坏人已经够多了,为什么?就因为好人也学会了与坏人斗,好人也变得提防起来、狡诈起来,好人的心也愈来愈硬了。当好人与坏人掐成一团的时候,你也就很难区别好人与坏人了。你不好,我也就对你不好,永远是以其人之道还治其人之身,以眼还眼,以牙还牙,永远是勾心斗角、尔虞我诈,永远是口蜜腹剑,冷若冰霜,提高警惕,严阵以待,永远是你对我不仁,我对你不义……这样下去我们年轻时候相信的共产主义理想还有没有实现的日子?我们所提倡的新社会的崭新的人际关系还有没有建立起来的那一天?人世间的任何一个坏都带来一连串坏,甲对乙不好,或者只是乙认为、乙判定甲对他不好,这便引发了乙也对甲不好,然后甲与乙都汲取了互相恶意对待的教训,不但互相对对方更不好,而且他们对丙和丁也不那么好了。我们可以假设丙和丁早先很单纯很善良,由于甲和乙分别或一起对他们不好,他们也变了,如此这般再影响到戊己庚辛壬癸,奸诈与险恶的用心像癌细胞一样分裂繁殖,世界上就再也没有好人再也没有好心了。红云,如果人间是这样的,我们走这一遭还有什么意思?所以,从我做起,从我这里我就要把这个恶性连锁反应中断下来,我高喊一声'停!'一声'stop!'我来当这个傻子当这个窝囊废好了!你骗了我一次,我就让你再骗第二次,你要了我一次我就让你要我第二次,你……"

"你打了我左脸,我就让你再去打右脸……你猜他们怎么样?他们会毫不犹豫地再照你的右脸打一个大嘴巴!把你打翻在地再踏上一只脚!"红云插嘴说。

李门沉默了许久。他最后说:"我没有别的选择。"

红云也沉默了许久,她慢慢地站起来,走了过来,她捧起了李门的脸,她流着热泪,摇摇头又点点头,她说:"好吧。"

就这样,侯志谨靠李门的支援去了 H 国,以口语不好为名,委托旁人代"他"宣读了李门写就译就的英语论文,得到了女皇的奖赏。他得意洋洋,大胜而归。他当上了正式的所长,又终于晋升为研究员。在所里,他表面谦虚地说:"我们的一切成绩都是集体努力的成果,都是领导的英明的果实,都是人民的哺育和支援的果实。我这次去 H 国的成功,光荣归于大家!"

　　任何美好的思想也很难经得住反复引用和解说。等到一九八七年十二月初,冯满满再次向李门提出新的更加困难的要求的时候,李门更加方寸混乱,也就讲不出那么动人的光芒四射的道理来了。他本来向红云保证过,这次他不准备应召去冯满满那里了。他硬着心拖延了好几天,还是去了。回家以后,他看到了红云的肃杀的面孔。他长叹一声,他说:"我怎么办呢?"红云根本不予置理。李门又说:"做个好人,怎么这么难呢?比做坏人难太多了呀!"

第 十 四 章

连续几天,李门决定结束他与冯满满的来往,说一次"不!"了。是时候了,应该让人们知道这一切。他不能再任冯满满胡作非为下去。他不能再任凭,不,不仅是任凭,而且是帮助不学无术的侯志谨假冒伪劣,欺世盗名,蝇营狗苟,到处伸手,没完没了地给自己捞捞捞了。这样下去,他可能是,不,他已经是侯志谨的合伙者,是帮助老虎作恶的"伥"了。尤其是,他与冯满满有那么一段……天,谁能理解他呢?他的所有的好意,所有的牺牲,所有的忍让、大度、克己,不都是可以解释为一种丑恶,一种别有用心,一种败坏与堕落么?多么可耻!多么讨嫌!

问题还不在于旁人会对此说什么,问题是满满的态度愈来愈使他难以容忍,这一粒一粒的药丸他是愈来愈咽不下去了。爱过也罢,睡过也罢,想过也罢,哭过也罢,你还叫我怎么样呢?你有什么权力对我一辈子颐指气使,指手画脚,吆三喝四,呼来赶去的呢?人活一世,想干什么却不能去干什么,这已是十分痛苦的事。而比干不了自己想干的事更痛苦的是——偏偏要去做自己实在不想做的事。这好比什么呢?这就是被强奸呀!在他的一生当中,他已经遇到过不止一个那么喜欢强奸旁人、那么以强奸旁人为乐的人了。以为自己有一种什么力量什么本钱,从而以为自己可以勉强别人做他本来不喜欢做的事,并以此为骄傲为莫大的乐趣——真讨厌,真可怕呀。我再也不想满足这样的人的口味了!

他想这些事情想得心浮气躁,心不在焉。他想得自己都怀疑起自己的生活道路与价值选择来了,用愈来愈流行的说法,他这一辈子怎么活得这样累! 以年轻人的看法,他不仅是迂腐,而且只能被认为是虚伪了。他永远是左顾右盼,畏首畏尾,照顾旁人,克己复礼。可谁又照顾过他呢? 他是怎么活的这几十年啊! 现在,现在都快要六十的人了,难道他还可能改弦更张么?

于是他约束自己不再去想这些烦人的事,他听音乐,练气功,散步和喝白开水。吸吸呼,吸呼吸,呼吸呼……他每天都对自己告诫一百遍:放松,放松,再一次放松。这是他多年以来自创的一套自我调整方法,堪称行之有效。等到听完了克莱德曼的钢琴曲,静坐了几次,又到郊区走了走,到几个破庙里看了看,喝了几大塑料瓶白水之后,他没事了。

没事以后,便又觉得原来的想法过于激烈。何必呢? 活到这个时候了,还要改装改戏改角色么? 不是太招摇了么? 没有比招摇过市更令他恶心的了。几年来,他也见过一些原来"左"得怕人现在又右得要死的先生,他们动不动打过去的自己的嘴巴,难道可以用这种方法来奏乐、来卖响儿么? 而且,说下大天来他也不能伤害满满。满满成为这个样子,难道是因为她天生就不好么? 她只是太个人太要强太拔份儿了而已。

不要那么清楚吧,世界上没有那么清楚的事。人生最后只能模糊数学,大而化之,有即是无,无即是有,好就是坏,坏就是好……不再那样听从冯满满的也就是了,打打太极拳也就是了。

这个期间冯满满又来过几次电话,催问李门办事的进展。李门每次都怔怔忡忡,不正面回答。见他这个样子,满满最后在电话里哭了起来。李门只好安慰她说:"放心,我会处理好这件事的,没有什么了不起。放心……"

"还放什么心? 一切都晚了……"满满说。

是的。虽然甘为敬揭露侯志谨的报告文学并没有写成,而李门也没有挺身而出说明真相,关于侯志谨占有李门的科研成果跑到国外招摇撞骗的事情却很快传遍了全科学院。所党委书记陈一贤找李门谈话,了解真相。李门急中生智,一口咬定课题是他与侯志谨合作研究出来的。侯志谨去 H 国宣读论文并无不妥,得奖回国以后,侯志谨一直强调论文是集体研究的成果也是事出有因的与合理的,不存在侵犯知识产权的问题……

陈一贤对李门的回答十分满意,他一再表扬李门说,李门是维护大局的模范。陈一贤说由于此事已经发展到国际诉讼的地步,那么这里就还有一个一致对外的大局问题。他建议李门三思而行,努力使这个案件的发展于我方有利而不是相反。李门唯唯。

与书记的谈话使李门获得了启发和教育,何必把事情推上绝路呢,和稀泥,和稀泥,活了大半辈子了,别的学不会,还不会和稀泥么?

他给美国的戴维德写了一封信,并附上了英语译文。他说明,侯先生在 H 国宣读并获奖的论文是他与侯先生通力合作长期研究的成果,他提醒戴维德先生回忆一下他们在一九八六年在北京的会面,参加那次会面的还有中方的周先生赵先生刘小姐,美方还有史密斯先生和勃朗特夫人。他认为会有足够的证人来证明他与侯先生早在那个时候已经掌握了论文所提出来的大部分数据与方法,他也有足够的证据和证人能够证明:他们从来没有接触过发表戴维德的论文的刊物。他暗示说,如果他更早地知道了戴维德先生的论文,也许不是戴维德起诉侯志谨而是他与侯志谨起诉戴维德了。他把信件复印了若干份交给了冯满满与所、院领导。

一个多月后,他——又是经过院外办的收转——接到了戴维德的传真回电,戴维德表示他怀疑侯志谨的科研能力和李门关于他与侯志谨合作进行研究的说法。但是既然李门如此这般地做了说明,他决定撤诉,并且希望今后加强与李门这样的真正的科学家而不是冒牌的科学家进行学术交流。

官司的危机是过去了,但是侯志谨已经成为笑柄。省报上出现了以《科研也要打假》为标题的杂文,杂文不点名地公布了侯志谨的丑闻。杂文被科学院的好事之徒复印散发,院党委正式找侯志谨谈了话,要求他对此做出负责任的交代。

与此同时传出了侯志谨即将被要求离职和李门将被任命为副院长的消息。在一个坐冷板凳的科研单位,没有比人事变动更能引发人们的兴趣的了。G省科学院,大多数人对于侯的可能下台幸灾乐祸,愈是没有机会上台的人愈喜欢听到旁人下台、最好是狼狈地滚下台的消息,听到这样的消息,他们的由于没有希望"上台"而造成的心理不平衡才能得到某种缓解。而对于李门的再一次有可能"上台",则分成了三大派:拥护的,反对的,认为"爱谁谁"毫无兴趣的。三派人有时候议论争论起来还挺热闹。一个刚刚在美国读了博士回来参加社会主义建设的副研究员叹道:"还是中国民主,还是中国议论多,还是中国热闹呀!美国好是好,可谁与你谈论人事变动呀!在美国,人们是最闭塞、最憋闷的呢!"

一九八八年的春节到来了,春节,人们互相走动,正是传播各种消息的好机会。方家认为,没有一九七六年春节的拜年互传消息,就没有当年十月的"四人帮"覆灭呀。

关于李门与侯志谨的消息成了人们拜年的主要话题,成为了朋友为庆祝春节而干杯时候的主要下酒菜。说法愈来愈多,有些说法转了一圈又传回到李门这边来。其中关于李门与满满的旧情,传得十分不堪,竟有人说是李门与满满搞出了一个孩子,他们偷偷打胎,违反了当时的政府有关规定,李门才被下放到X自治区Y市Z厂的。还有说侯志谨是用老婆换论文换出国换职称和正所长的名分的。也有的传说相当"言情",情节赛过了琼瑶的小说,比如说冯满满嫁侯志谨是不得已,她数十年不与侯同房,冯小红其实是他们的养女。最离奇和有趣的是说那一年出自X自治区的一位红歌星林珍珍是李门和冯满满的私生女,人们并且分析了林珍珍的面孔,说是她的眉毛眼睛鼻子像冯满满而嘴与下巴活脱脱一个李门。其他各种流言蜚语也是斑驳绚烂,有的拉扯上了满满的干爹,有的拉扯上了小红与坚强,有的拉扯上了简红云,有的拉扯上了甘为敬。最后,流言蜚语又把李门曾经"企图暗杀首长"的老话扯出来了。说侯志谨陷害者有之,说李门确实有政治问题者亦有之。

李门不喜欢听这些传言。不知道一些人是怎么想的,以为把从别处听到的骂李门的话语告诉李门才是李门的真朋友的表现,他们以为向某人汇报谁谁怎么骂了你是向他表示效忠的最佳途径,以为李门一定会重金悬赏寻求这些议论自己的"情报"——世上硬是有这种人,不惜血本地让自己的亲信到处搜集什么什么人骂了自己什么什么话。可惜,李门不是这种人,他没有这种雅癖。

最最津津有味地谈这些传闻的是邹晓腾。邹晓腾近年来本与李门并无瓜葛,到 G 市后,有一次在省、市政府联合主办的"五一"联欢会上二人见了面,有一些寒暄,从此再无过从。一九八三年选拔所长期间,李门听说过邹晓腾如何到处攻击他,李门觉得纳闷。两个人井水不犯河水,邹晓腾攻他又有什么意义呢?邹晓腾操心的事不是太多了吗?世上就是有这样的人哪,到处充当搅屎棍并以之为人生的最大乐趣,为之不辞辛苦,为之不惜投入。

到了一九八八年春节,李门突然接到了邹晓腾的电话,说要来拜年,时间定在次日下午五点,并且特别提到,要"看看我那大侄子李坚强世兄"。李门莫名其妙,只能说欢迎欢迎,同时根据他来的钟点李门说欢迎你到家里来吃晚饭。简红云对于邹晓腾也有所风闻,便说此事蹊跷。李门说:"毕竟是老同学嘛,过年了来看看也属正常,我跟他无仇又无冤的嘛。"红云说:"你看着什么都是正常的,你就是林彪所说的那种'脑袋掉了也不知道是怎么掉的'人呀!"

听了这话,李门反而十分高兴。他摸一摸自己的脑袋,笑着说:"瞧呀,我这个脑袋还挺安全的嘛,而且可以说是愈来愈安全,这就是我的为人处世的原则的伟大胜利喽!积半个世纪之经验,我的这套处世方法,对于百分之七十的人来说都是有效的,就是说每十个人当中至少有七个人会因为我善待他们而放弃了对我的莫名其妙的敌意。当然,还会有三成人利用我的善良继续欺侮我和损害我,他们把一切善行看做软弱可欺,看做愚蠢与无能。我们碰到的问题是:是为了百分之三十干脆对那百分之七十也拒之于千里之外,从而伤害了不应该伤害的人,冷淡了不应该冷淡的人呢?还是忍下那百分之三十,让那三成进一步去暴露自己的丑恶、最终自取灭亡,让我们去赢得那多得多的百分之七十的友谊和信任呢?我看,后一种选择更好。"

红云摇一摇头,她说:"从前,我们在 X 自治区的时候,你的话是对的,因为那个时候至少不会有人嫉妒你。现在呢,你的这一套灵不灵,我看还是一个问题。人们对你的要求和希望也与过去不同了嘛。"

"其实说什么百分之七十有效,那也是我自己安慰自己。不这样对待,我也不会别的。你说都是老同学,邹晓腾电话打到家里来了,我能说'不,不行!你别来'吗?"

到了初三那一天,邹晓腾带着自己的最小的闺女来到了李门的家。几年未见,邹晓腾胖得像撅着肚子的孕妇,他自称是像某一个外国元首。他换了一副黑边眼镜,迈着又不像京剧台步也不像少林或者武当功夫步的大八字步,发出锯木头一般的笑声,口齿愈来愈不清地进入了李门的家。从前,他似乎也有口齿不清的毛病,但是近年来他的不清已经达到了相当严重的程度。李门看了看他,一个是他掉了好几颗牙齿,说话漏风,影响了口齿的清晰;更主要的是邹晓腾一说起话来就急得要死要活,他总是恨不得让天下的话都由他说出来,恨不得让听他说话的人一秒钟向他效忠和称是一次,他坚决地要求在他滔滔不绝的时候别人洗耳恭听而且五体投地,略有不合,他就要更加激动悲愤地更加强调地说下去。这种过分激动的应该说是强加于人的说话方式显然不利于他的身体健康,也不利于他把话说清楚。这样说话,已经成为他的特点,更成为他的需要,你感到的是,如果不让他这样说话,或者不好好听他这样说话,他一定会憋死或者气死。他也五十多的人了,当年堂堂一个神童,如今不过混成这么一副样子,再不听他哆哆哆哆嚓嚓嚓嚓地拉锯,也太不人道了。只是听他的话可以很快使人觉得疲劳厌倦直至发疯,这样讲话的人呢,天知道他会不会早晚有一天因为说话而累死。话又说回来了,宁可累死也比憋死好啊。在邹晓腾滔滔不绝的时候,李门想起了三十年前他们还在上大学的时候冯满满对他的一个评语。冯满满的名言是:"邹晓腾有话痨,他早晚要死在说话上。"真是江山易改,本性难移,半生过去,依然故我呀!

邹晓腾不来你家则已,来了,你请他进了屋,你请他坐到了沙发上了,好了,拿出耳朵来,你就听他一个人无休无止地说下去吧:

"哈哈,吹了,这回是真他妈的吹了。谁吹?怎么还问谁吹呢?当然是侯志谨啦。听说马上就撤了……"

"不会是撤呀,最多是到了年龄正常退下来就是了……"李门表示了一点异议。

"都一样。他小子算是吹了。也是一辈子,除了整人,你说他还会什么?也给自己弄了个所长,也算是正研究员了,这不是自己恶心自己吗?什么研究员?就算那次去H国宣读的论文是你们俩合作的——其实我什么不知道?他也不能一个研究员一辈子只写过半篇论文呀,有满满能不够地帮助他也没有用!想当初,满满真是一朵鲜花插在牛屎上了……"

幸亏邹晓腾说这个话的时候简红云没有在场,红云到厨房弄什么吃的去了。李门赶紧转移话题:"最近文艺界有什么新闻吗?"李门提文艺界并非他对文艺界有什么兴趣,他素来对文艺界云云不闻不问。他提出文艺界的目的是,一,转换一个话题,不要再议论冯满满的婚姻了。二,不要再议论侯志谨的职称与职务了。毕竟邹晓腾诗人脚踏科技与文艺两只船,早就算是文艺中人,谈谈文艺界的事,对李门来说如听天方夜谭,反而不会有什么尴尬。

"文艺界,文艺界就不用提了。在中国,哪里有文艺界?所谓文艺,其实玩的都是政治。革命是政治,反革命不也是政治?歌功颂德是政治,干预生活不也是政治?洋鬼子也一样,给你发奖,是政治,不给你发奖还不也是政治?捧谁,打谁,推谁,压谁,晾着谁,提拔谁,哪个不是根据政治的需要?体育是有标准的,科学大致上也还算是有个标准,文艺,文艺的标准在哪儿?《欧阳海之歌》一出来,不都说是划时代的纪念碑吗?现在咋不说了?我当年那个献给人民一百次一千次一万次一亿次多么轰动,现在怎么不提了?这不是,一改革开放,全都实现自我去啦,往前推二十五年,你实现自我,不划你一个极右派才算活见鬼!总而言之政治家斗法,文艺家您他妈的就当炮灰吧您哪!"

"咦?咱们大侄子呢?"讲了这么半天了,邹晓腾想起李坚强来了。然后他也想起了自己的女儿,介绍说:"这是我的三闺女,邹顺男。名字是我起的,第一,他妈一连生了仨丫头,我希望顺下去来个小子,男的。结果呢,到了这儿她就齐啦,不往下顺了,小子也就泡了汤。我要说明白,这可不是我的问题。不孝有三,无后为大,按说我应该再娶一房,唉,现在不兴这个啦。再说,咱们是从什么日子走过来的?能够一朝富贵就停妻再娶吗?第二,我们老邹家的女孩子,从小训练的就是三从四德、贤妻良母、驯服工具、永不生锈的螺丝钉、驯服的得心应手的工具呀您哪!她们就是要顺着男人,决不能像冯满满那样。那样的女人,在我们家,就是要用《聊斋》上制服悍妇的办法制服之!喝喝喝……"邹晓腾笑得如同正在给冯满满式的悍妇施酷刑,并从给旁人施刑中得到莫大的乐趣一般。

李门无话可答。从一见面他就被邹晓腾的滔滔不绝所占领,他甚至没有注意顺男小姐的存在。他抱歉地打量了一下顺男,长得倒也算清秀,鸭蛋形脸庞,面色青白,脸上有几个可爱的小瘊子。她的眉毛细长,目光温顺,表情平和,略略有点水蛇腰。从邹晓腾的话里,李门想起了外边的传闻:邹晓腾在家里是处于至高无上的位置上的,他的一个老婆三个闺女围绕着他转,侍候着他。他有时候心血来潮,要洗一块手帕,这可不得了,帮他打水的打水、倒水的倒水、递肥皂的递肥皂、扶腰的扶腰,比由旁人洗还要兴师动众,麻烦而又热闹得多。李门本来不大相信这种说法,他认为现在是什么时候了,又是在大城市,又是搞科学文学的,哪里还会有这种风俗……今天一听,还真有那么点意思呢。

"我这个女儿,最孝顺不过,最能干不过。你知道我那个老伴,那是一锥子扎不出个屁来的人,也就是比木头墩子多俩眼睛。我就是爱她的这一条,这种个性,您放心,绝对不会有女祸。江青要是这脾气,您说,还哪儿来的'文化大革命',那不,咱们祖国也就早强盛起来了。唉,我亲爱的中华呀!我的两个大女儿,早就嫁了人了,我那个后来抱养的小儿子,完全是衣来伸手、饭来张口的修正主义苗子。中国革命将来毁就毁在他们这一代!我们家靠的就是她——顺男。没有顺男,我们家的人早死光了。吃菜,靠她烧。活计,靠她做。做饭针线,里里外外,哪一样离得了她?她烧出来的猪蹄,味道第一流不要说,毛也是一根一根拔的。我说,你可以烧红了通条去烧嘛。你猜她说什么,烧出来的有股子煳味,怕爹爹不爱吃。这够得上二十五孝喽!我这不是当着她说,谁要是娶她当了媳妇,那可真是终身有福,满门有福呀!"

邹晓腾激动地哈哈大笑。仅仅是笑犹未尽意,他拍起李门的肩膀来了。一边拍肩膀还一边眨眼睛,难道邹晓腾说到自己的女儿还有什么猥亵的意味?李门大感不解。继而心中一动。难道是?呵。

邹晓腾高举酒杯,反客为主地邀李门干杯。李门尴尬万分,便用言语推托。

"那,你这是瞧不起我了。不行不行,咱们哥们儿好几年没在一块堆儿喝过酒了……你这么舔一舔算是什么事啊!"

李门心想,什么叫好几年呀,我与你压根儿就没有在一起喝过酒呀。忽然一下子热成了这样,高烧四十二度了,这究竟是为了什么呢?为了顺男?

他正在为难,简红云端着浇汁鲤鱼过来了。邹晓腾转而去"进攻"红云:

"弟妹!咱们李门兄弟那可是一个大好人呀!这年头这样的好人你打着灯笼只怕也难找了!别的不说,他这几年够红的了吧?再说,这年头是什么社会风气呀?婚外恋成了光荣新潮啦!有本事的男人谁不搞他十个八个的!当初你们结婚的时候他什么处境?如今呢?人家不是陈世美!糟糠之妻不下堂,是我们中华民族的美德!就我这个猪八戒样,还有上赶着来的呢。咱们李老弟要是想风流一下,那你们家门口还不排成了大队!我也是真正的柳下惠,坐怀不乱呀,我说您哪!"

简红云听得实在格格不入,转头走掉了。

李门很不好意思,他怕红云的激烈反应让客人下不来台。红云也太不肯迁就了。没有想到的是,邹晓腾居然毫不计较。大概在他的心目中,女人本来就只应在厨房操劳,不应坐上台面。所以,红云转身离去,不理睬他的所谓"敬酒",他的反应是怔了大约三秒钟。这三秒钟使李门如坐针毡,但是邹晓腾却用三秒时间找回了感觉,他趁势叫了一声:"弟妹!别搞那么多菜!不是外人,不用客气!"倒好像是红云对他过于热情,给他添做美食去了。

李门一听,也不由得不服了气。他的自我感觉实在太好了。

后来李门又想,也不排除另外一种可能:邹晓腾其实觉察到了自己与红云话不投机,他干脆给你来一个以歪就歪,气可鼓而不可泄,与人方便自己方便,我脸上好看,你也好看,你反而没有脾气了。杀猪捅屁股,各有各的门道,然也。

邹晓腾高举酒杯,大声疾呼:"兄弟!咱们谁跟谁呀!半辈子的朋友啦!从小齐打齐地长起来的,从小就是一条板凳一条裤子长起来的,谁不知道谁呀……"

李门又不解了。今天邹先生这样出言友好他倒是很感谢,出口

"哥们儿",当然比出口伤人强多了,但是也好不到这一步呀。说到底他们也不过是青年时代同过不到三年学罢了,哪儿来的齐打齐、一条板凳一条裤子去?

邹晓腾则被自己的话所感动,脸也红了,脖子也粗了,嘴也歪了,舌头也大了,而且随着话语的走向深入,他的咳嗽与喘气也渐渐加大了力度与烈度,他简直是吴牛喘月一般地说了下面的话:

"兄弟,我知道你一直是让着我!别以为我不知道。说实在的,我一直就不服你!我当神童的时候,哪里有个李门呀!唉,还说什么呢?我也就不跟你比了!我可没有少骂你,你一直是一声不吭。宰相肚子里能撑船,有你的!四年前那回,我本来是拥护你的,甘为敬这个流氓!还有侯志谨这个阴谋家!他们硬是怕你上去呀!他们使了多少坏呀!使坏又有什么用,真本事在那儿摆着呢。这不是,听说已经定了,你老兄马上就是副院长了!挡得住吗?挡不住的!李门同志,李研究员,李委员,李教授,李院长!我这不是来你家了吗?我很激动,你能当上副院长,也是咱们哥们儿的光荣!给咱们也争一口气!我是紧紧跟着你的,记住,李门院长,我是永远跟着你的!"

"你这是说到哪里去了,没有的事啊,我也干不了,再说……"

又是一阵猛烈的咳嗽,一阵大喘带哼哼,邹晓腾说:"甭客气!说句实情,现在的事,有点抱负,没有权,那怎么行?兄弟你上去了,别忘了咱们呀。听说省政协明年又要换届了,无论如何你找个机会要反映一下,天津话说,挨个儿也该挨到咱了嘛!"

李门解释说,他对这些事一无所知。邹晓腾说:"这不是,您又跟我打上官腔了不是?官话谁不会说?我们是为人民服务的,我们都是人民的勤务员。是啊,我就是要当勤务员呀!当了勤务员跟不当就大不一样了啊。李门,你别瞧不起我!咱们这里光靠个人的力量,你能做得成什么?你还好说,你业务上是有成就的,可你也得当这委员那主任的呀,你是不费吹灰之力什么什么都从天上掉下来了呀,我们没跟你比呀,我不是说了吗?服了还不行?你是芝麻开花节节高,青云直上上云霄呀!你什么都是不要自来,你敢情清高超越了。你是愈超越人家越追着你上赶着给你送啊,锦上添花火上浇油呀!我们呢,我们自个儿不奔去谁理我们呀!人比人气死人呀!这不是,我不跟你比了,我服了还不行吗?你就不能帮帮哥哥我么?"

李门只能唯唯。他答应只要有机会一定为邹晓腾的事多多美言。邹晓腾一口一个服了服了的,倒也让李门开心。他想,这不是最新的一例么?我的"不抵抗"政策,不是又结出了新的丰硕成果了么?

说完自己的事,邹晓腾开始叙述他听到的关于李门升迁的种种流言蜚语。李门几次打断他他硬是停不下来。李门无法,只好闭目养神,偏偏这个时候躲了老半天的简红云又返回来了。于是邹晓腾又与红云大赞起自己的三闺女来。赞一句三闺女问一句李坚强,并且埋怨说:"我早就告诉你们了嘛,我是要来看大侄子的,我特意让顺男来,就是为了让年轻人也见见面,咱们是通家之好,叫做咱们的交情要世世代代传下去,万古长青!"

"坚强到哪里去了,我们也不知道。儿子都那么大了,他的一切都是独立自主的,我们从来不干涉他。"红云话里有话地说。

"弟妹!您这样说我可不赞成!"邹晓腾的顽强令李门惊讶——几乎可以说是佩服了。只听邹晓腾继续说:"咱们中国可不兴这个!孩子,只要活一天,就一天是咱们的孩子!他们得听咱们的!他们懂什么?我的两个大女儿,她们的婚姻都是我做的主!她们有什么社会经验?她们知道什么人可靠什么人不可靠?她们懂什么叫相敬如宾,白头偕老?要是碰到甘为敬式的痞子呢?还不是得找她爸爸来?我们长这么大容易吗?我们吃了多少盐了?真是的,我们过的桥比他们走的路还多呢!我们必须对他们的未来负责!我们这是对国家负责,对历史负责!独立自主?当然要独立自主了,等着我死了好了,有死的那一天,别着急嘛!哈哈哈⋯⋯顺男,爸爸说得对不对?"

顺男像蚊子哼一样回答了一句。

"大点声!"邹晓腾催促道。

"爸爸说得对。"顺男说。

"那屋里有彩色电视,今天有北京的春节晚会实况重播……"李门不但尴尬,而且有点难受。他想把顺男支开。一个女儿听爸爸的这种腐臭的陈词滥调,李门感到的是一种生理的痛楚。

"不要,就是要让她听着。爱听,要听,不爱听,更要听,由着他们的性儿还行?"

"我爱听。"顺男条件反射般地说,样子略显疲惫。

就在这个时候坚强回来了,不是一个人,而是与冯小红在一起。两个人的进门,带着一股寒气与年轻人的热气。

"妈,快给我二十块钱,我们打'的'回来的,我这儿只有一百的,他找不开……"

李坚强一进门先要钱。他的貂皮领子软皮夹克闪闪发光。对客人,他只是略略地挥一挥手,像是在擦掉玻璃上的一小块黑斑。

冯小红倒是仔细地打量着正在吃饭的全体。她穿的黑领子黑袖口绛红呢大衣也很耀眼。难得的是虽然是冬季穿用的大衣,仍然看起来那么苗条和有线条。也许是由于外面太冷冻的,冯小红的眼睛晶莹流动,目如秋水。冯小红一笑,又是那样幸福和沉醉。

"从哪儿来……你妈妈可好?"简红云迟疑地问。

"我们去逛公园。冬天,公园好极了,全是雪……"

邹晓腾鼻子里哼了一声。又不满地对小红说:"简阿姨问你你妈妈怎么样。"

"我妈妈? 她一直是魂不守舍。不是说外公要来么? 行期改了三次了,我妈什么别的事也顾不上了……这不,都初三了,她这才去给她的干爹拜年,有了亲爹了嘛……"冯小红毫无顾忌地说。

"小孩子不能这样说大人!"邹晓腾训斥道。

"好的,不说大人! 大人哪儿经得住说!"冯小红格格地笑了起来。她脱下大衣挂在衣架上,露出了杏黄色缎面丝绸棉袄和深咖啡色哔叽裤子。"恭喜发财,恭喜发财!"她一边说一边笑,不知道她是真心还是开玩笑。

这时,李坚强付完"的"钱回来了,他才顾得上给邹伯伯行礼,并且与邹顺男打招呼:"到我们房间来吧。"

邹顺男看着自己的父亲,邹晓腾摇一摇头,于是顺男也轻轻地摇了摇头。

两个年轻人当众手牵手地进了坚强的房间。

所有吃饭的人——包括李门与简红云,邹晓腾与他的女儿都感到无比的尴尬与吃惊。怎么能这样,怎么会是这个样子?他们面面相觑。

进屋才片刻,传出来李坚强与冯小红的放声大笑。接着,响起了麦克尔·杰克逊的以摔盘子摔碗的碎裂声伴奏的歌声与震得房顶为之颤动的鼓声与大"贝斯"声。李门皱起了眉头。这房子的隔音性实在是实在是太差太差了。

后来李门与红云议论,邹晓腾也太莽撞了,没有见过这样行事的人。"怎么不说一声不问一句就把闺女带过来,而且差一点就要当场包办啦!"

简红云指出,这样任性胡为乃是一些自我感觉特别良好、老是误以为自己是个什么人五人六的人的行事特色。他们专干那些不合情理、匪夷所思、一厢情愿的蠢事。而且他们做这些事的时候硬是一点也不脸红,不怕自己出丑,不怕出尔反尔,不怕折腾旁人或者伤害旁人。这就是大人物喽。

"邹晓腾又算得上什么大人物呢!"李门不以为然地说。

"神童啊!哪怕是误会或者骗局也罢,小时候当过两年神童,也就够他晕乎这一辈子直到下一辈子啦。"

李门觉得红云的话未免太刻薄了。

然而顺男还是一个可爱的孩子。他们俩觉得对不起顺男,甚至觉得他们对顺男的尴尬负有责任。他们对小红在这种时机以这种方式的出现,也大有迅雷不及掩耳的感觉。他们体会到,邹晓腾的说教固然陈腐,李坚强的行事方式也令人难以接受。然而,他们当然知道,他们毫无办法。他们不论认识上如何与邹晓腾大相径庭,还是对坚强与小红的事忧心忡忡。

"无论如何,邹晓腾是被我们感化过来了。你没听见,他说他知道了我是一直在让着他的,他说他以后再也不和我争了。瞧,他现在光剩了套近乎了,这不能说不是我们的善良的报答,也是我的忍让为先的处世方针的胜利。"李门说。

红云则摇摇头。她说:"别自己骗自己了。邹晓腾这种人能接受你的感化?没有门。看底下吧,如果你青云直上,他就到处以你的铁哥们儿的面貌出现,一会儿是一条裤子,一会儿是一条板凳……"

"我真怕他这一手,这种话说出来我是一身鸡皮疙瘩。真有不怕说丑话的人哪。真有拿着丑话当作料的人哪。要是这样,还不如以我的死敌的姿态出现呢。"

"那就由不得你了。如果半年之内——比如说,你没有当上什么副院长之类,要是有什么气候呢,谁说得准?看吧,看他那个时候是什么调子吧,说不定又成了和你这个暗杀犯做斗争的老功臣了呢。"

随他去吧。李门想。有个邹晓腾,这也是一景呀!他笑了。

第 十 五 章

"对不起,我就不去了,我有事。是的,这个,我不舒服。你们好好共享天伦之乐吧。不,我去干什么。好,对不起,不去了不去了。请向老伯致意……"

李门一次又一次地辞谢了冯满满要他与她的自天而降的父亲会面,还有共进午餐、共进晚餐、共饮咖啡、共赏地方戏的邀请。

"你这是怎么了?我可真的生气了。"满满说。

"我说了,对不起啦。你就不要勉强我了……"

"这叫什么话?我什么时候勉强过你……"

"好吧,再见。"李门干脆挂上了电话。就这样了吧,满满。许多年了,你让我给你干什么,我差不多全给你干了,我报答了你啦……至于出现了或者涌现了一个来自大洋彼岸的阔爸爸,这就和我毫无关系了。我没有应你的要求陪你去看过你的共产党老干部干爸爸,难道我就会那么乐于去看你的国民党亲爸爸吗?想想你的控诉吧,你不觉得尴尬我还觉得尴尬呢。他想。

他把他拒绝满满的邀请的事告诉了红云,红云只是冷笑而已。

然而,他仍然逃不脱。一九八八年三月第三个星期的晚上,李门接到了一个非常客气的电话:"我可不可以与李先生讲话?"这声音是轻弱的,然而似曾相识。

"我是李门。"李门说。说这个的时候他完全没有想到别的。

"我是老顾呀,就是密斯特格鲁特——顾康杰呀,我们在 B 国见过面的呀！您记得苏吧？"

什么？

"您瞧,我们的缘分不浅！我就是满满的生身父亲呀,我们已经四十多年没有见过面了呀！我本来是……那个,在逃的反革命呀。是的,我回来了,我回来了,我姓顾的回到 G 市了！我让满满和她妈妈受苦了。满满说您是她最好的朋友,您帮了她的大忙了的。我要当面谢谢您啦。"

"苏,她怎么样？她好？"李门几乎不相信自己的耳朵,又从海外得到了苏的消息……

半响,对方没有说话。李门觉得歉然,他还没有问候顾康杰本人呢,怎么先去问人家的女儿？"您来了几天了？住在哪个旅馆？印象怎么样？"他改换了话题,问道。

对方做了简单的回答。他老了,声音愈来愈沙哑了。转眼,也有七八年了嘛。

他们约好了见面的地点:九龙饭店,晚上六点半,一起谈一谈,然后去一个泰国餐馆吃晚饭。

"请你的太太一定来。"顾康杰强调说。

"好的,我会告诉她。"

"一定来。我有一点小小的意思,是给尊夫人的。"

"您千万别客气……"

他当天晚上告诉简红云,一位来自 B 国的老人,一位大老板,一位虽然加入了 B 国国籍,却仍然念念不忘故国的有着曲折经历的顾康杰先生,要请他们两个人吃饭。次日的六点半钟……

"你认识他？"红云问。

李门不知道从哪里介绍好。他说他在一九八〇年去 B 国开会的那一次,在 B 城认识了顾康杰先生。他觉得他好像很有一些难言之隐,没有想到的是,他竟是冯满满的生身父亲。

李门觉得抱歉,怎么说来说去,又说到了冯满满身上。

简红云一声冷笑。李门便解释说:"我们在 B 城见面的时候,根本不知道他与冯满满的关系。他很客气,在 B 城带着我去看博物馆、海洋乐园、电影城什么的,又请我去吃台湾馆子……这次来到 G 市,冯满满找了我不知多少次,我都拒绝了,结果老头自己打电话打到咱们家里……他一再说请你一起去见面。"

"不去。我见得着他吗?又不是我的朋友。"

"别这么说嘛,我的朋友也就是你的朋友呀。你知道,他有一个女儿,名字叫做苏,应该算是满……呵,冯满满的妹妹了。她是个混血儿,你知道,顾康杰在海外又结了婚,他太太是比利时裔的 B 国人。一九八〇年我们在 B 国开会期间,苏是会议给中国代表派的翻译兼联络员……我给你说过的,她对我特别友好。"

"好。真好。"红云说。

"那么明天……"

"不去。"

李门只有长叹。

"不要对着我唉声叹气的。你又有中国朋友,又有外国朋友,又是 B 籍华人,又是混血儿……你的朋友遍天下,你和他们在一起是何等的快乐,为什么一见了我就愁眉苦脸,唉声叹气呢?"

"你这是说的什么呀?你别那么狭隘好不好?顾康杰是顾康杰,而苏就是苏,冯满满是冯满满……"

"你就说满满好了,何必一见到我又改口说什么冯——满满,这是干什么……"

"有一个海外回来的老人,他想请我们吃饭。他主动地特别地提出邀请你。这不是我的事,这是一个海外华人的事,而且是一个有政治意义的事。这无论怎么说也还是个愉快的事吧?总不是什么损害你的事吧?你不去已经是够可以的了,又何必这样不愉快呢?"

"哼,居然抬出了政治意义来压我。是不是要说我破坏侨务工作或者中 B 关系呢?李门你真行啊,你真会对付我呀!"简红云哭了起来。

　　李门不知道说什么好,便拿手帕给她擦眼泪,一边擦泪一边说是自己不好,但是他发誓他没有做对不起红云的事,希望红云不要不愉快。

　　"不是什么不愉快,我确实认真地想了这些事,我应该敢于正视现实。没有比不正视现实更糟糕的了,偏偏人就是不爱正视现实。我愈来愈明白了,你真正喜欢的是冯满满,我很羡慕她。你等我说完。我说的只是感情,不是选拔干部也不是道德评价。你可以说许多冯满满的不好的地方,你可以因为她的那些毛病而暴跳如雷,批判她或者可惜她。但是你仍然爱她,你本来就应该和她永远在一起。是过去了的那个时代、那种讨厌的政治运动把你们分开了……真的,人生只有一次,为什么就将错就错下去呢?这又对谁有好处呢?李门,你也不是不知道我,我是一个骄傲的人,我的毛病是自视太高,个性太强,我为我的缺点没少吃亏。我不会让自己做这样的角色的。我狠起心来会比你狠,我不会让别人打完了左脸再去打右脸……你们不应该放过纠正这一切历史的错误的机会。听我的话,你干脆去找冯满满,把一切都告诉她。让她赶快与侯志谨离婚,你们结婚吧。还有她的爸爸,还有她的妹妹,你们应该有更加亲近的关系。我说的都是实话,说了实话人是高兴的。我现在很高兴。"

　　说完,红云出门便走了,李门怎么说也拦不住。

　　于是李门又给顾康杰打电话。他编了许多假话,说明自己第二天不可能去赴约了。他心里一团乱麻。

　　一九八〇年,转眼也有七八年了。自从李门回到自己的科研工作岗位上,他没有想到时间会这样匆匆地度过。本来,一想到日月如流,往者已矣,他立刻就会想到童年,想到 P 县 S 市的一条马路一座楼,一个公园一只猴,想到 K 市 K 大学与双塔公园——多少荒唐的与奇妙的故事已经难以回首难以置信了。他还会想到时而度日如年,时而得过且过,时而自有一番乐趣的 X 自治区与 Y 自治州 Y 市。有几分辛酸也罢,毕竟是无比亲切和宝贵的日子。日子就像财产,更像健康,属于自己的才最宝贵,或者才有意义。成语叫做敝帚而自珍。这些才是往事,才是属于过去。而 G 省 G 市科学院与八十年代开始以来的一切,则都是现在时,是今天,是正在进行时,是刚刚开始远未完成的过程。谁想到顾康杰的一个电话,使他恍然觉悟:却原来,今天也正在逝去,正在留下长长的一道足迹,足迹也在湮没,足迹也在重叠。怎么得了?

他留下了什么样的落叶一样的日子呢?

一九八〇年是他第一次参加在国外举行的科学研讨会。他刚调到 G 省不久,他想不到事情发展得会这么快。多么难忘的第一次!出国,过去看来差不多等于登天,只有极少数特选出来的根正苗正,纯红无瑕,三代贫农,九族积极,一贯良好,无可挑剔的百万里千万里挑一的幸运儿才有这种机会。怎么会轮得上他?他十分惭愧十分觳觫也十分感恩戴德,新时期的天恩真是浩荡如海洋呀!

直到坐上了 B 国的 DC-10 国际航班飞机,他还觉得如同做梦。接到金发碧眼的空中小姐递来的橙子汁和干果仁,他也激动得要哭。党对我是何等信任呀,竟然让我一个人坐这么远的飞机,让我一个人随便接受外国小姐侍候过来的开心果(另外三名中国与会学者是从上海乘飞机赴 B 国的)!在开午饭,他吃那牙半圆形的乳酪的时候,竟没有剥皮,他是将乳酪连同红蜡皮一起咽到肚子里去的。及至看到旁人都在剥皮,他不免为自己的过分激动而不好意思起来。

会议的东道主对中国来的客人特别优待,一到飞机场他就与前来接站的格鲁特小姐见面了,格鲁特小姐自我介绍说她是会议临时雇来专门给来自中国大陆的学者当翻译与联络员的。格鲁特小姐讲着相当标准的"国语",她的头发也是黑颜色的。从第一眼开始,李门大吃一惊的是,这位格鲁特小姐的脸庞竟是这样酷似冯满满,特别是那两只热烈而流动的眼睛,比满满更大(从中国人的观点来看,似乎是太大了,大得无际无边),也更给人以某种冲击。她的鼻梁比满满稍稍窄细却高耸一些,她的眼窝稍稍内陷一些,她的脸庞稍稍比满满长一点点,总而言之,把满满欧化一下,找一个高明的化妆师做一点处理,冯满满就会变成格鲁特小姐了。

到旅馆住下来以后,李门谨慎地用英语说:"格鲁特小姐,您的中文讲得真好!"

"我爸爸是中国人嘛!"小姐笑了。

"从……台湾来的?"李门用中文问。

"嗯,怎么说呢? 其实父亲是大陆的,后来到了许多地方,也到过台湾。我是在台湾出生的,我母亲是比利时人。是父亲坚持要我学习中文的。"

很坦率也很亲切。这使又兴奋又疲劳又陌生的李门颇感安慰。

从中国大陆来的学者一共四名,格鲁特小姐负责照顾和帮助这四个人解决一切生活与交流上的问题。很快她就与李门搞熟了,她一再提出,不要叫我格鲁特小姐了,就叫我的名字——苏吧。叫一个苏字,李门觉得很好听。

三天以后,她以她自己和她父亲的名义邀请这四位由她照料的中国客人到她家吃了一回中餐:有肉丝炒雪里蕻、梅菜扣肉、粉条豆腐、白斩鸡……他们喝了绍兴加饭酒,尤其精彩的是还有大米稀粥和榨菜、酱瓜、腐乳等小菜。在饭桌上,他认识了苏的父亲顾康杰,也就是格鲁特先生。他也得知,苏的母亲已经去世多年了。顾康杰是一家国际旅行总社的老板,他们的分社遍布欧美。看样子他事业上相当成功。顾康杰待人接物很客气也很小心,不停地问一些关于中国的问题。当得知一些古老的建筑已经面目全非,一些江南的小巷已经被大道通衢所代替,一些泉水已经不再涌流而另外一些干旱的山区却平添了汪汪洋洋的水库的时候,顾康杰泪流满面,难以自已,他离开饭桌到洗手间去化妆整整五分钟。

"您回去看看嘛。"等到他回来吃饭的时候,李门和另外几位大陆学者异口同声地说。

　　想不到这一句话又使顾康杰涌出了泪水。于是苏赶紧转移了话题,而且改用英语与他讲话,好不容易才把他的情绪调整了过来。于是李门他们不敢再与他谈故国了。

　　不知道是为了调节父亲的情绪还是为了欢迎远道而来的客人,苏倒是愈来愈兴奋,不但说许多话,而且不等吃完饭就拿出了吉他,唱起了 B 国民歌。在唱这些歌的时候她就丝毫也看不出中国人的味道了,歌子纯朴动人,意思明白如话,旋律简单上口,使李门想起 X 自治区的民歌,如此相近又是如此不同,着实令人惊叹。苏唱起来灵动中又有相当的温柔与沉静,李门感叹不已。世界之大,语言与风格与人生之丰富,可称千奇百怪,变化无穷,但是冥冥中有一种非常单纯非常共通的东西,理解与接受起来毫不费力。真是了不起,真是值得赞美。

　　李门一面尽情快乐和赞叹,一面回想起不久前在闭塞的 Y 市的穷困而又畏缩的生活。再四望一下顾家豪华的房舍与欧洲式的家具,墙壁都是用特殊的丝织物装裱起来的,空气里也飘浮着一种在中国闻所未闻的香料气味。李门只觉如梦如醉,感从中来。感动中他特别想念简红云,分手不过四日,他已经十分念念,回想二十多年来他们俩相濡以沫,患难与共,真是谁也离不开谁。如今形势不同了,"鸟枪换炮"了,他出国大开眼界,而把红云丢在家里,他感到说不出来的遗憾。想当年上中学的时候红云功课比他强呀,后来因为功课以外的原因,她只上了个专科,学了个会计,当然她也还做得不错,但是毕竟没有他这样大的发展。开眼也罢,惊奇也罢,赞叹也罢,没有红云,没有分享与交流,他的这一切新的经验又有多少意义呢?这儿愈"好",他反而愈是想念自己的穷苦的家乡了。金窝银窝,又如何比得上自己的草窝呢!

　　在吉他伴奏的歌声中吃过了饭,又喝茶吃甜点,还喝了一点助消化的酒。主客尽欢,李门他们告辞。

苏开车送他们回旅馆。苏让李门坐前排座位,坐在她的身边。到了旅馆,互道感谢和晚安,客人回到了房间。

李门刚一进房间,电话铃响,是苏。苏在旅馆大堂给李门的房间打电话说,李门把一个皮包丢在了她的车上。李门连忙再乘电梯,下到大厅,苏把皮包交给李门,她建议到附近一个咖啡馆坐坐。

李门又高兴又有一点紧张,不知道自己一个人与这 B 籍小姐出去喝咖啡会不会违反外事纪律。只是临时无法请示,他又觉得苏很纯很友善可爱,没有理由怀疑她别有用心,便点头同意。谁知道苏一开动车就走了差不多二十分钟,一路上李门像小孩子一样地问了好几次:"快到了吧?快了吧?还没有到吗?"问得苏·格鲁特笑了起来,一再安慰他说:"不远,不远,不会到什么不好的地方去的。"

这个咖啡馆位于海滨。苏找了一个临海窗边的座位,他们坐下来,两个人都要了加酒的咖啡。这里有一种南非出产的专门兑咖啡的酒,对进去异香扑鼻。苏还要了果汁。李门刚坐下来就看表,苏笑着说他们这里现在夜生活才刚刚开始。苏问李门对他的爸爸的印象。李门说令尊大人非常客气,对故国非常有感情。苏说问题就在这里,他日夜思念中国,但是照他自己的说法,别人都是可以回去的,只有他不能回去,他说他回去就要被杀死的。苏问:"李先生,您看我父亲这个样子,如果他许多年前确实对中国犯下了重罪,那么,几十年过去了,能不能赦免他呢?"

李门说:"我想是能的,时间已经改变了一切啦。但是,我能不能知道老伯到底有什么事情呢?"

苏笑了笑,摇了摇头,"我实在是怎么也弄不清,太复杂了。"

"听说,你们都受过许多苦?"苏又问。

"也受过苦,也有过许多希望和快乐。中国就是中国,中国不是 B 国,我们的一切都离不开中国。苦也不是一个人的,乐也不是一个人的。不管怎么样,现在已经好许多了。"

苏深深地点了点头。她说:"和您一见面我就知道您是一个坚强的人,您的话证明我对您的观察没有错。在中国生活过的人是不一般的。"

"你这么想?在中国也有非常非常坏的人。"

"B 国也许更多。我想到中国去,我羡慕中国人的坚强与老练。与中国人相比较,这里的人都是一些娇惯坏了的孩子。"

李门微微一笑。他没有说出来的话是:"您也无非是个孩子罢了,还是让你生活得更轻松一些吧。"

"我知道,您不相信我是真的愿意到中国去。"苏用蜡管啜饮着果汁,轻轻地说:"和 B 国人在一起,我常常想起我的中国的那一半。有时候我想隐藏这一半,有时候我更想让别人知道我这一半,承认我这一半。而和你在一起,我却忘记了我 B 国这一半。瞧,这不是说明,我应该与中国在一起么?"

见李门除了点头没有说什么,苏又说:"我是出生在台湾的。直到我九岁了,我才与父母一道来到我妈妈的故乡。妈妈把我放到了她的姐姐——也就是我的姨妈家。我的姨妈是一个老处女,她按照 B 国的规矩来对我进行训练和改造。这也是一种洗脑——她连说中文也不允许。我哭了多少次呀!我有时候小声自己与自己说中文。我那个时候就想,我早晚要到中国去,我要出这一口气……李门,你觉得可笑吗?"

苏自动改了称呼,不再称他为李先生而是直呼其名。李门挺高兴。在异国,能被别人亲切与信任地对待,这还是令人熨帖的。他不知道为什么苏要给他讲这些童年时候的事,他不完全能够体会,但是他知道这里边也有一些沉重的东西。

他嘘了一口气。

传来了一阵像是儿童哭泣又像是风吹电线或者虎啸龙吟的声音,令李门不安地想到了人的兽性与凄怆,他还想到了犯罪。听说 B 国的治安情况很不好,听说有人半夜里会闯进一家酒吧或是一家咖啡馆,毫无道理,突然拔出一支手枪,乒乓乓,一路杀死许多人,而那个杀人犯还没有成年,无法定罪……他一个人与苏一起出来,千万不要遇到什么意外。世上并不是只有绅士与淑女的彬彬有礼的交往,只有美好的语言与悦耳的音乐,只有频频的祝酒与迷人的笑容。世上还有一种莫名的恐怖与哀怨,神秘与凶残,仇恨与阴谋。他的心抽紧起来,他的脸色也变得警惕了。国外,夜晚,海滨,混血儿小姐,对酒的咖啡,神秘的吼叫,这使他想起了一些外国反间谍电影和警匪片以至于鬼怪片、僵尸片……

"是海狗。"苏大概看出了李门的面色不对,她解释说。然后她示范般地遮着灯光向窗外眺望,她说:"据说,从前海狗更多。在没有这么多讨厌的人类以前,世界上的各种生物都多么幸福!你看,那里有一块大礁石,一到夜晚,海狗们便都聚集在礁石上哭,它们的生活太寂寞了,人类把它们挤得已经无处可去了。它们是在控诉那些喝咖啡的猛兽呢。"沉吟了一下,她又说:"人其实也一样,人有时候也需要聚在一个小岛上大家抱头痛哭一场。你说呢?"

"还好。我们中国人近几十年是活得太热闹了,住房又挤,从早到晚,整天不是你碰到我就是我贴着你,谁也躲不开谁。人太挤了就要生事——从早到晚,我们都是在一起叫……只有少数上帝的选民才有机会有资格体会孤独与寂寞的高雅。寂寞,那是发达国家与发达人的特权。"李门一面讲话,一面趴到窗子上,寻找那黑糊糊的大石头。他好像看到了叫做海狗的动物。

"你讲得很有意思。"

喝完了咖啡,李门又要了果汁。开始是为了不麻烦与速饮速走,他什么都不想要。结果要完了再加,他觉得不好意思。果汁完了,苏问他要不要来一个冰激凌。八十年代初期,出国的中国人差不多都患有冰激凌与啤酒的饥渴症:人对于完全无缘接触的东西未必会感到需要,所以,人们在众多的饮品与甜品当中选择了已经尝到了甜头但又远远不能满足的啤酒与冰激凌。有时候一个大的代表团几十个人,要饮料的时候都要啤酒,要甜品的时候都要冰激凌。于是李门也不免俗,喝完咖啡和果汁以后,又是冰激凌又是啤酒。先后次序全乱了,李门的情绪却愈来愈高涨起来。

有一个地方和朋友一起说说话和喝点东西,这是必要的。

中国也有茶馆,酒馆。茶馆与酒馆,都是很有生活的地方。

苏说话的时候目光与笑靥都极其动人,她甩动头发与摇头点头歪头,调皮或者天真,聪明或者故意装糊涂,趋近或者远离的姿态变化多端而又美妙异常。她知道自己的美,与中国人不同的是——她愿意也敢于表现自己的美。把自己最美的方面显示给别人,这也许没有什么不好。李门的感觉是在欣赏不断组合的电影镜头,有中景与背景,有声音与画面的配合,有灯光与其他的人影纷杂掠过。更有无数个近景特写。面部的头发的眼睛的与嘴巴的正面的与侧面的仰角的与俯角的……无数个特写镜头令人心醉。海狗的声音也变得渐渐远淡,投币式点歌放送装置唱起了百啭千回而又傻乎乎的 B 国人的爱情歌曲,像哭。李门觉得自己有点醉了,他拿起空瓶空杯空盘空盒糖罐奶罐,把它们摆在自己与苏的中间,修起了一道长城,他对自己那样直视与欣赏苏觉得不好意思,他希望与苏离得远一些。

苏笑了。她指着瓶瓶罐罐问:"这是什么? 万里长城还是马其诺防线?"

李门也笑了。

苏表示愿意送李门回旅馆,如果他不想多呆一会儿的话。

在旅馆的巨大的玻璃旋转风门前,他们停了车。李门下得车来,觉得夜凉如水。苏也下了车,她拥抱了李门而且吻了他的脸庞。然后挥一挥手,动一动手指头——这种说着"拜拜"动手指头的样子也是李门过去在国内没有见过的。她叫一声晚安,跳到车里,把车开走了。

看看表,已经快午夜一点了。他回到房间,房间里一片寂寞的摇滚嘶叫声。他知道是下楼的时候忘记了关掉闭路音响,可怜的男孩子与女孩子整整唱了三个多小时。

这一开始使他感到格格不入的歌声,今夜突然那么亲切和多情。嘶哑的声音更加显得痴诚,狂呼的效果反衬了心灵的压抑。热烈的节拍映出了人生的悲凉,能够这样傻哭和傻唱也还是不坏的。他不由得感动得流下了泪来。

是夜,李门在梦中大哭。醒来后枕头湿了,分外凄凉,倒像他不是兴高采烈地出国交流科技和免费观光。他感到的是无定的漂泊,无依的热情和无尽的迷惘。

第二天,他没有看见苏。傍晚,他给苏打了一个电话,苏说她病了,苏说:"我没有想到你会给我打电话,呵,你在电话里的声音可真好听。我么,我有一点不舒服,我常常这样的。谢谢。"

第三天是他们研讨会的休息日。白天,顾康杰带着中国大陆来的四个人去博物馆、电影城和海洋乐园,傍晚,他请中国客人到台湾馆子吃烧烤,他和他们在一块儿真是高兴极了。他们都十分感谢顾先生。

又一天,是研讨会的最后一天,会议还不到下午三点就结束了。苏来找李门,约他去看这里一年一度的"集贸市场"。

为集贸市场这个词,他们两个人捣了许多麻烦。苏说是"fair",李门说那是"公平",是鲁迅当年认为应该缓行的那个"费厄",为什么伟大的鲁迅反对 fair?苏怎么听也听不明白。然后苏说"费厄"也是卖东西的地方,是一个地方搭许多篷子,卖各种东西,也有吃的玩的;有的是定期的,有的是不定期的。李门说这是集市,是"bazar",苏说不是巴札。苏又说"费厄"是女人和美丽、美好的意思。李门问:"你是说,我们在集市上会看见许多美丽的女人么?"

苏说:"太糟了,李门才来我们这儿没有多么久,已经学得不那么'乖'了。"

李门听到苏说自己"乖"或者"不乖",不禁感到了一阵亲昵。他回想,这一生,除了简红云,别人还没有对他用过这个词呢,甚至母亲也没有说过这个词。他的母亲是农民,母亲会说自己的孩子好还是不好,听说还是不听说,孝顺还是不孝顺……却不懂得这个乖字。李门已经四十多岁了,听到一个二三十岁的——他无法判断她的年龄——美丽的半是异国人半是同胞的女子说自己乖还是不乖,他有一种异样的激动。

这确实是一次难忘的记忆。他被苏带到了集市,除了洋里洋气,花里花哨,也更讲究一些以外,与中国的赶大集确实没有什么不同。他们俩先在一个大排档上吃了一份套餐:大锅饭。一切餐具都是纸制的或者塑料制的一次性的,没有刀、叉、筷子,把食物往嘴里放的时候只能用手,吃完了再用一张湿纸手帕擦擦手拉倒。他们的套餐包含一点生菜沙拉,一块炸鸡腿,一片面包,一大纸杯可口可乐。李门这才知道 B 国的生活里也有极其简单乃至于可以说是瞎凑合的方面。吃的虽然简单,吃饭当中却有一个坐手摇车的残疾人弹着四弦琴给众食客唱歌。他唱得不算好听,但是声音洪亮得惊人。歌曲琅琅上口,使李门一下子想起许多会唱的欧洲风味的歌曲。

"好不好?"苏问。

"太有意思了。"李门觉得他更接近 B 国的普通人的生活了。

然后他们漫步,有许多带有赌博性的游戏:手枪激光射击,简易的轮盘赌,飞镖,"钓鱼",套圈……

他们看到一个扔乒乓球的游戏:在一个装满清水而且有几个类似小喷泉的装置正在喷水的池子里,有几个橘黄色的莲花状的塑料盆。另外一边放着一个竹筐,里面是许多五颜六色的乒乓球。游戏者花一块钱买二十个球,站在一个不远的地方向莲花盆里扔球,如果球扔到盆里,就可以得到奖品——从一朵假花到小熊玩偶到一块手表。看样子,这个游戏玩起来非常容易,虽说有一道绳拉在池前,扔球的人不能越过此线,但是站在线外也与莲花盆近在咫尺,几乎可以直接把乒乓球送向盆里,不是易如反掌,而是易如不用反掌。有一个少女在玩,她一面扔球一面笑个不住。李门觉得她过于用力,所有的球都落到盆里然后弹跳起来,从盆边上滑到水里去了。李门看得有趣,在这里停留了一下。于是苏建议玩这个扔彩球。

他们各买了二十个乒乓球,小心翼翼地,几乎是放置一般地将球送向莲花心,没想到,球一接触盆底,立即一蹦老高,再落再蹦,无一稳得住。这乒乓球的弹跳性能可真不寻常。随着球蹦,他们的心也悬了起来,随着球下落。他们又充满了希望。"别跑!""stop!"他们俩儿童一样地叫喊,愈喊愈笑,愈笑愈喊,愈出各种怪声球愈呆不住。最后没有一个球留在盆中,两块钱白白地花掉了,一个小奖品也没有得到。苏向那个游戏的经营者抱怨,说是你这种游戏本来就是没有人可能获胜的嘛。经营者不接受苏的抗议,他自己拿了几个球,扔了几次,果然有一个球停在盆里。李门给他鼓掌。经营者奉送了一张祝贺卡片给他们作纪念,还说了一句:"永远相爱……"李门很不好意思,苏却只是一笑而已。做了这个游戏,李门觉得自己像是年轻了好多。

然后来到一个玩旋转秋千的地方。钢架子高高架起,最高处是一个不停旋转的圆环,同时又像一般的秋千一样每一个座椅都前后悠来悠去。一面横着旋转,一面前后振荡,很有趣也很刺激。李门上到了秋千上,只觉得天晕地转,悠到高处不但看到了高楼大厦也看到了海。风在耳边吹来吹去,李门似乎听到了海狗的哭号。下秋千的时候他像喝醉了酒。然而心情是少有的愉快。

谁知道,那么年轻活泼健康的苏却有严重的高空反应,她下了秋千脸色苍白,手捂着前额,摇来晃去。李门赶忙挽住她,扶她去了一个露天酒吧,两个人坐下来休息。好久,他们没有说什么话。

回程的汽车上,苏突然问:"李门,你看我乖吗?"

李门不知道这问话是什么意思,便不回答。

"你知道吗?语言其实是人与人之间的一道墙。"苏忧郁地又说,"我有许多话想与你说,想与一个中国人说。你好像是我的哥哥。然而,包括像哥哥这样的话,只能使我们更加疏远。你会想,我哪里是这个素不相识的 B 国人的哥哥!为什么,为什么人与人之间会是那么遥远呢？既然遥远,为什么我们又在一起这么多天呢？"

"差不多。"李门悄悄地回答。"谢谢你啦,希望你过得愉快。"李门不知所云地回答。

在回程的时候,李门蓦地意识到自己是玩得太过分了。不,他没有那么随便,他没有那么轻松和任性。他不是一棵浮萍,一团飞絮,一阵在海面上吹来吹去的风。他是一株树,是一座山,是火山口的一块又热又冷的石头。他在这里还能停留二十一个小时,明天他将乘夜班飞机离开这里:国际机场的各种手续,审验护照和退回入境时B国边防站贴在他的护照上的一个小纸条。然后,再见啦B国,还有可爱的苏,也许今生再不相见……像徐志摩的诗:我是天空里的一片云,偶尔投影在你的波心……然后是中国的坚实与多难的土地,是G市,是已经活了人生的多一半的李门的已经拥有和将要面临的一切的一切。这正是结结实实的人生。不,这里没有也不会有罗曼蒂克,或者说罗曼蒂克之所以是罗曼蒂克正是因为它只是天边的云霞。人生不是梦境,人生不是气体或者液体,它的形状与体积、重量都已经结结实实。

然而李门仍然激动不已。他并不轻薄,他不会想入非非,他完全明白人生的分量,知道政治、道德、家庭、个人、责任与义务以至于国籍与族裔的分量。他讨厌不负责任,讨厌下流特别是对于异性的下流,他讨厌拈花惹草与偷鸡摸狗。他喜欢光明,喜欢信任,喜欢尊重自己也尊重别人。尤其是,他特别尊重妇女,他深信只有尊重异性的人才有资格与异性在一起共享上苍给男人也给女人更给男人和女人一道创造的绝妙的幸福。如果说世界上有许多美妙的体验美妙的感情,这美妙的感情与美妙的体验只能与纯洁和高尚而不是与卑鄙和肮脏共生在一起。他更知道,更揪心挂肚地珍重着三十年来他与红云手挽手走过的漫漫人生路。他不会老来轻狂,毁灭自己也毁灭红云最最珍重的一切。然而他仍然感动,仍然相信人生中有许多异样的却仍然是温暖和美好的东西。有一个姑娘,哪怕是萍水相逢的某一刻也罢,对他产生了不是厌倦与冷漠,而是喜爱与欢欣的兴趣,是一片好心。他与她很难说相互有多少了解,也许因为不了解就更加难得。有一个并不那么了解的人对他有那么真挚的好感,也许这证明这个世界并不像有的人想得那样冷酷。他不能不感谢她,他不能不给她以最好的祝福。

他完全不了解生活在 B 国的滋味。当然,B 国有那么好的城市和乡村,有喷泉和大理石雕像,有数十倍于中国人的年均收入,有那么多中国眼下还没有的舒适的咖啡馆、酒吧与餐厅。但是他知道苏小姐现在还没有结婚,他知道 B 国的高离婚率与独身比例。也许是他的敏感,或者用现在国内时兴的说法,这叫做自作多情,他从小姐的对于海狗的介绍中听出了弦外之音。他觉得她很孤独。呵,他是多么希望他能帮助她摆脱孤独呀……

回国以后,他收到过苏的一封英文信。她写得像一篇散文,充满了对于李门的思念与叮嘱。这封英文信不知为什么使李门想起了杜甫怀念李白的诗句:"水深波浪阔,勿使蛟龙得……"虽然这联想殊为不伦不类。

他没有回这封信。他把这封信在身上带了好几天,然后他把它毁掉了。

有些事情只能保存在记忆里,最好还是不要惊动那些深深地保存着的记忆吧。

谁能想到苏的父亲、一个自称不能回来的流浪老人回来了。而且,他是冯满满的亲爹。这么说,苏是满满的同父异母妹妹,苏恰恰像生活在海外的满满。他愈想愈感叹:真是缘分。

顾康杰离开 G 市回 B 国的那一刻,李门赶到了机场,算是与顾先生见了面。比起八年以前,顾康杰老得多了。我自己也老多了吧?李门想。

也是直到这时候,顾老伯才告诉他苏已经在一年前因车祸而不幸去世。李门直如五雷轰顶一般,他呆呆地说:"这怎么可能?这怎么可能？这是怎么了？"

"我知道早晚要出事。她开车太疯了，每年缴纳超速行驶的罚款就不计其数。在高速公路上，你完全不知道她是在开车还是在自杀呀……"顾康杰抹着眼泪说。

"我坐过她的车，她的车开得不快呀……"李门喃喃，他知道他在说的是一些毫无意义的话。

"爸爸，爸爸，您别伤心了。我们，我们永远和您在一起……"满满涕泪滂沱地哭着说。

顾康杰办完了出关手续，进入隔离区的时候，他们与他长时间地互相摇着手。

第 十 六 章

顾康杰的一生实在是充满了戏剧性。

一九四六年家乡解放,顾康杰弃暗投明,向共产党的工作队长交代了自己的一切问题,被树立成了思想转变坦白从宽走向新生阳关大道的典型。他被请到工厂、机关、学校讲解自己原来的反动透顶,解放后的惊惧绝望,坦白前的思想顾虑,思想斗争的痛苦激烈,放下包袱后的轻松顺畅,领导的春风化雨,面对未来的信心十足。他讲得生动具体真切感人。他讲的时候又是热泪滚滚又是开怀大笑,与广大群众哭在一起笑在一起,喊口号在一起:

"坦白从宽,抗拒从严!"

"敌人不投降就让他灭亡!"

"反对内战!反对独裁!反对卖国!"

"打倒反动派!建设新中国!"

每讲一次哭一次笑一次喊一次,顾康杰自己就先把自己教育了一次。头两回,他去当众交代还有点尴尬,有点不好意思,有点陌生,讲了几次以后他胜任愉快,认同了自己的新生光明转变浪子回头金不换的角色。他是愈讲愈好,愈讲愈痛快。他没有想到,不是国民党而是共产党硬是把他培养成了演说家、政治家。

直到后来,九死一生,他跑到外国成了难民成了外国公民,他回忆起往事,仍然为一九四六年到一九五〇年的这一段经历而激动。共产党的政策就是好,就是绝,就是伟大,可惜的是没有贯彻到底哟!

一九五一年在一面抗美援朝一面土地改革的同时,又大张旗鼓地开展了镇压反革命运动。运动一开始,就把顾康杰抓了起来。三审两问,三批两斗,圈到鬼窝——双塔园亭子边的两间破屋里,就等着第二天开公审斗争大会,然后是嘎——咕,一枪掀起他的罪恶的脑壳,送他回老家了。

从戴上手铐圈起来的第一天起,顾康杰已经有被枪决的思想准备。看看他的过去,说他是罪恶滔天的反革命分子那是一点也不冤。他不明白的是一九四六年到一九五一年这一段怎么解释。他不是弃暗投明了么?他不是放下包袱开动机器放下屠刀立地成革(命的干部)了么?他不是已经当了信用社的会计也算是革命干部了么?怎么闹了半天最后还是人民公敌、十恶不赦、罄竹难书、死有余辜,不杀不足以平民愤,不杀就是"宽大无边"了呢?

他尤其困惑的是,他顾康杰到底是谁,是个啥呢?怎么说他是转变的典型的时候他就真转变真积极真光明真要革命,说他该死的时候,他就真服罪,真变成了"该犯",真"对所犯反革命罪行供认不讳""实属罪大恶极""不杀不足以如何如何……"了呢?

两条道路由你挑,一条光明,一条黑暗,光明就真光明,黑暗就真黑暗,不是黑暗就是光明,不是光明就是黑暗,想到黑暗的时候偏偏非常光明,想是光明的时候偏偏如此黑暗……怎么两条道对他都是那么顺理成章,那么畅通无阻,那么严丝合缝,那么天造地就的呢?

他十分佩服审问他的共产党法官。显然,那个人文化并不高,说到一些文词的时候他不断地把字念白,把一丘之貉读成了一丘之"骆",把负隅顽抗读成负"偶"顽抗。但是他的坦率与自信、干脆与坚决仍然使他赞美,在"国民政府"那边,他从来没有见过这样不拘形式而又富有效率的官。法官说:

"阶级斗争,你死我活,要不然就是我死你活。政权问题,不能让。保安队是干什么的,你比我清楚。老实交代,你走个痛快。不老实,也无关大局。现在审问审问你,也算给你个面子,做个明白鬼嘛。

你还有什么可说的没有?"

"我该杀。我认命。"顾康杰说。他看到了,由于他的态度良好,法官向他友好地一笑。这笑容使他魂飞天外。

……死吧,反正迟早咱们都要死,先来后到,无一例外,一了百了,一好百好,极乐世界,无忧无虑,彼此彼此,客气客气,我就先偏了,您哪。

看守他的民兵送来红烧肉加纯正高粱烧酒的时候,他确实做到了视死如归。天翻地覆的事儿嘛,反革命死几个还不是天经地义!赶上谁是谁呗!他也甚为叹息:视死如归有何难,死本来就是人人的归宿嘛。

他与看守他的民兵过去也有一面之交。他没什么,民兵有点低头不语的意思。于是顾康杰反过来安慰民兵,做过的事泼出去的水,阶级斗争嘛,革命不是请客吃饭,当年国民党杀共产党的时候是怎么杀的,你见过吗?贵州还有剥共产党员人皮的,有专砍女共产党员的乳房的,为了防止奸尸,女革命者赴死以前要先给自己缝上解不开剪不动的裤衩,你知道吗?这都是报应啊!满清政府杀国民党,还不是被国民党推翻了?国民党杀共产党,还不是轮到自己挨枪子儿啦?兄弟,为这一顿饭,王八蛋哥哥我算是谢谢你啦!做了鬼,我也不怨革命不怨共产不怨人民不怨兄弟你呀!吃完啦,把王八蛋哥哥我再铐上吧,铐紧着点,别让我跑了!我跑了不要紧,兄弟你不娄子啦?

……结果他还是真跑了,跑的时候就完全没有想到自己的"兄弟"的麻烦。人只是在有了生的希望的时候才体会到了死的可怕。他居然不吃不睡每天只喝一些泥沟里的水,东跑西窜地过了五天。然后他越境到了朝鲜,战争中又在大进攻大转移中到了韩国。从韩国到了台湾,在台湾先当了一段"反共义士",还找了一个B籍女人为妻,并且生下了一个女儿——苏。突然警备司令部的一位朋友给他送信,说是当局已经掌握了他在一九四六年到一九五一年间,背叛党国,充当转变典型的材料,即将对他下手。于是,他在洋太太与B

国驻台北使馆的帮助下从台湾到了 B 国。在 B 国奋斗了十几年,什么"人下人"的事都做过了,总算在四十六岁那年得了一个经济学博士,穿上咖啡色"道袍",戴了黑方帽,照了照片,接受了一家大公司的聘请,开始了慢慢走向"人上人"的征程。

八十年代,为了中国与 B 国的建交,顾康杰出了许多力。建交前的多少民间代表团,都是由顾康杰邀请和接待的。所有与他接触过的中国大陆官民人等,都对他印象极佳。中 B 两国终于建交以后,为了建立中国大使馆,顾先生又带动社区华人,出钱出力,颇有贡献。只是说到自己的往事,他仍然是顾虑重重,阴云密布。使馆反复向他说明既往不咎,自由来去的政策,劝他回祖国看看,他就是不敢回去。从从宽的样板到必死的首恶,这个印象是太深刻了。

此后,他渐渐地相信了中国大陆的变化,他开始寻找自己的亲人——留在大陆的前妻与大女儿顾满满的努力。大海捞针,困难可以想见。幸亏中国实行社会主义,全国一盘棋,天下一家亲,免费为海外同胞服务寻亲,举国齐动手,终于在一九八七年找到了满满——其实两年以前已经由侨联与冯满满联系了一次,但是冯满满坚决不承认自己有一个流落到海外的姓顾的老爹。侨联联络部同志也是锲而不舍,他根据顾先生提供的信息,查来查去愈查愈认定冯满满即顾满满无疑。最后,侨联同志在统战部和外事办的支持下调阅了冯满满的档案,这才明确了:"就是你!"铁证如山,插翅难逃。

经过了一番拉锯和思想工作,更由于形势的发展变化,直到一九八七年,冯满满才认下了这个爸爸,并且给顾康杰写去了第一封平安家信。一九五一到一九八七,相隔三十六年,她在信上叫了一声"爸爸!"

接着冯满满的干爹参加到了这件事情里,以干爹牵头的一个联谊会出面正式邀请顾先生到 G 省 G 市访问。

顾康杰归心似箭。但是由于 B 国经济不景气,旅游业的几度难关,需要他坐镇处理;又由于苏几次发作感情障碍性精神疾患,最后终于死于车祸,更使他大病了一场,无法长途旅行。他一拖再拖,直到一九八八年,才回到了阔别三十七年的祖国。

最想不到的是,到达 G 城的时候,到飞机场迎接他的除了满满以外还有满满的妈妈与继父——当年的贫农党员老干部,现在是家乡农工商联合体的名誉董事长。除了继父以外还有省里的老领导、联谊会的会长——满满的干爸爸。而干爸爸又是谁呢?他就是当年审判顾康杰,宣布他"证据确凿,供认不讳,理应严惩,决不手软"的法官。法官一边审着他还一边讲着对敌人仁慈就是对人民残忍,暴力是新社会制度的催生婆等道理。法官见他态度良好,最后赏了他一个甜美的笑容。

"顾先生,还认得我吗?对不起了,冒犯了,叫您受惊了。"

冯满满的干爹说完这几句话已经喘成了一团。由于老迈和呼吸系统的疾病,他的"气声"话语就更加动人。

顾康杰老泪纵横。他说:"死罪死罪!革命嘛,一个阶级推翻一个阶级嘛!如果当时是您老落到国民党手里,怎么处置您,那还用说么?您老说对不起,我可担当不起呀!"

顾康杰给满满的妈妈,自己的前妻鞠躬,他说:"我对不起你们!"

他的前妻哭得死去活来。

他又给独眼的冯老董事长鞠了一个大躬:"谢谢,谢谢了。是您给我照护了大闺女冯满满!我就这一个血脉了。"

冯老汉不知道说什么好,只是立即表态:"姓改回去,改回去:她是顾满满,本来就是你的骨血,她姓顾,不姓冯!"

"不,不,她应该姓冯。我没有尽到父亲的责任,我只给孩子带来了麻烦和耻辱,一切都是您给她的,她应该姓冯!"

两个人一见面先谦让姓什么的问题,别人想笑,看到两个人老泪纵横的认真的样子,又想哭了。

最惊人的是跟随满满前来欢迎顾老先生的还有一个瘦小枯干的

瘸子,等到大家都与顾先生见完了面,人们已经忘记了瘸子的存在,瘸子一拐一拐地凑了过来,他用一点不改的 K 市口音说:"顾队长,您老还认得在下吗?"

过了一会儿,顾康杰大呼小叫:"兄弟!你是我的好兄弟,你是看守我而且放了我的民兵呀!"

"我可没有放您!别看您现在夹着皮包回来了,咱们实话实说,我那个时候怎么能放了您这个县保安队队长呢?那种没有立场的事情我是做不出来的。还不是我太相信您了,我记得,那天晚上,您还给我做思想工作呢,说是您就该吃枪子呀。我哪里知道您会跑啊?我寻思着,谁能跑得了哇?又加上那个纯高粱烧,把我全喝糊涂啦。那酒可真'正'呀,不像现在,贴着茅台商标也有假冒的呀……"

"我给您添麻烦啦!"说着顾先生给瘸子鞠了一躬。瘸子也赶忙还礼,两个人对着鞠躬。顾康杰奇怪,共产党怎么这么有办法,说消灭谁就消灭谁,而说找上谁呢,就能找上谁,掘地三尺也能把一只耗子找出来!

瘸子说,当时,由于他玩忽职守,跑了要犯,领导虽然找他谈了几次话,把他从民兵队伍里开除了出去,倒也没怎么样。他一个农民,无非是回家种地,挣工分,吃指标罢了。谁知道到了"文化大革命",农村里也分成两派,还搞什么文攻武卫。瘸子由于是"保守派",被造反派抓了去,批斗他的历史问题,说他是私放反革命,里通国民党,活活打折了腿。

顾康杰听着不是滋味,摇头叹气自责,要给瘸子下跪,被大家拉起。瘸子说起来一副讲古的有资格人士模样,没有任何怨咎牢骚,只有自吹自擂,笑声无数。

侯志谨与小红在宾馆等候,见了小红,顾康杰想起苏来,嗟叹不已。

第二天,顾康杰看到了小红的男朋友李坚强。满满说,"李坚强的爸爸是我最好的朋友,他是去过 B 国的呀……"如此这般,唠出了李门。可惜，几次约会都未得见面，顾康杰很不安，以为李门对他有什么看法，不愿意见他，便也黯然。

十来天时间，顾康杰与 G 省的旅游部门进行了接触，商讨了一些他的旅行总社与 G 省旅行社合作的可能性。

顾康杰也与侯志谨吃了几次饭。侯志谨一直是怨气冲天。他不停地与岳父谈什么他自己的形象问题，什么他并不"左"呀，他从来没有整过人呀，他看歌剧《白毛女》的时候甚至觉得把黄世仁枪毙了是太过分了，依他的意见，减租减息，改造思想也就行了。他明明是"老右"为什么人们偏偏说他是"老左"，把他说得青面獠牙呢？

侯志谨愈来愈喜欢喝酒了。吃饭馆的时候，岳父要来五粮液，五粮液一倒到杯中，他立刻情绪高涨。小红取笑她爸爸说："爸爸，外公一拿来五粮液，您的脸就刷的一下子，像一朵玫瑰花一样地盛开了。"

侯志谨忿忿地说："别看我是老革命，又是所长，许多年流年不利，硬是喝不上五粮液呀！"

顾康杰听了如坐针毡，点头也不是，摇头也不是，装听不见也不是。一个"老革命"这样说话，顾康杰觉得错在自己。他非常警惕，到中国大陆来是绝对不可以随便说甚至也不可以听"反动言论"的，即使是别人说的也罢，他这么个老反革命，能没有责任么？

侯志谨如饥似渴地连饮两杯五粮液，脸立刻有些红了，喘气也粗重了，他拍了一下桌子，看着顾康杰问道："您虽说是我的至亲，我们毕竟是初次接触，您从海外归来，您是没有成见的⋯⋯您说一句公平话：您看着我，像是左左的棍子吗？"

顾康杰更是不知说什么好，只好一知半解地搭讪说："左是进步呀，共产党当然是左派呀。右也不错呀，是这个珍惜呀，保守已有的好东西，才能站得稳呀。"

"我说的不是这个！"侯志谨吼了一声。顾康杰吓了一跳。

小红说："爸爸，您跟外公说这个干吗？您凭良心工作就是了，管别人说什么呢?您干吗心虚呢?您有说这些没劲的话的时间,多学点新的知识好不好?"

"你……"侯志谨对他的女儿怒目而视,压了几压,才没有发起大火来。满满从桌子底下轻轻踢了小红一脚,示意她不要再说下去。

侯志谨接着没完没了地谈他的职称级别与职务待遇。一辈子了,除了谈这些他就只会汇报别人的问题。当着这个天上掉下来的岳父,他无法汇报情况,便还是谈论自己的与别人的级别待遇。什么他是听了共产党的话才没有能完成自己的学业的呀,什么他早就应该享受局级待遇了呀,什么他要是一直研究科技,他也是数一数二的专家了呀……

从小红身上说到了李坚强,从坚强身上又说到了李门,侯志谨又激动起来了,他居然与他的初次见面的有过"反革命"身份的岳父说起李门的自幼反动、企图暗杀首长来了。

"照您说左右都不错,可我们这儿不这么说。"侯志谨闷闷地说,"五十年代时兴左,那个时候一开会我就检讨右;现在呢,时兴右了,反倒没有人说我右了,又说我左了。这里的人可真坏呀,都是奴才,都是刁民呀。您不懂呀,您在 B 国享福,哪里知道我们的麻烦!"

所有这些话题,顾康杰都如入五里雾中。他觉得尴尬,觉得自己确实是"不懂",不知说什么好。但是他从心里承认,他的这个女婿确实一点也不左。他只是想求他,不要当着我这个海外初次归来的老反革命发共产党的牢骚了!

话不投机半句多,他们无法再交谈下去。女婿的粗俗使顾康杰失望,女婿的牢骚满腹又使他安慰。共产党了一辈子,也不过如此,哪里是什么"特殊材料制成的"?有什么不好打交道的?看起来,祖国统一还真的大有希望呢!

盘桓十几天,顾康杰私下与满满表示:自己孤身一人,难以久居 B 国,只要大陆的改革开放政策能继续下去,他考虑逐步与国内合作办旅游,最后回归定居。冯满满一家全不赞成,满满告诉父亲,现在这里的人为了出一个国常常搞得倾家荡产，用尽各种非法欺骗手段。老爹在 B 国打下的基础，对于她们全体特别是对于下一代的小红，意义是无法估量的。岂可轻言转移？他们达成协议，第一步先把小红办出去，给 B 国哪个名牌大学捐一笔款子，由那个大学将这一笔钱充做顾小红（她也改姓顾了）的奖学金。第二步，在顾小红到 B 国上了学安定下来以后，冯满满前去探亲。他们祖孙三人研究下一步的走法。顾康杰不赞成女儿一家向移民 B 国的方向走，冯满满不赞成父亲与他的事业向回归祖国的方向走。至于侯志谨，他表示："去 B 国玩玩开开洋荤当然没有什么不好。移民？我反正不干。我说下大天来算是革了一辈子命了，到了 B 国谁承认我？我总不能到了晚年把自己变成一个大零蛋吧！B 国再好那是人家干出来的，有我的什么事？"

满满骂他土包子。顾康杰倒是很欣赏他这几句话。他含含糊糊地对女儿说："其实我宁愿你们还坚持批判我这个老反革命呀。中国人付出的代价太多了，中国人应该骄傲，应该天下第一。中国人镇压了那么多反革命，应该把中国做得好好的呀！镇压了那么多反革命，革了那么伟大的艰苦卓绝的命，如果搞不好自己的国家，不但革命者不服气，连被镇压的反革命分子九泉下有知，也觉得冤枉呀！"

冯小红听了姥爷的高论哈哈大笑，她说："您哪，这可真是历史的误会了。您应该当共产党，让我妈妈跟我爹当国民党去就对了。"

"不许胡说！"侯志谨大喝一声，气得手都哆嗦了。

"您别跟我威风呀！"冯小红满不在乎，"就您那点心胸，您还想教训我呀，得了吧。"

一九八九年三月，冯小红去 B 国留学。一九九一年底，冯满满去 B 国探亲，一去就是两年。这两年她给李门、红云写过两封信，李门只给她回过一封信。她走了，李门觉得走了一个不稳定的因素，日子安宁多了。红云也不再提她的事了，提到冯满满——不管本人怎么改姓，也不管旁人怎么称呼，红云坚持仍然叫她冯满满——红云有时评论说:"她活得也太辛苦了。样样拔尖,处处争强,万事能不够,万事没个真诚——这样的人啊,害人害己!"

"可不是!"李门称是。仍然有点惭愧。

"你说得也对。"红云补充说,"她也可怜,看起来像个女强人,其实呢,聪明反被聪明误,争强反被争强误。你还是多写封信去,关心关心吧。"

李门摇头,轻轻吹了一口长气,像是要把一朵蒲公英吹到天上去。

小红出国以后,由于大形势的某些新变化,侯志谨闹个不休告个不休,他强调,目前正亟须加强政治思想工作,因为近年来所里的歪风邪气错误思潮泛滥。G省科学院,是省里的重灾区。在这个时候要他退下来,便是向资产阶级投降。他向省委告院领导的状,还拉了几个"自己人"签名写信要求他留任。这样,一九九〇年春,侯志谨虽然从所长的职务上退下来了,却仍然担任所的党委书记。又是分类排队,又是人人过关,又是轮流办学习班,他很红火了一阵子。一直到一九九二年底,他还是退了下来。退下来以后,他变成了一个反对派、在野派,骂骂咧咧,回忆过去的优良传统,咒骂当今的世道不像样子,一张口就是"我们那时候",我们那时候有这么要钱的吗?我们那时候有不服从分配的吗?我们那时候有胡说八道的吗?我们那时候天天批评与自我批评,哪有像现在这样谁也不敢得罪谁的?像现在这样下去,哼,我们不是白革命了吗?

李门终于没有担任副院长。一度传得很凶,省委组织部领导还与他谈了一次话,要他做"压担子"的思想准备,害得李门解释申诉明心迹什么的又搞了一回。后来随着大形势的变化,这一切全部销声匿迹。天下本无事,庸人自扰之。突然说是要让他做这做那,又是谈话,又是传闻,又是报信,又是争论,又是祝贺,又是出谋划策,真像有点什么事情要发生。忽然气候一变,全部成了泡影。成泡影本不足惜,成了泡影李门反觉踏实。问题是白白地让人议论了一回,反而没事找事找出来一些晦气。特别是两次先说要升官后来告吹,说升官的时候他是一好百好,没了治了。等不当副院长了,一家伙暗杀的问题就又出来了。李门最后也糊涂了,说到了,他是不是至今还背着企图暗杀首长的包袱呢?人们的逻辑很简单,要是没有问题,能够两次要升官,两次又都泡了汤了吗?李门回想自己这一生,未免太离奇了。他甚至想,看来这一辈子不混上一官半职,想当老实百姓硬是当不成了。不当官,他这个暗杀的恶名啥时候才能洗掉?官者生,非官者死,官者清明,无官者随时出政治历史问题,官者红色保险箱,无官者想说你个啥就是啥。(叫你红你就红,红里透紫;叫你黑你就黑,一黑到底。说你行你就行,不行也行;说不行就不行,行也不行。)呜呼!

邹晓腾到处讲话攻击李门,竭力证明李门多年来走的是资产阶级道路而他自己是无产阶级道路。一次讲话时过于激动竟然中途晕眩,退场去医院急诊。急诊后他说话更加口齿不清,愈是不清愈要到处讲话,似乎生怕今后彻底不清了就再也不能讲了。

邹晓腾还到处写大同小异的文章拉扯上 G 省省委书记,还和书记在一次招待会上见了面,书记对他很重视。还有一位副省长一位厅长一位局长三位处长都与他见过面,他正在跟随这些好友、老领导、同事、校友兼同志学习"从政"。他表示他自己不但拉车也要看路,不但自己看路还要随时向迷失方向的人大喝一声:"同志,你走错了路!"求仕之迫切、饥渴、急不可耐之状,溢于言表,贻笑大方。别人窃笑齿冷,他越发来劲,大言不惭,振振有词。

最有意思的是,他写文章说自己是"老同志",说是"像我这样的老同志,理应担起更重的担子"。求仕者多矣,能像邹晓腾这样坦白率直的,再无他人,他的这种作风在可笑可鄙之外,确实也有几分可爱——也算 G 省一绝。

邹晓腾文中经常提到,他一直保持警惕,与自己的一位个人关系很好的老同学划清界限,因为这位老同学没有他对革命那么忠。人家说,这是指李门,李门不闻不问。

两个星期以后,李门在晚报上读到一篇题为《吹牛不上税》的杂文,文内提到革命样板戏《红灯记》中李铁梅的唱词有"爹爹挑担有千斤重,铁梅我,也要挑上八百斤"云云,但是如今,"挑担子"的含义已经有了变化,以至于一位自称为"老同志"的先生自己提出要多挑担子的时候,人们对他的观感便与对李铁梅的感受大不相同。杂文还说,古人有所谓"怀才不遇"的,已经是酸酸的了,今人又有"怀忠不遇"的了,益发令人倒牙。这篇杂文讽刺得入木三分,很明显是批评邹晓腾的。李门觉得其实不必。李门怀疑文章是简红云写的,便劝导红云,不必与之一般见识。红云坚决否认文章是她写的,但是红云认为到现在了还搞那一套打完右脸伸左脸的原则未免可笑可悲。李门说,人生就是如此,人是各式各样的嘛,有个邹晓腾像蚊子似的叮着你,也是一景,也是一乐,既助传名,又可解闷,何必还手呢?我们没有时间,我们实在没有时间像邹晓腾那样吃饱了专门搞磨擦呀!我们的时间赔不起呀!你再想想,像邹晓腾这样的人,当年侥幸出了点名,肚子里并没有真正货色,现在更是早已经落在了时代后边,一无所长,一无可取,你不让他成天吹捧自己拉扯大官不忿旁人,又让他干什么去呢?你要活,人家也要活嘛。你从日本买回来了松下电器,人家至少也要从黑市上买回一个走私货嘛。

红云不愿意再谈论邹晓腾了,谈论邹晓腾实在是影响食欲。他们相信,邹晓腾是能够愉快地活下去的,因为爱惜食欲的人们是不会认真对待他的。而且,恰如李门所说,忙的人是太忙了。

一九九二年,出了一个乐子。这一年地区文联改选,经过半身不遂的甘为敬的奔走,已经确定选甘为敬为文联主席。人们有一种共识默契,甘为敬都到了这个份儿上了,这次再不选他,万一他有个三长两短,就太不人道,也太不负责了。鉴于他名声不佳,领导打算用鼓掌通过的办法保证他的当选。谁知开会第一天甘为敬的老婆就闯了会议,她进入与会代表住地,把她最近"搜集"到的甘为敬的"瘸了也不老实"的罪证——包括一些"黄黄的"信件、照片——复制后散发,成为此次地区文代会一大新闻。尤其令文代会被动的是,外省的一家晚报竟然在《道德法厅》专栏著文披露了甘为敬的"道德问题",并展开了笔谈。邹晓腾趁势大闹,说他是横跨科技文艺两界的代表人物,不如由他兼任科协文联两个主席。最后,文代会开完了,文联主席竟然定不下来,而以选出了八个副主席而主席空缺结束了第一次——一般来说也是本届倒数第二次(倒数第一次即最后一次要等开下一届文代会前夕才开)——执行委员会议。

文代会后,甘为敬陷入了离婚官司。官司打了一年,法院好不容易要判离了,双方同时撤回了离婚的诉求,都不愿意离了。婚是没有离,只是甘为敬的半身不遂日益严重。身体愈来愈坏,"道德"也愈来愈糟,种种行状,已经不堪挂齿。

"完了,完了,我的这些同学也是风流云散,江郎才尽,转眼就是落叶飘零,灰飞烟灭了哟!"

"有时候我希望快一点有新的一代来代替我们。可是看到新一代的种种,我们又觉得不如人意。不如人意又怎么样呢?世界反正不会老是停留在一点上的。"

李门知道,红云这是在说坚强。小红去 B 国以后,坚强随着几个朋友去做电脑技术生意去了。他本来殷切地等待小红的消息,等着小红想办法把他也弄到 B 国去。结果,小红的信来得愈来愈少,调子愈来愈低,坚强冷笑一声,从此不再提小红的名字。红云含蓄地询问他小红的情况与他们的打算,坚强冷冷一笑:"你们是古典式浪漫式爱情的最后一代,其实你们也浪漫不下去了,要不您干吗动不动跟爸爸生气?冯小红顾小红丫挺的,我们无所谓,爱怎么样就怎么样,我们永远不会为了什么爱情而苦恼……"

话是这么说了。红云仍然不能完全释然。她发现,坚强喝酒愈来愈多。

一九九三年以来,B 市企业开始发行股票,坚强突然变成了股票狂,每天往证券交易所跑,满嘴的"牛市""熊市""套牢""踏空"……红云对坚强表示了忧虑。坚强根本听不进去。

一九九三年十一月,顾满满从 B 国探亲归来。她一再邀请,非要请李门全家到外资饭店吃一顿潮州菜。红云是死活不肯去,但是她动员李门还是去一趟吧,看看在 B 国洗完脑筋以后,满满到底有什么变化没有。李门只有苦笑。最后,他还是谢绝了请吃饭,但他同意与满满会一面。

十一月二十二日,晚饭以后,他们在新开业的槟榔屿酒店的咖啡厅见面。意外的是,好久没有见面,满满又在 B 国放洋两年,她的穿着反而更朴素了。"我知道你不愿意见我。"满满说。她摆摆手,示意李门不要打断她。她穿一件土黄色的宽大毛线衣,咖啡色毛料裤子。她的白发增加得很快,没有染也没有做,她怎么反而有些潦倒了呢?李门纳闷地想。

"我也愈来愈觉得自己这一辈子活得没有意思。我算是个什么人哪!一辈子我都在算计,一辈子我都在谋划,一辈子我都在奋斗。可是……"

她快快地抢着说这些话,就好像她会立刻失去这次谈话的机会似的。说完,她哭了,哭得说不出底下的话来。

李门一声也不吭。

"我最大的错误就是跟了侯志谨。如果现在能够再从头开始一次……我怎么这么傻……"

"人生一辈子,各有各的选择,也各有各的得失。用不着这山望着那山高,也用不着后悔。"

"李子,别跟我打官腔。你就让我后悔一回吧,我头发都白成这个样子了,连后悔都不许,你未免太专制了!"

李门宽厚地笑了。

"我问你,你相信不相信命运呢?你认为,一个人有没有可能在他最后的岁月里再搏他一搏,再把自己的命运掌握到自己的手里呢?

也就是说,李子,到了我们这个岁数,你说我们还有希望改变我们自己的命运吗?"

"你可能想得太多了,我们的日子其实还是愈来愈好。我希望你也过得愈来愈好。"

"我是问你,你相不相信命运?"满满穷追不舍。

李门皱起了眉头,他想了想,说道:

"我现在就给你讲一讲命运的故事吧,我要讲得很长很长。从去年,咱们这个城市的东郊公园门口,出现了一种抓彩的游戏。游戏的经营者拿出四种颜色的彩色玻璃球,比如说,黄、红、黑、白,每种五粒,四种二十粒。他把这二十粒球放到一个黑布口袋里,让游玩者信手去抓出十粒来。玩这个游戏不用交钱,他们就是以免费玩游戏来招揽顾客的。他规定,如果你抓出来的四种颜色的玻璃球的比例是5:5:0:0,你将得到重奖——一台佳能照相机或者一个德国造望远镜。如果比例是5:4:1:0或者5:3:2:0,奖品也很可观,比如一条万宝路的香烟。4:4:1:1呢,奖品是一个钥匙链或者一个一次性打火机。如果是4:3:2:1呢,没有奖品,反过来你要交款一元,仅仅一元。而如果不同颜色的球的比例是3:3:2:2,比如说,是三个黑球,三个白球,两个红球,两个黄球——其他类推——你就要被罚,交五元人民币。他把奖品摆了出来,玩是免费。你乍一看,得奖的机会似乎比受罚的机会更多:至少有四种比例你会不下本而得奖,另一种比例你小小地交一点钱,作为游戏的代价,一块钱确实也不算什么,你知道咱们这儿一斤猪肉多少钱了吗?众多的可能性之中,只有一种才是最糟的,3:3:2:2,你得罚五元钱。我旁观了好久,真有意思呀!我这么说吧,十个人里,至少有七个人抓出来的是3:3:2:2,太公平了呀!可能有一两个人是4:3:2:1,这个比例也还是公正的。十个人里可能有一个半个的得一回钥匙链打火机什么的,那就是十分幸运的人了。至于得重奖的,几乎没有。其实,这只是一个最简单的概率或者叫做几率的问题,能够算得出来的。我旁观了好多天,我终于明白了,这就是命运。命运其实是一种数学,很精确的。那些梦想不花本钱就得奖的人,那些事事想占便宜,处处希图侥幸的人,当他们一抓就抓出一个3322的时候,他们大骂自己的手臭,他们大骂自己的运气不好。他哪里知道,这一切都是小贩事先预计到了的。抓到四种颜色的球的数量不会相差太远,就是说,命运其实是最公正的东西。上帝也是这样,他的最伟大之处就体现在数学的公平与准确里。命运是数学,命运最公正,怨天尤人的人是太没有数学的基本常识了。我……说得太远了,你懂得我的意思吗?"

"李子,你不该这样给我上数学课,你太让我失望了!我恨你!"满满显然十分不满意他的数学—命运论。多么杀风景的李门呀!她不再说话,她哭得死去活来。

然而满满毕竟是满满,过了没有几分钟,在一个服务小姐走近他们的时候,她舔了舔嘬了嘬自己的下唇,眨了眨眼,掏出手帕擦了擦眼睛,立即破涕为笑,高谈阔论,甚至吹嘘起来:"我爸爸有自己的帆船游艇,在风平浪静的日子出海,噢,那才叫享受呀……"

一九九四年满满正式移民到 B 国去了。听说她加入了 B 国国籍,听说顾小红已经和一个 B 国波兰裔人同居。侯志谨迟迟没有去 B 国,有人说满满老了老了要和他离婚,不给他办去 B 国的手续。也有人说是侯志谨不愿意与一个 B 国女公民生活在一起,侯志谨毕竟是爱国的大大的有呀。在大节上,侯志谨毕竟是一个好同志呀。

同年夏天,李门被特邀到一个著名的海滨疗养地休养,党和国家的高级领导人接见了包括李门在内的一批科技工作者,向他们表示了亲切的关怀与殷切的期望。中央电视台的新闻联播节目中详细报道了接见的场面,其中李门的全身镜头十分显眼。看完了这个新闻节目,简红云一连接到了七个祝贺电话。所有的祝贺电话都提到,这表达了中央的看法和态度:李门确实是没有暗杀问题了,本来就没有嘛。太好了,请客吧。真是天清地朗,政通人和,多么难得的太平盛世啊！我们等了多少年啊！今年是李门的整岁数生日吧？你们是过阴历生日还是阳历生日？我们要给他好好地办一办。我们凑份子，一人带一个菜，你们准备茶水和蛋糕就行，咱们该好好地乐一乐了，世界银行有人指出咱们中国人的生活水平都快赶上发达国家了呢！

春风文艺出版社 1994 年初版